Kelli Hawkins n'est pas romancière à plein temps : elle travaille à ses heures perdues pour un détective privé. Au fil des ans, cette arpenteuse avide de nouveaux horizons a multiplié les voyages et exercé toutes sortes de métiers : journaliste politique, graphiste, cliente mystère et même ôteuse d'agrafes. Elle vit à Newcastle, sur la côte est de l'Australie, avec ses deux enfants.

Ce livre est également disponible
au format numérique

www.editions-hauteville.fr

Kelli Hawkins

CHEZ LES AUTRES

Traduit de l'anglais (Australie) par Karine Forestier

Hauteville

Hauteville est un label des éditions Bragelonne

Titre original : *Other People's Houses*

ISBN : 978-2-38122-249-3

Bragelonne – Hauteville
60-62, rue d'Hauteville – 75010 Paris

E-mail : info@editions-hauteville.fr
Site Internet : www.editions-hauteville.fr

Pour Asha et Dusty.
Et surtout pour Matt.
Vous nous manquez.

PARTIE I

PREMIÈRES PORTES OUVERTES

Samedi 5 juillet

Matin

Je me garai juste à temps. Ouvris la portière et me penchai au-dehors en respirant lourdement, les yeux rivés sur l'asphalte. J'avais l'impression que mes intestins étaient tiraillés en tous sens par quelque sadique qui les asticotait à l'aide d'une ficelle.

En gros, je me sentais hyper mal. Comme une merde.

Mon estomac se souleva. Des spasmes qui ressemblaient à s'y méprendre aux contractions de l'accouchement. Pour faire diversion, je m'efforçai de comparer les deux types de douleur. Leur férocité. La perte de contrôle des fonctions corporelles. L'espace d'un instant, je faillis me convaincre qu'à cet instant précis, c'était peut-être pire que les douze heures précédant la naissance de Sascha.

Une aiguille me transperça les poumons, rien à voir avec la gueule de bois, cette fois.

Sascha.

Je serrai la douleur dans mes bras, refusant de la laisser partir désormais.

Au bout d'une minute ou deux, j'aspirai l'air propre de l'hiver et me redressai sur mon siège pour porter un regard flou sur ce qui m'entourait à travers un voile de cheveux raides, ternes, pas lavés.

Turramurra : l'une des banlieues les plus convoitées de Sydney, pleine à craquer de banquiers et d'avocats surendettés. Ici, les maisons sont équipées de piscines à débordement avec cabanon attenant, court de tennis, longue allée de graviers dessinant une courbe douce pour garer le Range Rover. Je jetai un coup d'œil circulaire, essayant de m'imaginer vivre dans un endroit pareil.

Impossible. La rue de banlieue, avec ses pelouses vertes, était très calme. Trop calme. Même le bourdonnement vingt-quatre heures sur vingt-quatre de la circulation encombrant le Pacific Highway à quelques pâtés de maisons seulement, on ne l'entendait pas, aussi bizarre que ce soit. On aurait dit une scène dans l'un des premiers épisodes de *The Walking Dead*, où tout était encore bien ordonné et tout beau, d'une sérénité de mauvais augure. Je me figurai des hordes de zombies aux yeux vides surgissant de derrière la maison la plus proche pour se ruer sur ma voiture ; des centaines de bras qui vous attrapent et de bouches sanguinolentes.

Ne sois pas ridicule, Kate. Tu es encore saoule ?

Peut-être, oui. Je me mis à faire l'inventaire de ce que j'avais bu la veille au soir, avant de me raviser. Tout compte fait, je préférais ne pas savoir. Avec un sursaut, je pris conscience que je n'aurais même pas dû conduire; je devais faire gaffe aux flics.

Je nouai tant bien que mal mes cheveux en queue-de-cheval, les mains agitées de tremblements. La nausée avait reflué, Dieu merci, mais je savais que le répit serait de courte durée. Je me remis à fixer le sol pour mieux me complaire dans l'idée de l'être humain dégoûtant que j'étais. M'en délecter. Me rouler dans ma propre crasse, comme un chien dans la carcasse d'un animal mort.

Terminé. Je ne boirai plus jamais.

Je rotai et le goût me fit grimacer : vin, avec des notes aigrelettes. L'arrière-goût amer et chimique de la pizza à emporter de la veille était bien présent lui aussi, encore un peu.

Oui, mais pas ce soir. Je le jure.

Alors même que je me faisais cette promesse, une autre partie de mon cerveau ricanait d'incrédulité.

5 juillet. Sans doute pas le meilleur jour pour essayer d'arrêter la bibine.

C'est aujourd'hui la date anniversaire.

Dix ans.

Je farfouillai dans le bazar accumulé au fond du vide-poches entre les deux sièges avant de la voiture. Avec le mouchoir en papier le moins morveux que je pus trouver, je m'essuyai les yeux, puis me mouchai. J'attrapai sur le siège passager la bouteille de Coca au plastique embué par le soleil faiblard qui filtrait par la vitre. Le bouchon se dévissa dans un sifflement et je bus quelques grosses gorgées, avant de grogner sous l'afflux de sucre et de caféine. Un coup d'œil au tableau de bord : 11 h 27. Après une goulée supplémentaire, je revissai le bouchon, claquai la portière et mis le contact.

Deux virages plus loin dans les rues désertes, et j'étais arrivée à destination.

D'innombrables voitures s'agglutinaient autour d'une maison bien entretenue de style colonial, devant laquelle trônait un panneau « À vendre ». Une maison modeste, pour ce quartier de Turramurra. Un drapeau fixé au panneau flottait sans énergie dans le silence matinal. Deux petits signets

« Portes ouvertes » étaient plantés dans les pelouses, ainsi que des flèches – superflues étant donné l'affluence.

La plupart des acquéreurs potentiels semblaient être des familles, ce qui n'avait rien d'étonnant. Je me garai en double file devant une maison quasi identique de l'autre côté de la rue, au moment où une famille s'approchait de sa Kia Carnival, les parents en tenue de week-end à la fois élégante, décontractée et classique, tandis que leurs gamins remuants – coups de pied et de poing – portaient encore leur tenue de sport boueuse. Je levai les yeux au ciel lorsque la mère brailla aux enfants de monter dans la « Car-ni-valéééé », tentative futile de donner un accent sexy à leur pot de yaourt. D'autres familles s'entassaient sur les pelouses comme des troupes d'envahisseurs, les parents scrutant, paupières plissées, les avant-toits en montrant du doigt les piliers, comme s'ils s'y connaissaient en avant-toits et en piliers et n'étaient pas plutôt des avocats ou des informaticiens qui passaient leurs journées en réunions assommantes ou à fixer un écran d'ordinateur.

Le panneau « À vendre » était surmonté de l'énorme photo d'une suite parentale décorée par un professionnel, proprette mais assez ordinaire.

Bon.

La maison serait naze.

Si cette pièce morne était ce qu'on avait choisi d'en montrer, il n'y aurait rien de mieux à voir à l'intérieur. Je retrouvai ma liste de maisons griffonnée sous la bouteille de Coca. La condensation avait trempé le papier, mais il restait lisible.

65 Waratah, Dr. Turra. 11 h 30–12 h 00. McQuilty RE. 1,95m$+

Je reportai mon attention sur la maison, lâchai un petit rire grinçant. *Trop cher.* Ils n'en tireraient pas plus d'1,7 million de dollars. Même sur ce marché. Peu importait. En tout cas, personnellement je m'en moquais.

Ce n'était pas pour ça que j'étais là.

D'ailleurs, je n'étais pas là officiellement. Oui, je travaillais pour une agence immobilière, mais seulement dans le marketing. Rédaction de prospectus fleuris, d'annonces pour les journaux, ce genre de choses. Je n'avais pas besoin d'être là pour le boulot.

Non, si je me rendais aux journées portes ouvertes, c'était pour une tout autre raison.

Je descendis de voiture, un mouvement qui suffit à accélérer et renforcer les cognements dans ma tête. Un éclair argenté près des pédales attira mon œil et je faillis me baisser pour ramasser le blister de la boîte de paracétamol, avant de lâcher un juron à haute voix lorsque je me rappelai avoir avalé les deux derniers aux portes ouvertes de la semaine passée.

— McQuilty Immobilier, marmonnai-je en libérant mes cheveux de leur élastique pour tâcher d'en dompter les frisottis du bout des doigts. S'il vous plaît, faites que ce ne soit pas Renee.

Je fourrai la liste dans la poche arrière de mon jean, puis rejoignis la horde qui remontait la courbe de l'allée dont les gravillons blancs crissaient à chaque pas. De minuscules pierres blanches jonchaient l'herbe de chaque côté. Je secouai la tête.

Imbéciles.

Au niveau des marches du perron, la foule s'engouffrait lentement dans le vestibule. Tout le monde marquait une pause obéissante pour réciter nom et numéro de téléphone en échange de la possibilité de fourrer son nez dans la maison d'un inconnu. Peut-être même certains venaient-ils sérieusement avec l'intention d'acheter. Un couple d'Asiatiques devant moi conversait dans une langue qui pouvait être du mandarin. Le jeune enfant entre eux était si emmitouflé dans sa parka et son pantalon de ski qu'il ressemblait à une petite saucisse colorée dont il était impossible de déterminer le sexe.

— Bonjour et bienvenue ! Puis-je avoir votre nom, s'il vous plaît ?

Cette voix nasillarde.

Eh merde.

L'idée me traversa de rentrer à la maison, de retourner à la voiture et au Coca sucré et tiède. L'espace d'un instant, j'hésitai, visualisant mon appartement, m'imaginant assise sur la méridienne en train de regarder, enfouie sous un plaid, des rediffusions de *Friends*. Et puis, alors que j'oscillais, la femme asiatique se déplaça sur sa gauche et j'aperçus la pénombre d'un couloir par la porte entrebâillée. Des murmures s'échappaient du bâtiment, étouffés – quelle frustration ! J'hésitais encore, incapable de me décider. Puis un gloussement aigu, le grincement d'une porte qui se ferme.

Même une maison ordinaire pouvait receler des secrets extraordinaires.

Mon cœur se mit à battre un peu plus vite. Je n'avais jamais laissé Renee m'effrayer. Je restais.

Quelques numéros de téléphone plus tard, mon tour était venu.

— Bienvenue ! Puis-je…

Le sourire peint en grenat de Renee se mua en ligne irrégulière couleur bordeaux quand elle leva les yeux de son iPad et me vit.

— Ah, c'est vous.

— Salut, Renee. Belle journée hein ?

J'étais partie pour une banalité guillerette, mais elle était sortie douceâtre et insipide. Mon sourire s'affaissa un peu.

Renee refaçonna sa bouche en un semblant de sourire, qui n'éclairait toutefois pas ses yeux. Renee Crowley gardait son modèle Ultra Brite pour ceux qu'elle estimait le valoir. Or pour valoir la peine, aux yeux de Renee Crowley, il n'y avait qu'un moyen : venir acheter une maison. Et vu que Renee Crowley ne croyait pas que j'étais venue lui acheter une maison – ni aujourd'hui ni jamais –, je ne pouvais guère lui reprocher son manque de chaleur.

D'autant qu'elle n'avait pas tort.

Personne, Kate, voilà qui tu es.

Cela dit, j'avais assisté à huit portes ouvertes avant que Renee ne mémorise mon visage, alors pendant un temps, j'avais eu droit au grand sourire. Jusqu'à ce qu'elle ait vent d'une rumeur locale, qui la mette au courant de mon… histoire.

Lui raconte l'« incident ».

Elle me regardait différemment, maintenant. Comme tous les autres.

Le Dr Evans, le psychologue au regard triste à qui on m'avait adressée après, avait tenté de m'inculquer une méthode en quatre étapes visant à m'aider à gérer le jugement – ou la pitié, selon les cas – d'autrui. Comme celles de tous les thérapeutes que j'avais essayés au fil des années avant de carrément laisser tomber, son intervention s'était avérée inutile. Le Dr Evans ne comprenait pas.

Personne ne comprenait.

La pitié, c'était irritant, mais je pouvais supporter. Le jugement aussi. Enfin, le jugement, je le méritais.

Je méritais tout.

— Kate, c'est bien ça ?

Elle s'est rappelé mon nom.

Une vague de plaisir déferla aussitôt sur moi, suivie par l'agacement de me sentir reconnaissante que cette putain de Renee Crowley ait retenu mon nom.

Le Dr Evans n'approuverait pas ce besoin de reconnaissance.

— Oui, Kate Webb.

— Puis-je avoir un numéro de portable, Kate ? demanda Renee, l'index en l'air.

À lui seul, cet ongle laqué de bordeaux suffit à me communiquer son mépris.

Nous savions toutes les deux que jamais elle ne m'appellerait. À ses yeux, je n'étais qu'un chiffre dans un tableau qu'elle transmettrait aux propriétaires afin de leur prouver le boulot fabuleux qu'elle avait effectué en incitant autant d'acheteurs potentiels à venir chez eux.

Je le lui dictai tout de même.

— Parfait. Prenez votre temps. (Elle se tourna vers les suivants.) Bonjour, bienvenue au 65 Waratah Drive. Puis-je avoir votre nom, s'il vous plaît ?

Je venais d'être rembarrée. Au lieu d'en concevoir de la hargne envers Renee, je sentis un bourdonnement familier me parcourir. L'excitation face à une nouvelle maison et tous ses secrets soigneusement enfouis. Comme la première gorgée de vin blanc bien frais par un après-midi d'été, l'anticipation me parcourut les veines. C'était ça, la drogue qui me poussait à revenir en chercher plus. La porte d'entrée se dressait devant moi, avec toutes ses promesses. Des promesses de vies vécues, d'enfants petits et grands, de dîners autour d'une table de cuisine. Ou d'éraflures aux murs, d'abat-jour cassés et de crochets vides de cadres. Des trucs de tous les jours. Des vies de famille.

Des commencements.

Et des fins, bien sûr.

Mon pouls s'accéléra lorsque je franchis le seuil.

Le vestibule était étouffant, ça sentait les biscuits. Ces fichues stylistes, il fallait toujours qu'elles répandent cette odeur de gâteau. Ça ou le café fraîchement passé. Sans doute cela valait-il mieux que l'odeur entêtante de la pisse de chat ou des légumes trop cuits. Et oui, certaines maisons sentaient vraiment mauvais.

Le couple asiatique se trouvait dans la première chambre, donc, suivant l'étiquette de l'immobilier à la lettre, j'attendis mon tour dans le couloir. Au bout d'une minute ou deux, ils ressortirent. L'enfant – je n'arrivais toujours pas à dire si c'était une fille ou un garçon – se tortilla pour jeter encore un regard dans la pièce, en tirant sur la main de ses parents avec une telle insistance que son bras était presque à l'horizontale. Alors qu'ils le traînaient plus loin, l'enfant se mit à geindre et les parents le firent taire en le tirant plus fort.

J'entrai.

C'était une chambre d'enfant. Au mur, des lettres colorées au-dessus du lit simple composaient le nom FLYNN. Hormis cette touche personnelle, toute forme de caractère avait été expurgée de la pièce pour laisser place au bon goût. Des tons neutres, avec quelques « touches de couleur ». Dans le cas présent, bleu roi et rouge pompier. Pour un garçon, donc. Visiblement. Une couverture était posée sur le cadre métallique du lit, trop savamment froissé-défroissé pour être autre chose qu'une mise en scène. Des jouets rétro, du genre que les adultes adorent mais dont les enfants n'ont que faire – en tout cas bien moins que d'un iPad ou un de ces gadgets en plastique tout droit sortis de magasins de hard-discount – étaient disposés dans une bibliothèque blanche. Des robots miniatures de collection avaient été disposés tout en haut, pour échapper aux menottes sales. Un petit tee-shirt Guns N'Roses pendait à un cintre, telle une œuvre d'art visant à cibler les jeunes-familles-cool-qui-emménagent-en-résidence-sans-perdre-de-vue-leurs-anciennes-passions. Un petit train en bois avait été placé par terre, près d'un tipi – toujours pour la touche bobo.

Rien dans cette chambre ne m'évoquait Sascha. Ni Flynn, d'ailleurs. J'étais dans la reproduction soigneusement élaborée d'une chambre d'enfant. Malgré ce constat, j'entrepris de la fouiller.

D'un geste preste, j'ouvris le tiroir du haut de la table de chevet. Vide. Rien non plus dans les deux autres. Je fis volte-face vers le placard. La porte coulissa sur des rails silencieux. Vide aussi, à l'exception de quelques caisses de vin estampillées « Livres d'enfants » et « Peluches ». Je refermai la porte.

Deux petits garçons déboulèrent au moment où je quittai la chambre, en hurlant : « Trop bien celle-là ! » L'un d'eux alla se fourrer sous le plaid tandis que sa mère restait dans le couloir en attendant que je sorte. Elle m'adressa un regard qui avait l'air de dire : « Ah, les garçons… », assorti d'un haussement d'épaules et d'un sourire béat.

Je ne voyais plus le couple asiatique et leur enfant au genre indéterminé, ni dans le couloir, ni dans la pièce suivante. Qui s'avéra être la version fille adolescente de celle d'avant. Du blanc, du vert canard et du jaune. Cool et calme. Je lâchai un grognement. Pas de tee-shirts sales. Pas de posters d'1D ou de 5SOS collés à la Patafix. Ni d'aucun des boys bands qui avaient fait hurler les filles cette semaine.

Chevet vide.

Armoire vide, hormis une demi-douzaine de cintres d'un côté.

Rien pour moi ici.

Zut, zut, zut.

Je ressortis et traversai le couloir, d'où j'entendis un « tchou-tchou » et le son des wagons qui s'entrechoquaient dans la chambre de Flynn. La mère, sans doute, laissait ses fils détruire les jouets en échange de cinq minutes de répit, dont elle profitait pour envoyer des textos à ses copines en prévision de leur prochain déjeuner.

Suivante. La suite parentale : couette blanche sur le lit, plaid gris jeté dans un angle, un unique coussin à motif géométrique bleu-vert au milieu d'un nombre excessif de ses semblables blancs. Exactement la même que celle sur la photo, en beaucoup plus petit cela dit, une fois qu'on ne la regardait plus à travers l'objectif grand angle. Mais ce fut l'œuvre d'art générique, noire et blanche, qui me flanqua vraiment la trouille. Trois tableaux typographiques accrochés côte à côte, chacun représentant un unique mot dans une typographie manuscrite.

Imagine. Rêve. Aime.

Bâille, plutôt.

J'avais vu les mêmes impressions dans trois maisons au cours des trois semaines passées. L'artiste en moi frissonna de dégoût.

À ce stade, je ne nourrissais plus guère d'espoirs. Les propriétaires étaient passés à autre chose, emportant leur personnalité avec eux. Quoi qu'il en soit, j'entrai dans la chambre. Méthodique, j'ouvris les tiroirs, vérifiai derrière les chevets et scrutai l'intérieur des armoires. Je ressentis un instant d'excitation après avoir tâté quelque chose de mou au fond d'une étagère haute. Une chaussette de tennis d'homme, ordinaire, à peine portée. Je l'observai une seconde, mais elle était trop neuve.

Je continuerais à chercher.

Un raclement de gorge exagéré me fit rejeter la chaussette dans le fond et plisser les yeux tandis que ma tête se mettait à pulser avec une urgence renouvelée. Je pivotai, feignant la nonchalance. Un vieux monsieur, grand et un peu courbé, barrait l'entrée. Il portait un gilet bleu ciel et un pantalon beige. Son visage était tanné et sinistre, comme s'il passait ses journées à jardiner ou à errer dans les bois et qu'il était mécontent de se trouver dans la maison d'un inconnu par un samedi matin ensoleillé. Son froncement de sourcils désapprobateur lui scindait le front en deux.

Je hasardai un sourire.

— Faut vérifier les rangements, pas vrai ? Dans ces vieilles maisons, le rangement fait parfois vraiment défaut, lançai-je en désignant vaguement l'armoire de la main. Celle-ci n'est pas mal, cela dit.

Son expression ne changea pas d'un iota. Je m'excusai et m'avançai vers la porte. Il s'écarta pour me laisser passer, sourire en berne. Une femme courtaude se tenait derrière lui, l'air perplexe.

— Elle était en train de fouiner, non ? commenta le bonhomme à la bonne femme – sa femme, présumai-je – sans prendre la peine de parler bas.

Les joues brûlantes, je m'empressai de sortir.

Suivait le séjour qui, avec la cuisine, formait un vaste open space. Et les effluves renouvelés de biscuit – cookies aux pépites de chocolat – ne firent rien pour soulager ma nausée latente. J'essayai alors de respirer par la bouche. Un meuble TV fermé à un bout de la pièce, une paire de méridiennes gris clair et l'îlot de cuisine à l'autre bout. Le plan ouvert m'indiquait que la maison avait été rénovée ; la cuisine toute blanche était assez moderne pour suggérer qu'elle l'avait été très récemment. Renee n'était décidément pas très maligne, songeai-je avec colère, en maudissant l'éclairage quasi fluorescent qui décuplait ma gueule de bois. Les cuisines blanches, c'était le dernier truc à la mode. C'était une photo de cette pièce qu'elle aurait dû afficher sur le panneau de la pelouse.

Automatiquement, je révisai mon estimation du prix. Peut-être en tireraient-ils un million huit.

Plusieurs couples déambulaient çà et là, certains suivis à contrecœur par des enfants qui traînaient la patte. Un homme mesurait le salon avec un mètre ruban, puis sa compagne secouait la tête en soupirant. Un autre couple scrutait le garde-manger entre deux messes basses. Peut-être était-il trop grand, ou trop petit, qui savait ? D'autres examinaient les murs et les sols. Le plafond, même. Impossible pour moi de fouiller ici. Je contournai le plan de travail en L pour gagner l'évier, où une fenêtre donnait sur le jardin.

Un soupir m'échappa. Toujours pareil. Pas le genre de jardin où je pouvais m'imaginer Sascha en train de creuser la terre ou m'appelant pour que je vienne voir une sauterelle qu'il avait trouvée. Trop générique. Décevant. La pelouse était impeccable, avec un garage plus ancien mais fraîchement repeint sur la gauche et des parterres propres à défaut d'êtres inspirés tout autour. D'autres pierres d'une blancheur improbable recouvraient l'allée. L'absence temporaire de l'étendoir parapluie pouvait se déduire du trou au centre de la zone herbeuse. Il fallait se rendre à l'évidence : personne ne se rêvait en train d'étendre son linge.

C'est le rêve qu'ils achètent, chérie.

Je ne pris pas la peine d'aller jeter un coup d'œil dehors. Je voyais d'où j'étais que le jardin serait aussi dénué de souvenirs que le reste de la maison.

C'était l'heure de partir.

Je repris le couloir en sens inverse, dans un nuage de Chanel *N°5*. Mon estomac se mit à faire ce truc que je connaissais bien : des palpitations. Je pris des inspirations brèves, afin d'endiguer la vague de nausée. Devant la porte, les pépiements de Renee m'immobilisèrent. Je m'arrêtai en m'arrangeant pour demeurer hors de sa vue et j'écoutai en douce.

— Merci. Et qu'avez-vous pensé de la maison ?

— Oh, ce n'est pas vraiment mon style. Nous cherchons quelque chose avec un peu plus de… charme, vous voyez ? Et avec une piscine, bien sûr. Ou du moins la place d'en ajouter une. Les enfants n'en démordent pas : il nous faut une piscine.

Je ne voyais pas la femme qui parlait, mais je devinais qu'il s'agissait de celle parfumée au Chanel *N°5*. Ses voyelles étaient bizarrement appuyées, comme si elle auditionnait pour le rôle d'Eliza Doolittle dans la pièce de l'école, pourtant je n'arrivais pas à situer son accent.

— Mmm, je vois, répondit Renee, dont chaque mot dégoulinait d'hypocrisie. Euh… pardon, j'ai oublié votre nom…

Du Renee tout craché.

— Tammy.

— Eh bien, Tammy, nous avons un certain nombre d'autres propriétés à notre catalogue en ce moment…

— Oh, je pense que nous avons vu tout ce qui était disponible dans cette zone. Nous sommes revenus à Sydney depuis plusieurs semaines à présent, nous vivions à Londres, ces cinq dernières années (Voilà qui expliquait le drôle d'accent.) et je cherche désespérément une maison. On adore, vraiment on adore cette région. Mon mari prend bientôt un poste en ville et nous voudrions nous installer aussi vite que possible.

— Oh, Tammy! Comme c'est formidable que vous cherchiez une maison sur notre magnifique côte nord. Tellement arborée et calme. Parfaite pour une famille. Voyez-vous un inconvénient à ce que je vous demande quel est votre budget?

— Eh bien, par chance pour nous, la livre est forte en ce moment. Mon mari m'a donné un budget entre quatre et cinq millions de dollars. Voire un peu plus, si j'arrive à le persuader que j'ai trouvé le havre parfait.

La longue pause de Renee suffisait à témoigner de sa joie. Sa réponse me parvint à voix basse:

— Tammy, il se pourrait que vous soyez en veine. J'ai un nouveau produit qui vient d'arriver sur le marché. Aujourd'hui même. Nous ne le montrons pour l'instant qu'à des gens triés sur le volet. Les visites officielles commenceront la semaine prochaine. Les propriétaires ont décidé de lancer des enchères, mais la maison pourrait se vendre avant, vu le marché actuel, alors si vous êtes intéressée…

— Elle a une piscine?

— Oui, une piscine sublime. Oh, c'est un endroit magnifique, Tammy, je vous jure. On y retrouve le charme que cette maison… (Elle marqua un silence théâtral.) n'a pas, hélas. Elle est dans votre gamme de prix et plus accordée à vos goûts.

— J'ai l'impression qu'elle est géniale. J'adorerais y jeter un coup d'œil.

— Merveilleux, conclut Renee, en étirant les syllabes. C'est Roger, l'un de nos agents les plus expérimentés, qui s'occupe de cette propriété. Il a organisé une visite VIP aujourd'hui à

15 heures, je crois. Laissez-moi trouver l'adresse, je suis sûre qu'il me l'a envoyée par SMS tout à l'heure.

Je me dirigeai à droite au bout du couloir.

Téléphone sorti, griffes à l'œuvre sur un morceau de papier, Renee leva brièvement les yeux et se hâta de reporter son attention sur l'appareil, tout en me lançant :

— Ah, Kate, je ne vous avais pas vue. Je discutais avec Tammy. Elle cherche à acheter une maison, une maison de famille dans la région. Elle est récemment arrivée de Londres.

À sa façon de l'énoncer, on aurait pu croire que Londres était le paradis. Ou un orgasme.

Madame Chanel – Tammy – me jaugea de la tête aux pieds, l'air peu impressionnée par ce qu'elle découvrait : une femme entre deux âges au front voilé de sueur, portant un jean passé de mode, un sweat-shirt marine, pas de maquillage et des Converse trouées. Sans parler de mes cheveux, dans leur état habituel, c'est-à-dire à la fois frisottés et raides, si, si, c'est possible.

Tammy, en revanche, ressemblait à son odeur. Luxueuse. D'une sophistication manifeste, mais décontractée. Perles, chemisier blanc amidonné, jean aussi, mais aucun rapport avec le mien. Sans doute un Gucci ou quelque autre marque super cool dont je n'avais jamais entendu parler. Cheveux soigneusement mis en pli, maquillage parfait. Ce qui me surprit, cependant, c'était qu'elle était accompagnée par deux enfants. Tellement calmes que je ne les avais même pas remarqués jusqu'à présent. Le garçon devait avoir dans les huit ans et la fille une ou deux années de plus. Et eux, presque aussi soigneusement vêtus que leur mère, ne semblaient retenir l'attention ni de Tammy ni de Renee. Jamais je n'avais vu des enfants aussi silencieux, aussi bien élevés.

À faire froid dans le dos.

Sascha aussi avait été un enfant calme, pourtant je ne me le rappelais pas avoir jamais été aussi immobile et muet. Cela dit, il était plus jeune que ces deux-là quand…

Je chassai cette pensée, que je recouvris mentalement de quelques pelletées de terre, afin de garder les fantômes soigneusement enterrés. Ce n'était ni le lieu ni le moment. Je penserais à Sascha plus tard, lorsque je serais seule dans mon appartement avec un grand verre de vin.

Nous restâmes tous mutiques un instant. Tammy nous regardait tour à tour, Renee et moi, les sourcils légèrement froncés.

Ce fut l'agente qui brisa le silence.

— Puis-je faire quelque chose pour vous aider, Kate ? s'enquit-elle, affichant un sourire poli destiné à Tammy, pas à moi.

— Non, merci, Renee. Je file.

Sur quoi, je me faufilai derrière Tammy et ses enfants muets – son parfum était si fort que je dus retenir ma respiration de crainte de vomir sur le parquet ciré – et sortis retrouver l'air frais. Cependant, je me décalai aussitôt sur le côté, tête penchée, pour écouter la suite.

Renee donna l'adresse à Tammy. Je haussai les sourcils.

La maison se trouvait dans l'une des rues les plus cossues de Wahroonga. Un élément de l'adresse fit tinter une clochette dans mon cerveau fatigué, sans que je parvienne à mettre le doigt dessus.

— La maison Harding, lâcha Renee dans un soupir. Vous allez l'a-do-rer, Tammy.

La maison Harding.

Je ne pus réprimer un sourire satisfait lorsque mes neurones embués par la gueule de bois assemblèrent enfin les pièces du puzzle : Renee parlait de la maison Harding, la fameuse. J'en avais entendu parler, bien sûr, comme la plupart des habitants de la côte nord.

Maintenant, je comprenais la réticence de Renee à donner l'adresse devant moi. Elle ne me jugeait pas digne de la maison Harding, sans doute trop belle pour moi et mon allure négligée. Je pouvais difficilement la détromper sur ce point.

Mais ça ne m'empêcherait pas d'y être à 15 heures sonnantes.

Je repris mes esprits au moment où Renee questionnait sa poule aux œufs d'or sur les hôtels londoniens, comme si elle s'adressait à sa meilleure amie. Elle devait s'envoler pour l'Europe l'an prochain et mourait d'envie de séjourner dans un endroit « exquis ». Sur la Tamise et proche de Harrods, si possible. Tammy connaissait-elle par hasard ce genre d'adresses ?

La pelouse s'était vidée, la plupart des visiteurs ayant filé vers leur visite suivante. Je repris l'allée aux graviers qui crissaient. À mi-chemin, je m'arrêtai pour observer les petites pierres lisses et blanches. Des galets comme ça vous flinguaient un gazon en quelques jours. J'aurais parié gros que, ce matin, les propriétaires actuels étaient en train de ramasser ceux qui s'étaient répandus sur la pelouse pour les remettre dans l'allée, lançant un juron à chaque galet. Je me penchai, en attrapai un au hasard et le fis sauter encore et encore au creux de ma paume en réfléchissant.

Il était joli, lisse et tellement, tellement banal.

Parfait.

Contente de moi, je le glissai dans la poche de mon jean et repris mon chemin jusqu'à ma voiture.

Je m'emparai de la bouteille de Coca. Un ou deux centimètres de liquide noir éventé clapotaient au fond. Je l'avalai en deux gorgées avides. Il était encore plus chaud que la dernière fois et complètement privé de ses bulles, mais cela ne m'arrêta pas. La pendule de mon tableau de bord annonçait 12 h 08. Que faire pour tuer le temps jusqu'à 15 heures ?

Déjeuner ?

Cette fugace perspective de nourriture fut soudain remplacée par une intense nausée. J'ouvris vivement la portière et reproduisis mon scénario de la tête entre les genoux, avec violents haut-le-cœur et crachat sur le bitume. Et je sus – encore une fois, grâce à d'innombrables expériences antérieures – que la phase vomitive de cette gueule de bois touchait à sa fin.

Putain de Dieu, merci !

Je repris ma position assise et m'essuyai la bouche d'un revers de la main, souriante, soulagée jusqu'au vertige, sachant que bientôt, je me sentirais de nouveau normale. En refermant la portière, je jetai un coup d'œil de l'autre côté de la rue. Renee était plantée devant le coffre d'une BMW gris métallisé, le drapeau « portes ouvertes » dans les bras et un petit panneau publicitaire à ses pieds. Elle me dévisageait, bouche tordue sur une moue dégoûtée, les yeux sortant de leur orbite comme ceux d'un personnage de dessin animé.

Je me sentis rougir, brûlante. Je m'enfonçai dans mon siège, ôtai la main de ma bouche comme si on venait de me gifler. Renee reporta son attention sur sa voiture, déposa prestement son matériel dans le coffre avant de gagner en toute hâte le côté conducteur. Et elle démarra sans un regard dans ma direction.

Super. Une raison de plus pour que Renee me déteste.

Je baissai les yeux vers mon sweat-shirt taché de bave, puis sur mes mains tremblantes, surprise de les découvrir aussi gonflées, les veines aussi apparentes. Aussi vieilles. J'avais les ongles rongés, comme d'habitude, et une main marquée par une éraflure peu profonde que je ne me rappelais pas m'être faite. Une blessure d'ivrogne. J'agrippai le volant de toutes mes forces pour stopper les tremblements, mes phalanges si crispées qu'elles paraissaient blanches. Ma peau était luisante de sueur. En fait, mon corps tout entier m'était étranger, ce qui était bizarre vu que je prenais du poids régulièrement depuis des années. Sans doute mon esprit demeurait-il celui d'une gymnaste maigrichonne avec abdos en acier et mollets en béton. La ceinture de mon jean me tailladait le gras. Je défis le bouton et appréciai le soulagement de la chair prenant ses aises en passant par-dessus le jean, avant de ressentir la répulsion. La répulsion envers mon propre corps. Comme en réponse, il gargouilla, un long geignement, animal. Soudain, j'étais affamée. La nausée s'était volatilisée.

Va te faire foutre, Renee.

Il fallait que je mange.

Une portion de poulet frit ferait l'affaire. C'était trop gras pour moi, mais le jeu en valait la chandelle. L'estomac gargouillant, je m'engageai sur la quatre-voies en direction du drive-in le plus proche. Ayant emporté ma boîte de poulet dégoulinant d'huile, j'allai me garer derrière un restaurant chinois. Une fois qu'il ne resta plus que les os et le gras qui imbibait la serviette, je m'adossai contre le siège et tâchai de déterminer si mon état s'était amélioré ou détérioré.

Impossible de trancher.

Je programmai l'alarme sur mon téléphone et fis une sieste jusqu'à ce que la sonnerie me réveille. Je battis des paupières, sursautant à la vue d'un vieux Chinois en train de me fixer de ses yeux impassibles. Élégamment perché sur une caisse de lait près de la porte arrière du restaurant, tablier taché de sang et cigarette pendue à ses doigts maigres. Moi, j'avais les yeux collés et un filet de bave à la commissure des lèvres. Je l'essuyai et remontai le siège, détournant le regard. La dignité naturelle de cet homme accentuait mon impression d'être une sombre merde. Je reboutonnai discrètement mon jean en espérant qu'il ne distinguait pas ce que je faisais, puis démarrai et filai.

Je m'étais laissé une demi-heure. En approchant de la maison, je baissai la vitre pour aérer quelques pets aromatisés au poulet frit – pourvu qu'il n'y en ait pas d'autres à venir. La dernière chose dont j'avais envie, c'était d'ajouter « péteuse puante » à la liste de mes hontes du jour.

Mais dès que je me garai devant la maison Harding, toute pensée de pets s'évanouit.

Je tombai amoureuse de l'endroit.

Samedi 5 juillet

Après-midi

La maison Harding était parfaite.

Assise dans ma Hyundai jaune avec dix minutes à tuer, j'observai chaque brique, chaque tuile, hypnotisée par la symétrie de la bâtisse, mais aussi par les imperfections qui, bizarrement, la rendaient parfaite, et je savais, je le savais… c'était ça. C'était elle. Et même après tout ce qui s'est passé par la suite, je persiste à penser que la maison Harding est le foyer le plus exquis dont on puisse rêver.

La maison Harding – Highfields, d'après les panneaux –, était un lieu phare de Wahroonga. Elle appartenait à la famille de Brett Harding depuis des générations. Tout le monde était médusé qu'il songe à la vendre. Ma première pensée en la voyant en chair et en os – enfin, en briques et en mortier – fut : « Pourquoi quiconque voudrait-il vendre une maison pareille ? »

La demeure était vieille, même si j'aurais été bien en peine de lui donner un âge. Malgré mes visites de maisons tous les week-ends depuis environ deux ans, et malgré le fait que je travaille dans une agence immobilière, l'architecture n'était pas vraiment mon truc. Cela dit, j'appris dans la brochure en papier glacé sur laquelle je mis la main plus tard que la maison datait des années 1930, soit l'époque néocoloniale géorgienne. Sa façade était en brique, elle offrait un rez-de-chaussée et un étage sur un plan rectangulaire. Joliment symétrique, elle comptait trois fenêtres à l'étage supérieur, équilibrées au rez-de-chaussée par deux fenêtres et une porte d'entrée dotée d'un portique impressionnant. Chacune des cinq fenêtres était adorablement encadrée de volets bleu foncé. La toiture était pentue, les tuiles soigneusement surmontées d'une cheminée, telle la cerise sur un sundae glacé.

Depuis la rue, on ne voyait pas grand-chose de la bâtisse ; à peine quelques pans de briques rouges à travers la haie de camélias feuillus. Pour atteindre l'entrée de la maison proprement dite, il fallait bifurquer dans une longue allée, franchir un portail en fer forgé – qui se trouvait être ouvert ce jour-là – et poursuivre sur le long chemin pavé d'ardoise qui menait à un rond-point cernant un parterre de buissons et de rosiers blancs. Les parterres à l'extérieur de l'allée circulaire étaient paysagers, mais pas de cette façon trop proprette qui était la marque de tant de maisons témoins. Ces jardins-là hurlaient – ou, devrais-je dire, chuchotaient – le bon goût.

La maison Harding valait une fortune, c'était évident au premier coup d'œil. Il y avait des bâtisses plus grandes et plus tape-à-l'œil sur la côte nord, mais celle-ci avait quelque chose de spécial. La maison de famille idéale. Le genre d'endroit où j'avais envisagé que nous allions vivre un jour, Peter, Sascha et moi.

À l'époque où j'avais encore une famille.

Je chassai cette pensée et restai assise une bonne minute dans la voiture, à me repaître de la beauté de la maison, nerveuse à la perspective d'entrer. Cette fois, j'étais pleinement d'accord avec Renee : la maison Harding était trop belle pour moi.

Trop parfaite pour que j'aille la souiller de mes pets et de ma présence encombrante. Avec mes vieilles frusques et mes cheveux sales, mes doigts encore graisseux de poulet frit.

Trop parfaite pour que j'y mène une fouille en règle.

Je faillis redémarrer et rentrer chez moi. Et s'ils avaient fait des travaux qui avaient ruiné le charme de la maison ? Genre minimaliste, comme dans la précédente ? Ou pire, décoré à la mode des années 1980 ?

Cependant, le fait d'imaginer l'intérieur de la maison m'empêcha de partir et raviva en moi le désir d'entrer.

Une portière claqua et je pivotai sur mon siège, surprise. Une Lexus bleue s'était garée derrière moi, aussi rutilante et moderne que si elle sortait de chez le concessionnaire. Quelques secondes plus tard, un visage bronzé s'encadra dans ma vitre. Un visage d'une beauté classique, rasé de près et exsudant un excès de confiance en soi : cela ne pouvait être qu'un agent immobilier. Son épaisse chevelure brune était soigneusement coiffée, avec des fils argentés aux tempes. Le gris lui donnait un air distingué, de cette façon agaçante qui ne fonctionnait que chez les hommes, apparemment. Et puis le visage me sourit, révélant de légères pattes-d'oie et les dents les plus blanches et les plus droites qu'il m'ait été donné de voir. Je me pris à espérer que la puanteur de mes pets se soit dissipée.

— Bonjour, je suis Roger Bailey de chez McQuilty Immobilier.

Il se tut, attendit. Avant que j'aie eu le temps de répondre, des effluves d'après-rasage s'engouffrèrent dans la voiture.

Mon Dieu.

Un reste d'odeur passerait inaperçu auprès de cet homme – même auprès de quiconque dans un rayon de dix mètres – à moins d'avoir le flair d'un chien truffier. Je retins un accès de toux.

—Ah, euh… bonjour, Roger. Enchantée. Je suis… Tammy.

Merde. La vraie Tammy a plutôt intérêt à être en retard.

—Bonjour, Tammy. Ravi de vous rencontrer. Renee m'a informé de votre visite. Donc vous êtes la dame de Londres ? De retour en Australie pour de bon, paraît-il ?

—Oui, oui, c'est ça, répondis-je en m'efforçant de ne pas trop gigoter.

—Nous avons plusieurs acquéreurs intéressés qui viennent aussi aujourd'hui, mais on dirait que vous et moi sommes les premiers arrivés, continua Roger sans se départir de son sourire. Si vous voulez bien patienter un instant, je vais vérifier que tout est prêt et je vous fais signe une fois que c'est le cas. Et peut-être puis-je vous demander d'avancer un tout petit peu votre voiture près du rond-point ? Merci beaucoup, Tammy, à tout de suite.

Et il se dirigea vers la maison. Je lui donnais à peu près cinq ou six ans de plus que moi, soit cinquante ans à peu près, mais il était très en forme. Affûté dans son costume de luxe. De grandes enjambées dans ses souliers noirs ridiculement brillants. Était-il du genre à les faire reluire lui-même ? Peut-être. Pourquoi n'avais-je jamais rencontré Roger auparavant ? D'autres agents m'avaient déjà parlé de lui, notamment Vivian, ma patronne. Du coup, je trouvais étrange de n'avoir jamais assisté à une journée portes ouvertes dans une maison dont il s'occupait. Peut-être était-il spécialisé dans la vente de propriétés dans le genre de celle des Harding. Or ces demeures n'étaient pas proposées au tout-venant ; c'est-à-dire pas à la populace comme moi. La plupart se visitaient « uniquement sur rendez-vous ». Alors, pourquoi pas celle-ci ? J'espérais bien le découvrir.

Roger gravit d'un bond les marches du perron et consulta un morceau de papier, avant d'appuyer sur les boutons d'un clavier près de la porte d'entrée. Il recula, les yeux fixés sur la porte. Qui s'ouvrit en grand, à croire que son regard avait suffi à la déverrouiller. J'aperçus la courbe gracieuse d'un escalier, un parquet rutilant. C'était alléchant.

Pas besoin de clé, dans la maison Harding.

Roger franchit le seuil, puis il pivota vers moi.

Merde, il m'a demandé de déplacer la voiture.

J'avançai de quelques mètres, aussi proche de l'extérieur de l'allée circulaire que possible, puis je remontai la vitre, sortis et fermai ma voiture avec la clé que je fourrai dans la poche de mon jean, à côté du galet que j'avais ramassé plus tôt. Le capot était agréablement chaud sous mes fesses tandis que j'attendais et, sur une profonde inspiration, je me demandai s'il était possible que l'air soit à la fois plus doux et plus pur ici.

Dans la maison Harding, tout semblait possible.

Roger rouvrit la porte et me fit signe d'une main. De l'autre, il tenait un portable à son oreille et il murmura « Désolé » sans un son mais avec un sourire-grimace poli, avant de me tourner le dos. Je filai vers la maison et montai les marches d'un bond, sans parvenir à réprimer un nouveau pet en chemin. Devant la porte, je défis les lacets de mes Converse noires miteuses et les ôtai. Si je n'avais pas jugé utile de les enlever dans la première maison, pas question de les imposer à la maison Harding, elles n'avaient rien à faire là. Je fus soulagée de constater que j'avais mis des chaussettes assorties et sans le moindre trou.

— Mais Steph, tu sais que je prévoyais d'emmener les filles à l'aquarium demain, disait Roger alors que je me redressai pour entrer.

Il parlait d'une voix tendue et mécontente que je n'étais pas censée entendre, mais vu qu'il se tenait à trois petits mètres et que la maison était vide et silencieuse, j'entendais tout, évidemment. Je me lançai dans une observation attentive de la pièce, histoire de lui accorder un peu d'intimité.

— Mais… Oui, oui, je sais, continua-t-il avec un coup d'œil dans ma direction, même si je ne me souciais plus de lui désormais.

J'étais trop occupée à m'émerveiller, bouche bée, de ce que j'avais sous les yeux.

La maison Harding.

De l'escalier monumental à l'ameublement magnifique, tout était absolument, totalement parfait. L'entrée, haute de deux étages, augmentait l'impression d'espace. Une lumière chaude tombait de la fenêtre du haut pour baigner le rez-de-chaussée, mais avec douceur. Il n'y avait rien de dur, dans la maison Harding. Rien qui jurait, rien qui déstabilisait. Les murs blancs communiquaient aux lieux une impression de fraîcheur. Sous mes chaussettes, le parquet était élégant sans rien de tape-à-l'œil. On aurait dit la maison de Boucle d'or : parfaite.

Je relâchai ma respiration et avec mon souffle s'échappa le chaos de la matinée, comme un mauvais rêve.

Et puis Roger parla, me tirant de ma rêverie.

— Oui, oui, je comprends que les choses changent, mais…, dit-il sur la même voix étranglée. Bien sûr que non. Tu ne peux pas y aller une autre fois ? Oui, bon, d'accord. Comme tu veux.

Sur quoi, il arracha le téléphone de son oreille et se retourna brusquement vers moi, avec le mot « agacement » écrit en grosses lettres sur le visage. Mais il était professionnel. L'instant d'après, son sourire éblouissant de blancheur était de retour.

— Pardon, Tammy. C'était ma femme. Nous sommes… nous traversons… nous avons quelques… (Il hésita, le masque glissa.) Nous sommes en pleine séparation. J'étais censé récupérer mes enfants ce soir. (Il haussa les épaules.) Bon, il faut croire que les choses évoluent, n'est-ce pas ? Bon, alors. Bienvenue, Tammy ! (Sa voix avait recouvré le ton légèrement obséquieux, teinté d'une note de condescendance typique des agents immobiliers.) Puis-je avoir votre numéro, je vous prie ?

Je lui donnai le numéro de mon docteur, le seul que je connaisse par cœur en dehors du mien. Personne d'autre n'était encore arrivé. Parfait. Je savais que la vraie Tammy n'allait pas tarder, alors j'avais tout intérêt à profiter du calme avant la tempête.

D'abord, la cuisine. Avec sa blancheur de rigueur, elle aurait dû être décevante, comme celle de la maison de ce matin, et pourtant, avec des touches chaudes de bois massif, d'inox et des éclats de couleur, ça fonctionnait. Un mixeur KitchenAid vert pomme trônait sur le plan de travail blanc. Les tabourets de bar en bois blond sous l'îlot semblaient faits main. Dans un pot en céramique jaune près de la porte, un plant de figuier nain avait l'air tellement plein de santé que je le crus faux, mais il me suffit de toucher une fois sa feuille vert sombre pour me confirmer que la vie fleurissait bel et bien dans la maison Harding. Près de la cuisine se trouvait un jardin d'hiver baigné de soleil dont les parois vitrées donnaient sur une pelouse luxuriante parsemée d'arbres et entourée de plates-bandes fleuries. On ne voyait aucune des maisons du voisinage. Pour moi qui vivais dans un appartement, ce détail symbolisait le summum du luxe.

Et la magnificence continuait, pièce après pièce.

Une salle à manger élégante, mais apparemment beaucoup utilisée ; une pièce à vivre avec la méridienne à motif écossais la plus confortable qui se puisse imaginer (naturellement, je m'assis dessus) ; un home cinéma avec des fauteuils pour huit personnes ; une salle de bains en marbre qui parvenait à rester discrète ; et pour couronner le tout, une bibliothèque, tout en panneaux de bois sombre avec des murs de livres, comme un truc justement sorti tout droit d'un roman.

Je fis le tour de la pièce, laissant courir mes doigts sur le dos des ouvrages, avant de la quitter à contrecœur pour retourner à la cuisine. Pas d'odeur de biscuits qui flottait dans l'air, ici. La maison Harding n'avait pas besoin de faux parfums d'ambiance ou de miroirs aux alouettes. Je m'approchai de l'évier et de la fenêtre. Les arbres se balançaient au gré de la brise. Perché joyeusement sur le rebord de fenêtre, un cactus dans un pot en terre cuite, avec une figue de barbarie aux coussinets hérissés d'épines et donnant l'impression d'une tête de lapin aux oreilles repliées.

Je n'avais pas vu de figues de barbarie depuis des années. Pas depuis… Et puis, le souvenir me frappa.

Le cactus, dans son pot en terre cuite, était le même que celui que mon mari avait dans les mains le jour de notre rencontre.

Avant

— Allez, Katie, c'est juste une pendaison de crémaillère, merde. M'oblige pas à y aller toute seule.

Voilà comment Jenna, par la culpabilité, m'a convaincue d'y aller. Elle passait son temps à essayer de me traîner dehors pour rencontrer des gens.

« Faut que tu sois plus sociable, Katie », me répétait-elle, comme si j'avais un problème.

Pourquoi était-il si important d'être sociable ? Aucune idée. J'ai toujours pensé qu'il n'y avait rien de mal à passer un peu de temps seule. Et puis, je ne buvais pas beaucoup : deux vodka cruisers me tenaient toute une soirée « sociable », à l'époque.

Nous étions colocataires et professeures tout juste sorties de l'université : j'enseignais l'art, Jenna l'anglais et l'histoire. À Green Hills High, le lycée où nous travaillions, les filles portaient des jupes qui dévoilaient leurs sous-vêtements et juraient plus que les garçons. Les garçons portaient leur tee-shirt sorti du pantalon et dépensaient tout leur argent dans des baskets dernier cri à deux cents dollars quand ils ne les volaient pas. Je n'étais pas une enseignante particulièrement idéaliste : j'étais retournée à la fac pour passer mon diplôme d'enseignement après une année à tenter – et échouer – de me lancer dans une carrière de photographe. N'empêche, je venais au travail tous les jours et j'essayais d'être mieux que médiocre. Tâche ardue à Green Hills High.

J'ai scruté le visage de Jenna, reconnu sa moue et sa mâchoire serrée, cette expression sévère qui signifiait : « Je n'accepterai aucun refus ». Alors j'ai poussé un soupir et hoché la tête, cédant et le regrettant déjà.

Voilà comment, par cette chaude soirée d'été, nous avons pris le train direction Central, avant de finir à pied jusqu'à un appartement de Surry Hills, chargées de sacs en plastique qui tintaient à chaque pas. Nous avons entendu le bruit de la fête à plus d'un pâté de maisons, la musique qui cognait depuis un immeuble de quatre étages et emplissait une rue en voie de gentrification. Nos hôtes étaient des collègues du frère de Jenna, journaliste dans un de ces magazines de niche, et ils avaient la réputation de donner des fêtes cool où l'on buvait beaucoup. Jenna était surexcitée en apprenant qu'on y était invitées.

— Enfin ! a-t-elle couiné en m'attrapant par le bras alors qu'on approchait du bâtiment, ce qui m'a fait chanceler sur mes hauts talons dont je n'avais pas l'habitude. J'ai trop besoin d'un putain de verre.

Je m'étais attendue à trouver un videur ou au moins un interphone, au lieu de quoi nous avons franchi la porte d'entrée de l'immeuble et grimpé les trois étages. La porte de l'appartement était maintenue ouverte par une brique. De l'intérieur nous parvenaient des rires et des cris, par-dessus les basses et les percussions de quelque groupe d'indie pop que je ne connaissais pas.

— Oh, bon sang ! j'ai marmonné.

Jenna a tourné vers moi un regard acéré.

— Sois pas comme ça, Katie. Détends-toi un peu, envoie-toi un cruiser ou deux et amuse-toi.

J'ai hoché la tête et tâché de sourire.

— Ouais, non, ça va être sympa.

— Tu parles que ça va être sympa !

Jenna a posé ses sacs par terre et passé les doigts dans ses longs cheveux roux. Coiffés sur un côté, ils lui tombaient en douces vagues plus bas que les épaules. Elle avait la peau claire et lisse, portait un haut asymétrique qui lui permettait d'exhiber sa clavicule, largement plus sexy que mon débardeur noir uni.

Elle m'a souri et, ramassant ses sacs, elle est entrée dans l'appartement, dans la fête, comme elle le faisait toujours : la première, au centre de toutes les attentions. Moi, je restais en retrait à me ronger les ongles. Je l'ai entendue saluer les fêtards par-dessus la musique.

— Putain, mais comment tu vas, Paul ? Jase ! Ça fait une paie !

L'idée m'a traversée de faire demi-tour, mais je savais qu'elle serait furax. En plus, le trajet du retour me prendrait des heures et je n'avais pas envie de me le taper seule. Alors j'ai passé les doigts dans mes cheveux indisciplinés, collé un sourire faux sur mes lèvres et tâché d'imiter son assurance.

L'appartement était immense. Style industriel-chic, comme ils disent, avec une touche de moche aussi. Beaucoup de murs de brique, de parquets et de hauteur sous plafond… mais avec des meubles de seconde main qui avaient connu des jours meilleurs pour ponctuer l'espace un peu au hasard. M'enfin, c'était cool, si cool… Je n'imaginais pas que des gens d'à peine quelques années de plus que nous avaient les moyens de se payer quelque chose comme ça, en plein centre-ville. Ça gagnait combien un journaliste ?

Tout était décloisonné, hormis vers le fond, dont je supposais qu'il avait été séparé du reste pour faire des chambres. Contre le mur le plus proche, deux tables sur tréteaux étaient jonchées de récipients d'alcool de toutes les formes possibles. Des bouteilles de softs à moitié bues, des bols ne contenant plus qu'une chips ou deux et un saladier avec des glaçons fondus indiquaient que la fête durait depuis un certain temps déjà.

Des groupes de gens étaient agglutinés, bières et cigarettes à la main. Je suis restée plantée une éternité avec mon sac en plastique avant de m'approcher de la table à boissons. Où j'ai entrepris de sortir mes vodka cruisers et de les mettre à tremper dans la glace à moitié fondue. J'en ai gardé une, dont j'ai dévissé le bouchon pour goûter le liquide douceâtre comme un bonbon. J'ai balayé la pièce du regard en quête de Jenna, mais elle avait disparu.

Merde.

Une chips au vinaigre ramollie entre les doigts, je me suis mise à réfléchir : que faire ? Un énorme cafard tout noir est sorti de derrière le bol et j'ai lâché la chips sur la table. J'ai réprimé un frisson devant la créature qui détalait.

Il y avait peut-être plus qu'une touche de moche, dans cet appart.

— Excuse-moi, a lancé une voix derrière moi.

Je me suis retournée avec soulagement. Un homme, grand, pommettes slaves et cheveux blond cendré, me souriait comme si on partageait une blague connue de nous seuls. J'avais l'impression d'avoir fait apparaître le Prince Charmant en personne.

— Il faut que je pose ce cactus quelque part, a-t-il continué. Une idée ? Je crains pour sa sécurité, ce soir, même si c'est une plante robuste. Des suggestions ?

J'ai mis du temps à remarquer qu'il tenait à la main un pot en terre cuite avec un cactus dedans. Lequel semblait sorti d'un dessin animé : plusieurs bulbes épineux plantés au hasard les uns sur les autres. Un épais ruban rouge était noué comme un cadeau autour du pot.

— Oh, c'est quoi ?

Il m'a adressé un sourire ironique et mon cœur s'est mis à battre un peu plus vite.

— C'est un cadeau de crémaillère pour ces nazes. Je ne sais pas pourquoi j'ai pris cette peine, ils ne le remarqueront même pas, une fois qu'il sera sur leur jardin-terrasse.

— Il y a un jardin en terrasse ? Qui fait partie de l'appartement ?

— En théorie, il est partagé entre tous les résidents, mais oui, il est plus ou moins à eux. Tu veux aller jeter un coup d'œil ?

— Oui !

Et j'ai suivi le gars à travers la foule. Il ne parlait à personne, mais semblait à son aise. Un type chauve lui a fait signe depuis le canapé et une femme mince au visage dur lui a envoyé un baiser, avant de me dévisager avec une expression indéchiffrable. J'ai pressé le pas pour ne pas le perdre, ravie de ce sentiment d'appartenance. Il était tout aussi séduisant vu de dos, avec ses longues jambes dans un jean et ses larges épaules sous un tee-shirt blanc. En passant, j'ai aperçu Jenna dans la cuisine, qui riait avec un groupe de mecs. Mon sauveur s'est retourné pour vérifier que je le suivais, et il m'a souri. J'en ai eu des papillons dans le ventre. Les gars de l'école d'art n'avaient jamais eu cet effet sur moi.

Nous sous sommes frayé un chemin entre les fêtards et une porte vitrée, jusqu'à une autre cage d'escalier, à l'extérieur cette fois. L'air lourd sentait la ville – essence, fiente de pigeon et un remugle de poubelles –, mais il était le bienvenu après l'épais brouillard de fumée de cigarette à l'intérieur. L'escalier métallique montait en colimaçon. J'en avais le vertige rien qu'en le voyant.

L'homme a commencé à grimper, ses chaussures claquant sur les marches.

J'ai suivi, plus prudemment. Chaque marche était perforée de dizaines de trous, qui m'obligeaient à me tenir sur la pointe des pieds, de peur que mes stilettos ne s'y coincent. Les mollets brûlants, le froid de la rambarde sous mes paumes moites, je me concentrais sur ma progression. Quand le toit-terrasse est apparu, je n'étais pas prête, j'ai failli trébucher sur le sol redevenu plat. Une main m'a attrapée par le coude et m'a redressée.

— Oh là. On est arrivés. Ça va ?

La chaleur de son contact m'a fait rougir. Gênée de me savoir rouge tomate, j'ai jeté un coup d'œil à son visage amusé.

— Hum-hum, j'ai réussi à bredouiller.

Il m'a lâché le bras et j'ai regardé autour de moi. Il y avait des immeubles plus hauts pas loin, mais le toit offrait tout de même une vue spectaculaire sur la ville. Le soleil était bas et les lumières commençaient tout juste à s'allumer dans les gratte-ciel environnants. Sous mes pieds, du ciment sale et encore du ciment autour, graffé de tags colorés et autres œuvres à la bombe : un symbole de paix violet et bancal, le drapeau aborigène et un poisson de cartoon à trois yeux, arborant une expression plus heureuse qu'on ne pouvait s'y attendre chez pareille créature. Des plantes en pots occupaient la majeure partie de l'espace.

Certaines assez immenses pour être considérées comme des arbres, d'autres plus petites, agglutinées dans des pots, à l'image de la fête en bas. Une table en fer forgé rouillé et deux chaises dépareillées étaient installées pas loin.

L'homme a posé le cactus sur la table, l'air satisfait.

— Au moins, ici, ils le remarqueront quand ils monteront soigner leur gueule de bois demain.

— Il est joli, ai-je fait remarquer, même si je n'étais pas très fan des cactées.

— Oui, l'un mes préférés. Ces figuiers de barbarie sont tellement sculpturaux… et faciles à entretenir.

Il m'a de nouveau souri et j'ai pris conscience du calme qui régnait là, dehors. Le bruit de la circulation semblait lointain. La musique d'en bas flottait jusqu'à nous, les battements assourdis faisaient écho à ceux de mon cœur.

— Quelle vue incroyable ! ai-je commenté en me détournant pour masquer mon manque d'assurance et aller m'appuyer contre le mur de béton. C'est le port, là-bas ?

Je n'étais pas très familière avec cette partie de la ville, mais à peu près sûre que voir des lumières scintiller sur l'eau entre deux gratte-ciel.

— Oui.

Sa voix, un murmure juste au-dessus de ma tête, m'a donné la chair de poule dans la nuque. Je devais me faire violence pour ne pas me retourner.

— Tu peux apercevoir le toit de l'opéra, si tu regardes par là, a-t-il ajouté en tendant la main devant moi.

On a observé les voiles en silence pendant un moment, et les lumières de la ville qui se reflétaient sur les tuiles blanches. Sans que je sache dire si ce silence était agréable ou pas.

— Comment tu t'appelles ?

L'intensité de sa voix m'a fait déglutir. J'ai pivoté pour le regarder. De près, ses yeux étaient très bleus, les arêtes de son visage plus prononcées. Il serait magique à photographier.

— Katie.

— Salut, Katie ! Moi c'est Peter.

— Salut, ai-je lâché aussitôt d'une voix timorée, que j'ai tout de suite regrettée.

Il m'a souri.

— Comment est-ce que tu connais Mick et Jason, Katie ? Ne le prends pas mal, mais tu n'as pas l'air dans ton élément ici.

Ne sachant plus où me mettre, je me suis éclairci la gorge avant de répondre :

— Je suis venue avec ma colocataire, Jenna. Son frère, Taj, est ami avec eux. On est profs, toutes les deux.

— Ah. Ben oui, c'est logique. Tu n'as pas l'air aussi… citadine.

Sa remarque m'a un peu mise sur la défensive.

— Je suis de Sydney. J'ai vécu sur la côte nord toute ma vie. À Pymble.

— Ah oui ? Pymble ? Ben alors, c'est la banlieue profonde, pas la ville, si ?

— Non, sans doute, j'ai concédé en souriant. Et toi, Peter, tu es d'où ?

— Ben moi, j'ai grandi dans une ville pas loin de Melbourne et je suis venu ici pour le travail. Je suis secrétaire de rédaction. C'est comme ça que je connais ces cowboys. (Il s'est tourné pour poser un coude sur le béton.) Ils ont la gloire, signent les articles et discutent de la manière dont ils vont remporter le prix Walkley du journalisme. Et moi, je corrige leurs conneries. (Il m'a souri.) Tu sais combien de journalistes sont incapables de faire la différence entre « tu ne seras pas » et « tu ne sauras pas » ?

C'est effrayant. J'espère que tu apprends mieux la grammaire aux élèves de ton école.

— Oh, je suis prof de dessin. Je n'enseigne pas la grammaire, Dieu merci !

Il m'a dévisagée, un coude toujours appuyé au muret.

— Et tu as quel âge, Katie ?

— Vingt-quatre ans.

— Si jeune…

De nouveau, je me suis sentie obligée de me défendre.

— Pourquoi, tu as quel âge, toi ?

— Moi ? Je suis un vieux. J'ai trente et un ans. Plus de première jeunesse.

J'ai souri.

— Qu'est-ce qui te fait sourire ?

— Ben, je ne trouve pas que tu aies l'air vieux, moi.

— Je suis heureux de te l'entendre dire, a-t-il susurré d'une voix douce.

Quelque chose en moi s'est réchauffé et ma respiration s'est accélérée.

— Pourquoi ? j'ai chuchoté.

— Parce que je vais t'épouser un jour, Katie.

Et il m'a embrassée.

Samedi 5 juillet

Après-midi

— Enchantée, Roger.

Cette façon d'arrondir les voyelles…

Je me figeai, m'approchai de la porte sur la pointe des pieds. En passant la tête dehors, je sentis Chanel *N°5*. Tammy. Sans ses gosses.

Zut. Pas de temps à perdre.

Je tournai à l'angle et grimpai discrètement l'escalier. Par chance, la maison Harding était le genre d'endroit où les parquets ne grinçaient pas. À présent, j'étais dans la zone des chambres. Mon lieu de fouille préféré. Je tournai à droite, passai devant une seconde salle de bains en marbre, plus grande que ma chambre, vers l'arrière de la maison où je tomberais sur la suite parentale. L'épaisse moquette bouclée sous mes pieds donnait du rebond à mes pas, une sensation qui me ramena aux tapis de gym de mes quinze ans.

Oui.

La chambre parentale.

Un lit king size avait été fait, tout en draps bleu marine et surmonté d'un couvre-lit vert pomme, un plaid multicolore artistiquement drapé sur le fond. Le mélange des couleurs était juste parfait, d'une manière inimaginable tant qu'on ne le voyait pas de ses propres yeux. Ce serait à coup sûr la prochaine « astuce déco incontournable » que je découvrirais dans les magazines du mois prochain.

Le reste du mobilier était en bois clair et plateaux laqués de blanc. Pas de télé. Pas de photos de famille. En face du lit, un immense portrait peint d'une tête de perruche. Je le reconnus comme étant l'œuvre d'un célèbre artiste australien, que j'admirais depuis longtemps. Je restai plantée là, perdue dans mes pensées, jusqu'à ce que le grelot étouffé d'un rire au rez-de-chaussée me fasse sursauter.

Je devais me dépêcher.

J'allai doucement jusqu'à la table de chevet la plus proche, fis glisser le tiroir du haut. Les propriétaires avaient dû suivre les deux maximes des agents immobiliers – *désencombrer* et *enlever les photos de famille* –, car une photo encadrée était posée sur une pile soignée de sous-vêtements féminins, dans des teintes de noir, de rose et de crème. Pas de culottes de mémé beiges, ici.

Je m'emparai de la photo, les jambes flageolantes, et je m'assis lourdement sur le lit impeccable pour la contempler.

Trois personnes.

Trois personnes emmitouflées pour des vacances familiales au ski, avec bonnets et écharpes. Et tous les trois souriaient à l'objectif de toutes leurs dents.

Sur les trois, je connaissais une personne. L'autre, je ne la connaissais pas.

Et la troisième était mon fils décédé.

Je pris une brusque inspiration, le cœur battant follement dans ma poitrine, avec une force telle que je craignis d'être en train de faire une attaque.

Sascha.

Mon regard fouillait l'image du garçonnet. Je clignai des yeux.

Sascha ?

J'approchai le cliché de mes yeux et touchai ses cheveux bruns du bout du doigt, en me rappelant leur douceur incroyable ; l'épi, à l'arrière, que je n'arrivais jamais à apprivoiser avec une brosse. Mais le verre était froid et je retirai le doigt. Ma joie et ma peur s'envolèrent.

Ce n'était pas Sascha.

Ce n'était pas mon garçon.

Tu es une idiote, Kate. Une idiote.

Évidemment que ça n'était pas Sascha. Sascha était mort à l'âge de cinq ans. Je me redressai et me frottai les yeux. Impossible que ce garçon-là puisse être Sascha.

En revanche, il était tout à fait possible que je perde la boule.

C'est juste une histoire de timing, voilà tout. Tu y penses encore plus que d'habitude. À cause de la date. De l'anniversaire. Ceci explique cela.

Je me raidis et examinai de nouveau l'image. Debout près du garçonnet, un homme au visage agréable malgré un menton rentré et un début de calvitie. Yeux sombres empreints de gentillesse et ombre de barbe. Je supposai qu'il s'agissait de Brett Harding, le propriétaire des lieux. De l'autre côté de l'enfant, une femme. Sublime. Si l'on partait du principe qu'elle était la mère de l'enfant et la femme du bonhomme, elle boxait dans une tout autre catégorie que son époux. Cheveux noirs, yeux bleu vif et rouge à lèvres, voilà une femme habituée à être admirée. Habituée à être adorée. À ce que tous les hommes sans exception dans toutes les pièces où elle entrait brûlent de la baiser. Et il ne s'agissait pas seulement d'hypothèses.

Je la connaissais, cette femme.

Pip Reeves.

Philippa Reeves. Ou Philippa Harding, désormais, supposai-je.

Nous étions aux Beaux-Arts ensemble. Cela faisait une éternité. Toutes les deux étudiantes au Sydney College of the Arts. J'avais eu mon diplôme en photographie, elle était peintre de talent. Je secouai la tête à ce souvenir. Philippa, la golden girl. Elle paraissait plus vieille que nous autres. Tout en courbes, posée, riche, c'était une artiste inventive qui avait la réputation d'être un peu sauvage. Tous les mecs bavaient sur elle, essayaient de la draguer au pub après les cours. Pip Reeves, éducation en école privée, naturellement cool, y compris lorsqu'elle participait au karaoké ou à ces soirées toge ridicules. Et voilà que je l'avais sous les yeux. Dans ma maison de rêve, sur une photo avec un garçon qui aurait pu être le mien.

Le garçon.

Le fils de Pip et Brett, présumai-je. Il avait l'air d'avoir un an ou deux de plus que Sascha quand il était mort. Sur ce cliché, le garçon avait un sourire réservé. Peut-être était-il un peu timide, comme mon enfant. Je souris, en me remémorant Sascha qui s'accrochait à mon short avec ses mains potelées et se cachait derrière moi. Je le tirais d'entre mes jambes pour lui dire que tout allait bien, que maman était là et que personne ne lui ferait de mal.

Mon sourire s'évanouit.

Cet enfant-là était brun aussi, avec les mêmes yeux bleus que sa mère. En vérité, ils ne ressemblaient en rien aux yeux de Sascha.

Une voix de femme, interrogative, me parvint du vestibule et me ramena brusquement au présent. Je me relevai d'un bond et fourrai la photo dans le tiroir, qui se referma sans un bruit, comme c'est souvent le cas des objets chers. Je reculai telle une enfant coupable et lissai les couvertures du lit.

Je quittai la chambre parentale, la tête remplie des gens de la photo, et tombai nez à nez avec Tammy dans le couloir. Son parfum, à présent, n'était plus qu'à peine perceptible.

— Oh, désolée, dis-je en la frôlant pour passer, avant qu'elle ne me reconnaisse.

Telle une funambule, je redescendis les marches, ralentissant en arrivant en bas de l'escalier, où la rampe s'incurvait vers la porte d'entrée et me révélait Roger, en train de discuter avec un couple plus âgé, impeccablement coiffé et en polo Ralph Lauren assorti. Rose pour elle, bleu layette pour lui. Les Polo éclatèrent d'un rire chevalin à un propos plaisant de Roger, avant de lever vers moi des yeux surpris. Puis monsieur Polo lui demanda quand avait lieu la vente aux enchères.

— Le 9 août, répondit Roger, assez abrupt, qui se tourna comme pour me parler.

Sans doute pour m'engueuler d'avoir usurpé l'identité de Tammy.

Je lui adressai ce que j'espérais ressembler à un sourire d'excuses, dévalai les dernières marches au pas de course avant qu'il puisse m'alpaguer et courus sans élégance jusqu'à ma voiture tout en piochant mes clés dans mon sac. Le « bip » du déverrouillage sonna petit et cheap. À côté de la Lexus de Roger étaient garés un Range Rover vert sombre et une Mercedes argent. Ma petite Hyundai n'aurait pas pu déparer davantage, tant les autres véhicules la rapetissaient par comparaison, comme les méchants garçons qui harcèlent les autres au bac à sable.

Je parvins à me calmer un peu à force de dériver à travers Wahroonga. Au moment où, ayant tenu tête aux embouteillages du samedi, je trouvai une place de parking en face de mon immeuble d'Artarmon, j'étais presque revenue à mon état normal.

Ce n'était pas Sascha, juste un garçon avec des traits ressemblants, à la couleur de cheveux approchante. Et une femme que j'ai connue jadis.

Quelqu'un avait encore laissé la porte de sécurité entrouverte. L'ascenseur puait la nourriture indienne. Quand j'émergeai au quatrième étage, je fouillai dans mon sac (en repensant au pavé numérique si classe de la maison Harding) et je déverrouillai ma porte. Une odeur d'alcool éventé et de pizza froide me sauta aux narines. Je traversai le séjour et ouvris la porte coulissante du balcon, frémissant au contact de l'air froid. Je ne remarquais plus guère le bourdonnement constant des voitures sur l'autoroute, à moins d'un pâté d'immeubles. Ou du moins était-ce ce dont je me persuadais. Je laissai la porte ouverte et retournai à la cuisine. Deux boîtes à pizza béantes, des couverts sales, de la vaisselle et des verres recouvraient la majeure partie du plan de travail, en plus des miettes et des croûtes de pizza à moitié mangées.

La période précédant l'anniversaire était toujours chaotique.

Jusqu'à récemment, il y avait quelques mois disons, j'avais eu l'impression que les choses progressaient, sur le plan de ma santé mentale. Après deux années à repousser ce moment, j'avais repris contact avec Michelle, une vieille amie d'école qui avait déménagé sur la côte centrale avec ses trois adorables enfants et son pompier de mari. La démarche peut paraître anecdotique, mais pour moi, c'était un progrès. Je n'avais jamais eu beaucoup d'amis et, après mon mariage avec Pete, je n'avais vraiment gardé le contact qu'avec Michelle. Et Jenna, de mes années d'enseignement. Et puis, après l'incident, je les avais vues de moins en moins, en partie par ma faute et en partie parce que, contrairement à moi, elles avaient désormais des enfants et des week-ends sport ou camping pour les occuper.

Alors quand Michelle m'avait appelée une énième fois et suggéré qu'on se voie, j'avais hésité, puis finalement accepté et on avait convenu d'un jour et d'une heure. Et ça avait été... bien. On avait mangé italien, j'avais même ri de ses histoires de bac à sable, sans être pressée de rentrer ni rigoler comme une dépressive. Le Dr Evans aurait été fier de mes interactions sociales. On s'était même promis de recommencer sous peu. Et non contente de nouer des liens sociaux, j'allais à la gym jusqu'à récemment, un peu, je me cuisinais des légumes sautés de temps en temps et, certains soirs, j'arrivais même à m'en tenir à un seul verre de vin.

Et puis, le 5 juillet s'était peu à peu rapproché.

Je rinçai pendant quelques secondes un verre à vin sale sous l'eau chaude, avant de le laisser égoutter. Dans le garde-manger, j'avais une demi-miche de pain, une boîte de céréales entamée, quelques paquets de nouilles chinoises instantanées et une gourde couleur argent, sorte de ballon de baudruche futuriste à moitié dégonflé. Je l'attrapai. Le clapotis du vin à l'intérieur alluma une étincelle de bonheur. Je saisis le verre encore mouillé pour y verser une rasade, sans écouter la petite voix dans ma tête qui me rappelait mes promesses de plus tôt dans la journée.

Pas aujourd'hui. Personne ne peut s'attendre à ce que je m'abstienne aujourd'hui. Pas après la maison Harding.

Pas le jour de l'anniversaire.

Je bus, l'amertume tannique familière se déversa dans mon corps, mes épaules se détendirent, réflexe pavlovien lié à l'ingestion d'un vin qui ne me dégoûterait pas avant que j'y repense le lendemain. Pour le moment, c'était la perfection tiède dans un verre couvert de traces de doigts.

Demain.

Demain je passerai une journée sans boire.

Berçant le vin aussi précautionneusement qu'un nouveau-né, je me rendis dans la chambre. Qui n'était pas bien loin, vu que mon appartement était aussi exigu que quelconque. Construit au début des années 2000 par des promoteurs radins, l'immeuble commençait déjà à s'effriter aux entournures. Oh non, ça n'était pas un bon achat, je le savais à présent, mais à l'époque j'avais juste hâte de partir de chez mes parents. C'était le premier appartement que je visitais après avoir vendu le nôtre, au centre-ville. Maintenant, tout n'était plus que peinture trop fine, tapis miteux et carrelages ébréchés. Un grand miroir – cadeau de pendaison de crémaillère de ma mère, offert avec toutes sortes de sous-entendus : « Tu étais jolie, avant, Katie, il faut juste que tu fasses un peu plus d'efforts, ma chérie » – dominait le vestibule. Mais je ne perdis pas un regard dans sa direction, trop focalisée sur mon vin, dont je sirotais déjà quelques gorgées tout en marchant – ce qui demande plus de concentration qu'on pourrait le penser. Arrivée dans la chambre, je plaçai le verre près de la boîte à chaussures posée sur ma commode. Je sortis la pierre blanche de la poche de mon jean, soulevai le couvercle de la boîte et l'ajoutai soigneusement à son contenu. La boîte était presque pleine. J'allais devoir la ranger dans l'armoire avec les autres et en commencer une nouvelle bientôt. En refermant le couvercle, je serrai fort les paupières, les tempes soudain secouées par une pulsation.

Merde.

La maison Harding.

Je n'y avais rien ramassé. Cette pensée me donnait des picotements dans le cuir chevelu. Cela faisait des années que je n'avais pas quitté une maison sans en emporter un souvenir. Et la maison Harding, surtout.

Elle était spéciale, je l'avais tout de suite su. Tellement parfaite sur tous les plans. Et ça, c'était avant que je voie la photo. Mon cœur se mit à cogner dans mes oreilles, protestant contre ma stupidité. Il me fallait absolument un souvenir. Une partie de cette maison. Pour faire partie de cette maison, qu'elle fasse partie de moi. Rien qu'une petite broutille.

La maison Harding n'était pas à moi, bien sûr que je le savais. Mais l'espace d'un instant, elle aurait presque, presque pu.

Je repris mon vin, en bus une longue goulée et retournai au séjour. Cette fois, j'aperçus mon visage blême et bouffi. Deux détails me frappèrent : le vin rouge qui s'était déjà insinué dans les gerçures de mes lèvres sèches pour y laisser des ruisselets rouille, et l'agitation de mes yeux injectés de sang.

Il était temps que je fasse quelque chose que je n'avais jamais fait. Une entorse à la tradition, si vous voulez.

J'allais devoir retourner à la maison Harding. Et bientôt.

Avant

La robe me collait comme une seconde peau. J'en ai attrapé le bas, qui s'arrêtait beaucoup trop haut sur mes cuisses à mon goût, et tiré pour le faire redescendre.

— Tu es superbe, Katie. Sexy.

Le sourire de Peter est apparu dans le miroir et j'ai pivoté, tirant toujours le tissu élastique vermillon, mal à l'aise, et je lui ai fait signe de fermer un peu mieux le rideau. Je ne voulais pas que les personnes dans les autres cabines d'essayage me voient.

— Je ne sais pas trop. J'arrive tout juste à respirer. Tu verrais ma culotte si je me penchais.

Il a éclaté de rire.

— Allez, prends-la. Tu pourrais la porter ce soir pour sortir dîner.

Alors j'ai acheté la robe. Histoire de lui faire plaisir, surtout. J'adorais quand il était dans ce genre d'humeur.

En quittant le magasin, Peter m'a pris par le bras et entraînée dans le centre commercial vers une autre boutique à la mode.

— Oh non, restons-en là pour ce soir, l'ai-je imploré.

Peter n'était pas le mâle typique. Il adorait le shopping. Sans doute que je n'étais pas la femme typique non plus, puisque je détestais ça. On était déjà là-dedans depuis quatre heures et on portait tous les deux plusieurs sacs de vêtements neufs.

— Ce doit être l'heure de déjeuner, non ?

— Toi et ton estomac, m'a-t-il gentiment grondée. Si tu veux porter ta robe neuve, il vaudrait mieux que tu te contentes d'une salade.

Je me suis sentie rougir. Ce qu'il a remarqué, alors il a souri.

— Oh, voyons, Katie, je plaisantais… Tu es magnifique. Prends des frites si tu veux.

Je lui ai rendu son sourire sans conviction. J'ai relevé les yeux juste à temps pour éviter deux filles, très grandes, qui venaient vers nous. Peter n'a pas eu cette chance et son bras a heurté le sac à main de l'une d'elles. La demoiselle a fait volte-face. Pas plus de dix-huit ans, elle avait de longs cheveux bruns et beaucoup trop de maquillage, mais elle était plutôt jolie sous toutes ses couches. Elle a rejeté ses cheveux en arrière et fait la moue.

— Pardon, lui a dit Peter avec un air contrit.

Et elle s'est mise à minauder – oui, minauder – devant lui.

— Bon, ça va, alors.

Et sur un gloussement, elle a jeté un coup d'œil dans ma direction, un regard qui disait clairement : « T'es qui, toi, pour te promener avec ce prince charmant ? »

Alors que les filles s'éloignaient, non sans se retourner à intervalles réguliers, Peter m'a adressé une grimace.

— C'est ça que j'aime bien chez toi, Katie. Tu ne te jettes pas à la tête des garçons. (Il m'a repris le bras.) Tu es aussi sexy que ces deux-là, et tu ne t'en rends même pas compte. Et ce soir, quand tu porteras ta robe rouge, tu seras bien plus sexy qu'elles.

Et puis il a ajouté, dans un murmure à mon oreille :

— Et tu sais ce qui est encore mieux ? Tu es à moi. Tu m'appartiens.

Dimanche 6 juillet

Matin

Le crissement des freins d'un camion me réveilla en sursaut.

Même après presque dix ans, le son continuait d'affoler les battements de mon cœur et je visualisai – avec un manque extrême de logique – un semi-remorque projeté par ma fenêtre au quatrième étage. À mesure que le hurlement des pneus s'éteignait, je me calmai lentement. Le seul bruit restant était désormais celui, plus apaisant, des pneus qui roulaient sur l'asphalte en se poursuivant les uns les autres sur la quatre-voies. Il faisait encore nuit, mais la lueur jaune, plate des lampadaires suffisait à y voir. Je frissonnai, puis me rendis compte que j'étais allongée sur les couvertures. Juste un maillot blanc élimé étiré sur mon ventre et, en dessous, une culotte, mes jambes pâles nues et coupées en tranches nettes par la lumière qui filtrait à travers les stores vénitiens ouverts.

Je lâchai un grognement et roulai sur le flanc pour regarder l'heure. Au lieu de quoi je tombai du lit, expirant ce qui me restait de souffle dans un « ooouuf » étouffé lorsque je heurtai le sol. Gisant sur un tapis qui sentait la chaussette sale, je fermai les yeux, paupières serrées. Ma bouche était une lavette sale imbibée de cabernet, tandis que le martèlement dans ma tête le disputait avec les cognements de mon cœur. Je décidai que rester au sol était une bonne idée, le temps que ces battements refluent. Tout compte fait, il était plutôt confortable, ce tapis. J'ignorais pourquoi je n'avais pas dormi par terre plus tôt. Et puis je dus sombrer, car c'est là que je fis le Rêve.

Le Rêve.

Pas vraiment un rêve. Un cauchemar.

Je le pensais comme un cauchemar récurrent, même si, quel que soit le nombre de fois que je le fis, le Rêve ne se répéta jamais à l'identique. Pas exactement. Cette nuit-là, il commença plutôt tranquillement. J'étais dans une baignoire luxueuse tout droit sortie de *Pretty Woman*, les membres alanguis et flottant dans une eau parfumée. Retenant mon souffle, je plongeai, plongeai, plongeai extrêmement profond, jusqu'à être étendue au fond de la baignoire, les yeux ouverts sur le marbre et les miroirs, tellement loin. Lentement, mes poumons se comprimèrent. J'essayai de remonter à la nage, vers la lumière et l'air, mais j'étais prisonnière : l'eau était recouverte de verre. Paniquée, je donnai des coups de pied et hurlai, frappant la vitre de mes mains, au point qu'elles en étaient couvertes d'hématomes. Enfin, les forces vinrent à me manquer et mes bras retombèrent. L'eau tiède et savonneuse m'emplit la bouche et ressortit en bulles de mon nez, se faufila jusqu'à mes poumons, jusqu'à ce que je me croie sur le point d'exploser.

Le Rêve s'acheva sur un halètement et moi qui me redressais en position assise dans un sursaut, par terre, dans ma chambre, le souffle rauque et bruyant, le soleil enfonçant ses doigts brillants dans mes globes oculaires. Je fermai les yeux et m'adossai contre le lit, la poitrine soulevée par une respiration saccadée, tremblante de froid et des résidus de terreur.

Malgré le désespoir chargé d'eau de l'instant précédent, j'avais la bouche sèche comme le sable. Je m'aidai du lit pour me hisser en position debout et me rendis à l'évier de la cuisine à pas hésitants, où je remplis un verre que je bus d'une longue goulée. Je restai plantée là, aussi anéantie que si je venais de courir un marathon.

Dix secondes plus tard, l'eau remonta directement. Je la retins à l'intérieur d'une main devant la bouche, les joues gonflées, le temps de clopiner jusqu'à la salle de bains. Mon vomi aqueux, quasi transparent, éclaboussa le lavabo. Je m'essuyai la bouche et m'assis sur le siège des toilettes en tâchant de me remémorer la soirée de la veille.

J'étais à peu près certaine de n'avoir bu que du vin rouge. J'avais fini le cubi, avant de m'endormir. Le vin rouge me donnait envie de dormir, ce qui était plutôt positif, du coup, puisque ça m'empêchait de boire plus. Je passai en revue ma liste « gueule de bois » afin de déterminer comment la matinée allait se dérouler.

Petit un : je n'avais pas vomi cette nuit, mais j'étais incapable de garder ne serait-ce qu'un verre d'eau ce matin. *Bien et pas bien.*

Petit deux : j'avais mal à la tête. *Pas bien.*

Petit trois : le mal de tête était de niveau moyen sur l'échelle des gueules de bois. *Pourrait être pire.*

Petit quatre : bacon, ouais ou nan ? Ouais. *Bien.*

Conclusion : pas génial, mais mieux qu'hier matin.

Ma capacité exhaustive à catégoriser mes gueules de bois aurait dû être source de honte. Mais j'avais depuis longtemps dépassé la honte. Putain, merde, j'étais assise sur des toilettes glacées, en maillot Bonds à l'envers, mon ventre débordant en bourrelet par-dessus l'élastique de ma culotte. Alors mon estime personnelle était déjà au plus bas.

Du moins le pensai-je sur le moment.

Mon téléphone vibra dans les parages, sur une surface dure.

Merde.

Il était au pied des toilettes et rebondissait près de mes orteils. Comment il avait atterri là, putain ? Je me penchai au-dessus, vérifiai l'écran.

Merde et re-merde.

Ma mère.

J'envisageai d'attendre qu'elle me laisse un message, mais elle allait rappeler toute la journée jusqu'à ce que je décroche. Autant m'en débarrasser maintenant.

Je tapai sur l'écran.

— Salut, maman.

Ma voix était un chuchotement rauque et guttural.

— Kate, ma chérie, c'est ta mère.

— Salut, maman, répétai-je, baissant la tête entre les genoux pour me curer un ongle de pied.

— Kate, je viens. J'apporte le petit déjeuner. Ne prépare rien, j'achèterai un roulé à la boulangerie en chemin. J'arrive vers 10 heures.

Je réprimai un grognement.

— Il est quelle heure, là ?

— Il est… 8 h 47. (Elle marqua une pause.) J'attrape mon sac et je file. À très vite.

— OK, à tout à l'heure. Salut, maman.

Je m'autorisai un moment pour me morfondre, soupirer face à l'injustice de la vie et me demander pourquoi ma mère persistait à se conduire comme si j'étais susceptible de préparer quelque chose pour le petit déjeuner. Je me faisais rarement des tartines, alors cuisiner quelque chose…

J'utilisai les toilettes – autant en profiter, puisque j'étais là – et entrepris de ranger. Non sans une bonne dose de jurons, cela dit. Je maudis ma migraine quand je me relevai, maudis mon reflet d'épouvantail blême et frôlai la crise de nerfs devant le chaos qui régnait dans la cuisine. J'avalai deux vieux comprimés de paracétamol trouvés au fond de l'armoire de la salle de bains (l'emballage alu était cassé sur la plaquette, mais ils étaient encore bons, non ? Le paracétamol, ça ne se périmait pas ?) et me mis au travail. Cartons de pizza, boîtes de repas chinois à emporter et bouteilles de Coca vides : au vide-ordures. Verres et une semaine de vaisselle, couverts et assiettes : dans le lave-vaisselle. J'ouvris la porte coulissante de mon balcon – geste essentiel pour débarrasser l'appartement de l'odeur nauséabonde, celle de mon corps et de la junk food avec laquelle je le nourrissais. Le froid qui me fouetta était vif mais il me fit le plus grand bien.

Une fois l'appartement vaguement décrassé, je pris une douche et enfilai un jean et un tee-shirt qui aurait eu besoin d'un coup de fer, comme le reste de mes affaires. Je ramassai des piles de vêtements épars sur le sol de ma chambre et les jetai dans la machine à laver, avant de refermer la porte sur mon lit pas fait. Je venais de m'attaquer au séjour quand retentit la sonnerie de l'interphone.

Je récupérai péniblement mon téléphone.

9 h 42.

Typique de ma mère, putain.

— Kate… C'est moi, désolée, j'arrive plus tôt que prévu !

La voix pimpante de ma mère retentissait déjà dans le couloir, alors qu'elle venait de pousser la porte.

— Mets ça au frigo, s'il te plaît, dit-elle en me fourrant un sac recyclé entre les mains, pour en déposer deux autres sur le plan de travail de la cuisine et se tourner ensuite vers moi.

Au bout d'un long moment à examiner ma pâleur, mes yeux rouges et mes cheveux mouillés, elle se remit à déballer ses provisions.

—Alors, comment tu vas, chérie ?

Elle me parlait fort et lentement, comme à un bébé. Ou un étranger. Avant même que j'aie pu répondre, elle poursuivit :

—J'ai acheté du lait, puisque la dernière fois que je suis venue, tu n'en avais pas pour le thé. Et des oranges. Tu m'avais l'air un peu enrouée au téléphone, donc j'ai pensé que tu couvais peut-être quelque chose. Un peu de vitamine C ne te fera pas de mal.

Elle sortait ses courses –sachets de thé, sucre, un sac en papier kraft qui venait de la boulangerie– avec une vigueur qui me paraissait excessive et parlait sans me regarder, même si j'avais surpris son coup d'œil à la salle à manger et la moue désapprobatrice qui l'accompagnait.

Je rangeai le lait au frigo et laissai les oranges sur le plan de travail.

—Ah, et des sachets de thé, etc. Juste au cas où. Et un bouquet de fleurs. Rien de sensationnel, prises au supermarché, mais je me suis dit qu'elles égayeraient un peu l'appartement. Elles iraient bien dans ce joli vase que je t'ai offert à Noël l'an dernier… Tu l'as encore quelque part ?

Ma mère sortit un bouquet de tulipes molles enveloppées dans un plastique transparent. Un autocollant « Promo » criard m'expliqua la raison de son achat. Je farfouillai derrière elle et trouvai le vase en verre au fond d'un placard, derrière le presse-agrumes, la cocotte et le déshydrateur alimentaire. Tous des cadeaux de mes parents, jamais utilisés. Je renversai le vase au-dessus de l'évier et soufflai dedans. Pas trop poussiéreux, finalement.

— Tiens, dis-je en le posant sur le plan de travail.

Ma mère s'en saisit prestement et me contourna pour aller à l'évier avec les fleurs. Un simple effluve de son parfum écœurant et entêtant, cette odeur familière de gardénia, suffit à me ramener à mon enfance. Tout à coup, j'avais douze ans. J'eus le ventre noué au souvenir de cette petite fille déterminée à devenir une célèbre photographe, à vivre dans un loft à New York… à réussir, quoi. *Cosmo* me promettait que c'était à ma portée.

Je lâchai un rot aviné et souris amèrement.

Ben voyons. Regarde où j'en suis. Pas de quoi être fière.

Maman s'affairait avec ses tulipes molles, s'efforçant de les ressusciter.

— Bon, céda-t-elle avec un haussement d'épaules, avant de poser le vase sur la table à manger. Elles égayeront quand même un peu l'appartement.

Elle se retourna vers la bouilloire, dont elle vérifia l'intérieur avec un air suspicieux, puis elle la remplit d'eau et ouvrit les boîtes de thé et de sucre. J'avais le tournis rien qu'en la voyant s'agiter. Je m'assis sur un tabouret, me sentant comme une invitée dans ma propre maison.

En voyant ma mère s'affairer dans la cuisine, je songeai qu'elle ne changeait pas. Elle était aussi en forme que par le passé. Un peu plus lourde au niveau du ventre depuis quelques années, peut-être, mais forte et bronzée par ses séances de golf bihebdomadaires, ses cheveux courts élégamment coiffés, sans la moindre mèche grise apparente, grâce à un rendez-vous mensuel chez Lisa, sa coiffeuse. Elle portait des lunettes de lecture stylées, jaunes et rectangulaires, un pantalon marine et un chemisier du même bleu clair que ses yeux. Ce n'était pas le fruit du hasard, bien sûr. Ma mère avait toujours été fière de ses beaux yeux bleus.

Mon appartement, ma vie et moi lui inspirions visiblement une incompréhension qui exsudait de chacun de ses pores.

Comme si elle était chez elle, elle ouvrit et referma les placards, trouva des mugs, les rinça rapidement sous le jet chaud et y plongea les sachets de thé et une demi-cuillérée à café de sucre dans chacun.

— Trois sucres pour moi, s'il te plaît maman.

Elle fronça les sourcils, mais finit par obtempérer.

Pendant que le thé infusait, ma mère déchira le sac en papier et déposa un gros roulé pomme-crème pâtissière sur une planche à pain d'une propreté douteuse, le coupa en morceaux et en plaça quelques-uns – on contrôle les portions, toujours – sur une petite assiette. Le reste, elle le couvrit d'un film plastique et le mit au freezer, « pour les invités de dernière minute ». Loger le nouvel occupant du frigo l'obligea à écarter, sans commentaire, une bouteille de vodka aux trois quarts vide et des pizzas surgelées.

Mais dès que nous fûmes assises sur la méridienne, les choses empirèrent.

— J'ai vu ces roulés à la boulangerie ce matin et me suis rappelé que c'étaient tes préférés, avant. Et puis, pendant que le vendeur me les emballait, je me soudain aperçue... ce n'était pas toi, si ? C'étaient les préférés de ta sœur. De Leah. Pas les tiens. (Elle haussa les épaules.) M'enfin, tu n'es pas difficile en matière de pâtisserie, hein ? Tu aimes le pain, le sucre... Tu manges de tout. Même adolescente, avec toute la gym et la course à pied que tu faisais, tu aimais bien manger. Bon, à l'époque, ça n'était pas grave, évidemment, puisque tu étais très active. Tu étais une petite chose toute maigrichonne, avant. Tu avais une silhouette adorable. Tu rentrais dans des mini-shorts en jean…

Elle arborait un sourire rêveur en repensant à la jeune Katie, jolie et calme ; une version de sa fille qu'elle préférait à celle qu'elle était devenue. La Katie grosse et alcoolo.

Ayant reposé ma tasse sur la table basse, je m'adossai au canapé. Le regard clair de ma mère finit par croiser mes yeux rougis. Et en soutenant ce regard, j'enfournai dans ma bouche le plus gros morceau de roulé. C'était moelleux, pâteux et si sucré que je faillis en avoir un haut-le-cœur. Je n'aimais pas tellement le sucré, hormis le chocolat, et je n'avais jamais aimé les pâtisseries. Je mâchai lentement.

Ma mère détourna les yeux.

— Ton père joue encore au golf aujourd'hui, reprit-elle d'un ton sec. C'est la troisième fois cette semaine. Enfin, je ne peux rien dire… J'y suis allée lundi et mercredi.

Elle marqua une pause, avant de continuer, plus hésitante :

— Comment tu vas, ces temps-ci, Kate ?

Et avant que j'aie le temps de répondre, elle se retourna pour me regarder, sourcils légèrement froncés, et ajouta :

— Tu sais, chérie, si tu perdais un peu de poids, tu serais vraiment très jolie. Il n'est pas trop tard. Tu n'as que quarante-quatre ans. Je suis sûre que tu pourrais encore rencontrer un homme bien.

Oh non, pas encore ça…

— Maman, on en a déjà parlé.

— Je sais, Kate, mais ça ne fait pas de mal de le répéter.

Puis elle reprit avec un ton de conspiratrice :

— Je ne suis pas censée te le dire, mais j'ai pris un café avec Vivian, la semaine dernière.

Super. On reparle de ma patronne et moi.

— Vivian dit qu'avec un peu plus de dynamisme, elle envisagerait de te promouvoir comme agent immobilier, Kate. (Haussement de sourcils.) Elle dit que tu es trop intelligente pour rester cantonnée à rédiger des notices sur les maisons, des petites brochures et des publicités. Elle dit que si tu faisais un effort pour être plus gentille avec les gens – il faut avoir le sens du contact dans la vente, pas vrai ? – et que tu arrivais à l'heure tous les jours, ils t'aideraient à obtenir ton agrément d'agent immobilier. Tu aurais même une secrétaire à toi. Enfin, une secrétaire commune au service. Ou une réceptionniste. N'empêche. Qu'est-ce que tu en penses ? termina-t-elle, triomphale, comme si elle était personnellement l'auteure de ce prodige. Kate ? Qu'est-ce que tu dirais de devenir une vraie agente immobilière ? Tu visites déjà beaucoup de maisons. Je me dis que ça t'irait comme un gant.

Sa voix avait pris l'aspérité de l'exaspération.

Agente immobilière. Sans rire…

Merde, comme si j'allais passer du côté obscur. Jusqu'où me croit-elle capable de sombrer ?

— Mon boulot ne me déplaît pas.

Retroussement des lèvres, crispation des épaules.

— Tu n'as pas oublié que c'est ton père et moi qui t'avons obtenu cet emploi, j'imagine ? Eh bien, nous serions fiers de te voir obtenir une promotion.

— Je n'en doute pas, maman, dis-je d'une voix plate.

La bouche de ma mère se serra encore plus. De petites rides lui plissaient la lèvre supérieure – elle en détesterait la vue si elle pouvait se voir, j'en étais certaine. Elle sirota son thé, produisant un effort visible pour détendre ses épaules. Quand elle reprit la parole, c'était comme si elle tentait de raisonner un petit enfant, d'une voix radoucie.

— Kate. Je sais quel jour on était, hier.

Je me figeai. Je n'avais pas la moindre envie d'aborder le sujet avec elle. Je savais comment se terminerait la conversation.

— La dernière fois que tu es venue dîner à la maison… C'était quand ? Il y a trois mois ? Ton père et moi, on t'a trouvée un peu… mieux. Mais là… Eh bien, je me rends compte que cette période de l'année est toujours difficile pour toi. Je le sais. Mais… ça fait dix ans, Kate. Ton père et moi pensons qu'il est temps que tu t'en remettes.

Que je m'en remette.

Elle s'éclaircit la gorge.

— Tu te rappelles mon amie Margaret ? Marge ? Ton père et moi étions allés en Inde avec elle et son mari, David, il y a quelques années. Oui ? Bon, ça n'avait pas été les meilleures vacances du monde, on y était allés pendant la saison des pluies et c'était horriblement humide. En plus, eh bien, avec tous ces mendiants, tu sais… Bref, Marge a épousé David après la mort de son premier mari. D'un cancer, un cancer du poumon, je crois. Elle a rencontré David, ils se sont mariés deux ans plus tard, et elle n'a jamais été plus heureuse. Eh bien, Marge m'a dit qu'elle avait fait cinq fausses couches, pendant son premier mariage, mais elle s'est reprise en main et, finalement, elle a deux adorables filles. Qui vivent toutes les deux à l'étranger maintenant. Mais bref, si Marge a pu se relever après tout ça… après une chose pareille… Bon, tu vois ce que je veux dire, n'est-ce pas, Kate ? L'eau a coulé sous les ponts.

L'histoire de Marge, je l'avais déjà entendue. Pas racontée avec un message aussi évident de « retrousse-toi les manches », cela dit. Maman devait être en panne d'inspiration.

— Je sais combien de temps s'est écoulé, maman, répliquai-je d'une voix tendue.

— Oui, bon. Tout ce que je dis, Kate, c'est qu'il y a beaucoup de gens qui sont dans des situations pires que la tienne. Mon amie Patty, par exemple, son fils est accro à la meth. Il va jusqu'à lui voler de l'argent ! Voilà, ça, c'est dur. Mais toi… Tu as une maison, un travail, ton père et moi, et Leah, enfin… on est tous là pour toi.

Je grognai.

— Kate, il y a autre chose.

— Oui ?

— Je suppose que tu n'as pas vu Leah, dernièrement ?

Je secouai la tête. Dire que je ne voyais pas souvent ma petite sœur serait un euphémisme.

— Non, je pensais bien. Leah a une nouvelle à t'annoncer, mais j'ai pensé que ce serait mieux que tu l'apprennes par moi.

Vu que je n'avais pas vu Leah et que je ne lui avais pas parlé depuis des mois, je jugeais peu probable d'avoir de ses nouvelles de sitôt, mais bon.

— OK, qu'est-ce qu'il y a ?

— Ta sœur est enceinte.

Avant

— Tu donneras naissance à mon bébé, un jour, Katie. Rappelle-toi bien ce que je te dis.

L'eau pétillante a giclé de ma bouche, éclaboussant la nappe en lin lorsque je me suis mise à tousser, à moitié étranglée par la surprise. Je me suis tapoté les lèvres avec l'épaisse serviette, mortifiée par ma maladresse. D'autant plus que nous étions au *Bennelong*, s'il vous plaît, le restaurant le plus sophistiqué où j'aie jamais mis les pieds.

Tout sourire, Peter a fait mine d'exprimer sa désapprobation.

— Attention, Katie, on est dans un endroit chic.

J'ai jeté un coup d'œil à droite et à gauche, entre la vue sur le port et les conversations feutrées des hôtes autour de nous, puis je lui ai rendu son sourire en reposant ma serviette.

— C'est ta faute. Tu ne peux pas me balancer ça alors qu'on ne sort ensemble que depuis trois mois.

Il s'est passé une main dans les cheveux et moi, j'ai admiré son aisance naturelle. Rien ne déstabilisait Peter. Nouveau coup d'œil à la ronde, j'ai balayé des yeux les sexagénaires mondaines qui déjeunaient à la table voisine et le reluquaient comme des collégiennes.

Pas de chance, mesdames, il est à moi.

Nous étions en couple depuis la fête. Peter m'avait courtisée d'une façon que j'ai trouvée incroyablement excitante : fleurs, repas au restaurant, SMS qui me faisaient rougir. Jenna se plaignait de ne plus me voir, mais je pensais qu'elle était juste jalouse que je plaise à un type aussi sexy que Pete.

Moi.

Et pas elle.

— Je suis très sérieux, mon amour. On aura la totale, Katie. Mariage, bébés, la belle vie. Tout. Tu verras.

Et je le croyais. Peter était le genre d'homme qui arrivait à ses fins.

Ce que j'avais du mal à croire, en revanche, c'était qu'il me veuille, moi.

On avait passé toute la matinée à la galerie d'art contemporain. Je l'y avais emmené découvrir mes photographes préférés. Je n'avais pas des goûts extrêmes, j'aimais particulièrement les photos en noir et blanc de Max Dupain et David Moore. Difficile de ne pas les apprécier, d'où ma surprise lorsque Pete m'avait répondu qu'il n'était pas trop branché photographie. Il s'est avéré qu'il était fan des vieux tableaux de maître, sombres et dramatiques. Même les impressionnistes étaient jugés trop modernes – trop légers – par Pete. Taquine, je l'avais traité de vieux monsieur, tout en étant secrètement impressionnée par l'aplomb avec lequel il affirmait ses opinions. J'aimais bien qu'il ne se plie pas à mes goûts.

Après quoi, on s'est promenés dans le jardin botanique jusqu'à l'opéra où, sans m'en parler, Peter avait réservé une table dans l'endroit le plus chic de la ville, pile sous les voiles blanches scintillantes. Il n'a rien voulu entendre quand je lui ai fait remarquer que je n'étais pas assez habillée pour l'occasion.

Le serveur nous a conduits à une table perchée au-dessus du port de Sydney, brillant de mille feux par la plus belle des journées d'été.

Il a passé le bras sur la table pour me prendre la main.

— J'ai déjà hâte de te voir avec un ventre énorme, a-t-il dit en haussant les sourcils de cette façon qui faisait battre mon cœur plus vite. Tu seras la femme enceinte la plus sexy de tous les temps. Et nos enfants, eh bien, ils te ressembleront, bien sûr. Ils seront beaux, calmes, gentils.

C'était comme ça qu'il me voyait ?

J'étais flattée. Car pour ma part, je me trouvais horriblement timide, souvent gênée et jamais belle.

— Il se peut, en revanche, qu'ils aient tendance à recracher l'eau sur la nappe dans les restaurants de luxe.

Je lui ai donné une petite tape sur la main et adressé une moue boudeuse. Le sourire de Peter a disparu, remplacé par un regard perçant. Ce regard qu'il avait, il me donnait des papillons dans le ventre d'une façon qui était certes plaisante, mais qui me mettait parfois mal à l'aise.

Je n'étais pas habituée à une telle intensité.

— Katie Webb, ma cracheuse-postillonneuse d'eau, mon amour… Veux-tu m'épouser ?

Plongée dans les yeux de cet homme superbe, je n'en revenais pas de ma chance.

Il avait raison, notre vie serait parfaite.

— Oui, bien sûr, Peter. Bien sûr que je veux t'épouser.

Dimanche 6 juillet

Matin

Je cillai, sentis ma poitrine se contracter. Ma mère m'observait avec des yeux compatissants.

— C'est… c'est une super nouvelle. J'ignorais qu'ils essayaient, répondis-je, forçant les mots à sortir.

— Non, en fait, je ne pense pas qu'ils essayaient vraiment. Elle est avec Ellis depuis quelques mois seulement. C'est un peu tôt, si tu veux mon avis. Mais bon, voilà.

— Eh bien, c'est une super nouvelle, répétai-je.

Nous restâmes assises là, en silence, l'espace d'une dizaine de battements de cœur.

— Maman, en fait je ne me sens pas très bien. Je pense que je vais retourner au lit, essayer de dormir encore une heure ou deux. Merci d'être passée, et merci pour le thé et les fleurs, c'est sympa.

Je me mis debout d'un bond, manquant de trébucher.

— Oui, bien sûr, répondit ma mère en se dépêchant de se lever aussi. Dormir, c'est ce qu'il y a de mieux. Espérons que tu te sentes mieux pour aller au travail demain.

— Je suis sûre que ça va passer. C'est probablement le sauté de poulet que je me suis fait hier soir. Ne jamais faire confiance aux filets de poulet en promo chez le traiteur, hein ?

Je me forçai à rire, évitant le regard de ma mère.

— Écoute, Katie, je ne voulais rien te dire, pour Leah, avec l'anniversaire et tout ça, mais ça va bientôt sortir dans les pages société, forcément. Je ne pouvais pas te laisser l'apprendre de cette manière, conclut-elle, l'air inquiet.

Je déglutis et m'efforçai de garder une voix posée.

— C'est bon, maman. Je suis très heureuse pour Leah. Transmets-leur mes félicitations, à elle et Ellis.

Avant même qu'elle puisse me répondre, j'avais ouvert la porte d'entrée.

Ma mère n'eut aucun mal à saisir le sous-entendu et reposa son mug de thé à moitié bu sur le plan de travail.

— Repose-toi, ma chérie, dit-elle une fois dehors, la voix empreinte de sollicitude. Et viens dîner bientôt. Je ferai un rôti avec plein de pommes de terre pour toi.

— Merci, maman.

Je fermai la porte avant qu'elle ne voie les larmes qui me brûlaient les yeux. De la part de ma mère, c'était une forme d'excuses.

Je m'adossai à la porte puis, au moment où j'entendis se refermer celles de l'ascenseur, je laissai libre cours à mes larmes. Des larmes moches, violentes, à l'image de mes pensées moches et violentes. Je me relevai péniblement et me dirigeai droit sur le freezer, d'où je sortis la bouteille de vodka. C'était typiquement le genre de situation qui nécessitait un peu de vodka. Le froid glacé dans ma paume produisit un effet satisfaisant mais éphémère, jusqu'à ce que le poids de la bouteille me rappelle qu'elle était quasi vide. Je l'éclusai parmi mes larmes qui se changèrent en une toux sèche tandis que le feu m'embrasait la gorge.

Merde.

Enceinte. Ma petite sœur. Enfin, plus si petite que ça. Juste un peu plus de quatre ans ma cadette, ce qui lui faisait trente-neuf ans. Waouh, elle aurait quarante ans dans quelques mois.

T'as un peu traîné pour devenir mère, pas vrai Leah ?

Je bus encore. Et encore. Je jetai la bouteille dans l'évier, en lâchant un juron visant à la fois ma mesquinerie et la fécondité de Leah. Le fracas fut si bruyant que je crus que la bouteille avait explosé. Le bref soulagement que j'éprouvai en me rendant compte que ce n'était pas le cas fut immédiatement suivi d'un accès de rage.

Je devrais la casser, cette salope. L'écrabouiller.

Non. Aucun intérêt. Ce dont j'avais besoin, c'était de vodka. Une autre bouteille de vodka pour fêter la grossesse de ma petite sœur.

Allez, en route pour m'approvisionner en alcool.

Le besoin d'alcool – toujours ma plus grande motivation pour… eh bien, pour tout, en fait – me poussa à sortir. En quelques minutes, j'étais dehors.

Grâce au soleil, une chaleur agréable régnait dans la voiture.

Quel marchand de bouteilles, aujourd'hui ? me demandai-je en pianotant sur le volant.

Il y en avait deux dans la rue principale d'Artarmon, mais j'aimais bien varier les plaisirs, histoire de m'épargner les regards apitoyés, voire carrément méprisants, de la part du personnel, surtout de jeunes hommes. Je tâchais de garder les revendeurs locaux seulement en cas d'urgence, ce qui correspondait essentiellement à deux cas de figure : soit après le travail sur le chemin de la maison, sachant que j'étais en panne de vin, ou tard la nuit quand j'étais venue à bout de mes stocks. Aujourd'hui, je pouvais me permettre d'aller un peu plus loin.

Je gagnai la Pacific Highway, direction nord. La circulation était fluide. Superbe journée pour une balade en voiture. Ça me faisait du bien de sortir de chez moi.

Tu es seule, Kate, pas besoin de justifier ton triste petit voyage pour aller acheter de la bibine.

Peut-être que je devrais retourner jeter un coup d'œil à la maison Harding ? Vérifier qu'elle était vraiment aussi belle qu'elle m'était apparue la veille. Je pourrais trouver de la vodka sur ce trajet-là aussi.

Ouais, j'irais à Wahroonga.

Je conservai ce projet pendant presque vingt minutes, jusqu'à Pymble. Puis, alors que je traversai la ligne de chemin de fer, je songeai que je n'étais pas allée chez le vendeur d'alcool là-bas depuis des mois. Je changeai d'itinéraire.

Ici, c'était mon vieux terrain de prédilection. On vivait à deux pâtés de maison de là, quand j'étais gamine. Il y avait dix vies, aurait-on dit. Malgré ce constat, je continuais plus ou moins de m'attendre à voir des gens que j'avais connus… Parfois, ça arrivait. Des connaissances de maman et papa surtout – ou pire, de vieux camarades d'école.

Coup de chance, je ne reconnus personne ce jour-là, avec ma bouteille coincée dans mon sac en papier kraft, comme une vraie alcoolique, toute en épaules basses, trench-coat, tremblements et obsession. Un constat qui aurait dû me tracasser davantage. Au lieu de quoi, je me sentais assez fière de moi, car je n'avais acheté qu'une bouteille de 37,5 cl. Une victoire, de toute évidence. Si j'avais été une véritable alcoolique, j'aurais pris celle de 70 cl.

Je remontai dans ma Hyundai et sirotai le liquide tiède au goulot, grimaçant sous son âpreté et attendant que la chaleur se répande dans ma gorge avant de se diffuser en moi, jusqu'au bout de mes doigts. Quand je la ressentis, je fermai les yeux et me rencognai dans mon siège.

À la tienne, Leah. À toi, à ton richard de mari et votre futur bé…

Je ne pus terminer mon toast. De grosses larmes me ruisselaient sur les nibards. Je les laissai couler une minute entière avant de m'essuyer le visage d'un revers de la main, puis de démarrer le moteur et de m'en retourner prendre la quatre-voies.

Je ne rebus pas avant d'être garée de l'autre côté de la rue, face à la maison Harding.

Encore une victoire, Kate.

À ce stade, je ne savais plus trop si je le pensais vraiment ou si c'était de l'ironie.

Le portail était ouvert et il n'y avait personne dans la rue. Les maisons, dans ce quartier, se situaient en retrait de la route. Je devinais que le vent glacial réduisait le nombre de passants à sa portion congrue. Il n'y avait toujours pas de panneau « À vendre ».

Une feuille de platane tachetée de rouille flotta en l'air avant d'atterrir sur l'allée près du portail ouvert, bizarrement impassible sous les bourrasques. Songeuse, je tapotai ma bouteille du doigt. Le portail grand ouvert.

Tel un carton d'invitation, pour ainsi dire.

Je pris deux gorgées supplémentaires pour me donner du courage, planquai la bouteille sous le siège et sortis de la voiture. L'air frais sentait bon le feu de bois. Je m'attardai près de l'entrée en tâchant de prendre un air décontracté.

L'allée carrossable pavée était visible sur une dizaine de mètres à peu près, avant de tourner et de disparaître dans la végétation. Le trille d'un oiseau me parvenait de l'intérieur de la propriété, comme pour me souhaiter la bienvenue.

Je m'avançai jusqu'à l'autre côté de l'allée. À présent, je voyais l'angle de la maison. Se pouvait-il qu'ils soient sortis ? Il me fallait entrer pour y regarder de plus près. S'ils me trouvaient, je me ferais passer pour un Témoin de Jéhovah ou quelque chose du genre. Mon cœur battait à tout rompre.

Je m'engageai sur l'allée, en m'efforçant de me comporter comme si je n'étais pas une intruse folle et saoule. À mi-chemin, la section circulaire de l'allée devint visible. Je me figeai. Une Mercedes argent y était garée, portière côté chauffeur ouverte.

Oh, bon Dieu ! Ils sont à la maison…

Je ne pouvais plus bouger. Soudain, de l'intérieur, un ricanement ou un rire étouffé.

Un rire d'homme.

Mes jambes se mirent en marche avant que je n'en aie conscience, avançant pesamment vers l'allée circulaire, au lieu de m'en éloigner.

Bonne idée, Kate. Super cachette, vraiment.

La respiration lourde, je m'accroupis prestement derrière le côté le plus éloigné du massif fleuri. À travers les cercles concentriques de roses blanches et de camélias, je voyais la porte d'entrée. Une silhouette se mouvait à l'intérieur.

Oh merde. Et maintenant, quoi ?

Devais-je prendre le risque de retourner à ma voiture en courant ?

Le portail m'apparaissait désormais hors d'atteinte. Je me figurai le jaune rassurant de ma Hyundai, alors que ma respiration faisait un écho bruyant à mes oreilles.

Un grondement me parvint de la gauche. Sans réfléchir, je me faufilai par un espace dans la haie et tombai sur le cercle de roses blanches. Machinalement, je tendis les bras et des épines me lacérèrent les paumes. Je retombai en arrière, parvins à m'affaler dans la terre et à lâcher la branche de rosier. Le grondement se fit plus fort. La tête baissée, je retins ma respiration, craignant de bouger, prise en sandwich par la haie de camélias. Le bruit vint en parallèle, puis continua, me dépassa, et je risquai un coup d'œil à travers les feuilles.

Une femme descendait par l'allée centrale, traînant deux poubelles à roulettes, une dans chaque main, en direction de la rue.

C'est le soir des poubelles.

Je faillis éclater de rire sous l'effet du soulagement. Quelle banalité !

Le grondement cessa. La femme pivota et revint vers moi, rapide maintenant qu'elle n'était plus chargée des lourdes poubelles. Je restai aussi immobile que possible, contente que ma veste soit beige et non de couleur vive.

Par un petit espace entre les camélias, je vis distinctement la femme. J'en eus le souffle coupé.

Pip Reeves. Non, Pip Harding maintenant. Superbe.

Zut.

À vrai dire, Pip était plus belle que jamais. Elle portait ses cheveux noirs ondulés plus courts qu'aux Beaux-Arts, mais ils étaient tout aussi épais et souples qu'à l'époque. Je me souvins d'elle assise sur un tabouret de bar au pub près du campus, qui se passait les cheveux derrière l'oreille, de son rire de gorge. Le moindre de ses gestes était observé par un attroupement d'étudiants en première année, langue pendante. Elle avait probablement pris quelques kilos, ce qui ne pouvait même pas me réjouir, d'ailleurs, car... ça lui allait bien. Grande bouche et lèvres pleines, oui, les mêmes, et toujours avec son rouge à lèvres signature. Pas de ventre pour Pip, elle avait la taille fine, une poitrine généreuse visible sous son chemisier blanc. Son jean était assez moulant pour indiquer qu'elle faisait du sport régulièrement. Pip Reeves s'était changée en Pip Harding, la quintessence de la maman embourgeoisée, juste assez conservatrice pour le quartier collet monté de Wahroonga et sans aucun doute enviée par toutes les femmes de plus de quarante ans dans son voisinage.

Du regard, je la vis contourner la maison par le côté opposé, jusqu'à ce qu'elle disparaisse de ma vue. J'osai à peine remuer dans mon lit de terreau, et grimaçai en prenant appui sur ma main blessée pour m'asseoir. Je finis par rassembler le courage nécessaire pour quitter ma cachette.

Puis il fut trop tard.

Des voix masculines s'élevèrent de la maison. J'entendis distinctement : « Maman ? Tu es où ? On y va. »

Deux hommes apparurent à la porte d'entrée. Tous les deux en jean avec un maillot de football et une écharpe bordeaux et blanc. En route pour un match, supposai-je, vu qu'on était dimanche.

Le plus vieux, la quarantaine bien sonnée, était l'homme de la photo. Brett Harding. Il portait désormais une barbe soignée parsemée de gris. Son visage paraissait plus vieux, les joues plus flasques que sur la photo. Des poches noires, comme des hématomes sous ses yeux, lui donnaient un air triste.

Il s'immobilisa en haut des marches en grès et jeta un regard circulaire sur l'esplanade. Mon cœur s'arrêta. Il m'avait repérée, c'était sûr.

— On a oublié les bonnets, marmonna-t-il en retournant à l'intérieur au moment où un garçon, émergeait de l'ombre.

C'était encore un garçon, oui.

Mais un garçon qui était presque un homme.

Leur enfant. Celui de la photo. Celui qui ressemblait tellement à mon Sascha.

Il avait grandi, depuis que le cliché avait été pris. Ce n'était plus un enfant de sept ou huit ans, mais un adolescent.

Quinze ? Seize ans ? Il tenait surtout de sa mère. Cheveux bruns et ondulés, coiffé-décoiffé à la mode. Un visage qui commençait à affûter les rondeurs de l'enfance. Il deviendrait un très bel homme, d'ici quelques années. Il était plus grand que ses deux parents, avec des épaules larges de nageur et une taille fine. Je savais, d'après la photo, qu'il avait les yeux bleus comme sa mère, mais leur forme était héritée de son père. Ils avaient la même douceur, derrière les cils épais et les sourcils bruns soignés. Il serait ce que ma mère appelait « un bourreau des cœurs », un jour, si ce n'était pas déjà le cas.

— Kingsley, appela une voix de femme de l'intérieur de la maison.

Kingsley.

Kingsley, pas Sascha. Je me mordis la lèvre.

Jamais Sascha.

Avant

— Sascha.

Peter posait sur moi un regard plein d'espoir.

— Oui, c'est bien comme nom, ai-je répondu avec un semblant d'enthousiasme.

— Tu détestes, a platement constaté Peter, dont la mâchoire s'est crispée.

— Non, je ne le déteste pas. J'aime bien. J'avais juste des noms différents en tête, c'est tout.

Peter s'est tourné pour déverrouiller la porte. Nous nous tenions sur l'allée jonchée de détritus d'Oxford Street, au centre de Sydney. Un sans-abri à la barbe parsemée de miettes nous observait depuis un porche non loin de là. Je me suis efforcée de ne pas grimacer quand j'ai senti son odeur. La porte devant nous était banale. D'un côté, un sex-shop, de l'autre un néon sale sur lequel on pouvait lire *Mirage Kebabs*. Il était 9 heures un mardi matin et les deux boutiques étaient fermées.

— Qu'est-ce qu'on fait ici, Peter ?

Il s'est retourné vivement pour me faire de nouveau face, la porte désormais ouverte. J'entrevoyais un petit espace moderne et la pente abrupte d'une volée de marches en bois.

— J'ai quelque chose à te montrer, a-t-il dit, avec un sourire presque timide.

Il m'a fait signe d'entrer, puis a refermé à clé derrière moi. Je l'ai suivi en haut de l'escalier, non sans haleter et tenir mon ventre arrondi. J'étais entrée dans mon sixième mois de grossesse et je commençais à le sentir. Chevilles gonflées, brûlures d'estomac et douleurs dans le dos. Citez-moi un problème, je l'avais. Rien de grave, par chance, mais tous les effets secondaires pénibles de la grossesse semblaient s'être ligués pour m'assaillir et me tourmenter depuis quelques semaines.

Il avait fallu deux longues années et trois fausses couches précoces avant que je tombe enceinte. Je commençais à croire que ça n'arriverait jamais. On avait fait tous les tests, qui n'avaient rien donné. Alors, quand j'avais vu les deux lignes bleues pour la quatrième fois, toutes les émotions possibles m'avaient envahie.

Joie. Soulagement.

Peur.

Pendant ce temps-là, nos vies avaient continué. Peu de temps après notre rencontre, j'avais décroché un poste dans une école du centre-ouest de Sydney, où la population était plus aisée qu'à Green Hills High et les trajets n'étaient pas trop pénibles. Après le mariage, on avait emménagé ensemble, dans un mignon petit cottage qu'on louait à mi-chemin entre mon école et le boulot de Peter au centre. Lui, il travaillait sur un roman depuis longtemps, il y mettait tout ce qu'il avait, travaillant tôt le matin et puis tard le soir. Quand le livre a été publié, j'étais très fière de mon mari, même si je ne m'attendais pas au succès qu'il a remporté. Ce roman noir dont l'action se déroulait au cœur de Melbourne, touchait apparemment une corde sensible chez les lecteurs du pays et, grâce au bouche-à-oreille qui avait fait grossir les ventes de manière exponentielle, il s'était hissé au rang de best-seller. Trois mois plus tôt, Peter avait lâché son travail officiel et m'avait convaincue d'en faire autant, arguant que je pourrais de nouveau me concentrer sur la photographie pendant que j'étais enceinte. Du coup, nous passions désormais notre temps ensemble, ce qui, pour être honnête, n'était pas aussi fabuleux que je l'aurais espéré.

À cause de sa hantise de la page blanche.

Sa maison d'édition attendait le roman suivant et lui, il était coincé –gros, gros blocage. J'avais espéré qu'être à la maison à plein temps allait peut-être rebooster sa créativité, mais non. Cette incapacité à écrire rendait mon mari grognon et, manifestement, il appréciait la compagnie dans le malheur. J'avais ressorti mon appareil photo, m'aventurant dans des lieux censés nourrir ma créativité – le bush, des plages isolées –, mais Peter tenait à ce que je reste proche de lui, pour veiller sur ma santé, pétrifié qu'il était par le risque d'une autre fausse couche. Il me traitait avec délicatesse, m'enveloppait dans du coton. Au point que j'en étais presque surprise qu'il n'ait pas insisté pour me porter jusqu'en haut de ces marches.

Sur le palier, il s'est arrêté.

—Bienvenue, Katie chérie, dans ta nouvelle maison.

J'ai atteint le sommet des marches à mon tour et, tout en haletant bruyamment, j'ai pris conscience de ce qu'il venait de dire. Notre « nouvelle maison » ?

—Oui, il y a ici tout ce dont on a besoin, a-t-il ajouté avec un enthousiasme visible, comme s'il avait oublié notre dispute. Trois chambres. Une pour nous, une pour Sascha et une qu'on pourra utiliser comme bureau. On y mettra un lit en plus, pour tes parents quand ils viendront nous rendre visite, je suis sûr qu'on sera bien contents qu'ils nous fassent du baby-sitting de temps en temps. Regarde ça ! Tout le confort moderne. Ça vient d'être rénové. C'est pas parfait ?

J'ai cillé. La tête continuait de me tourner un peu.

— Un appartement, Peter ? Sur Oxford Street ? Je croyais qu'on était partis sur une maison. Avec un jardin.

Les mots avaient quitté ma bouche avant même que j'aie eu le temps de les filtrer. J'ai vu à sa mâchoire crispée que ce n'était pas la réaction que Peter avait espérée.

— Il y a des parcs, dans le quartier, Katie. Et de la culture partout. Sur le pas de notre porte. On pourra l'emmener au théâtre, à l'opéra. Merde, la galerie d'art est pile en bas de la rue. Tu vas adorer.

— Mais ce n'est pas ce qu'on avait décidé, Peter, ai-je insisté gentiment, choisissant mes mots avec soin. Tu as déjà signé le contrat ?

Son visage s'est assombri.

— Oui. C'est mon argent, Katie. Rosemarie m'a fortement conseillé d'acheter quelque chose avec mes droits d'auteur. Elle a vu cet endroit dans le journal et m'y a amené jeter un coup d'œil la semaine dernière.

Ben, tu parles.

L'agente de Peter ne m'avait jamais appréciée. Et quand son livre s'était placé dans la liste des best-sellers, elle était devenue son amie intime.

Dans la cuisine, il a désigné l'îlot.

— On pourra prendre nos repas ici. On achètera une chaise haute pour le bébé et on pourra s'y asseoir ensemble, comme une famille. Tu vas être tellement heureuse, Katie…

Au temps pour mon rêve.

La maison en banlieue. La terrasse. Un grand jardin avec un trampoline pour notre enfant… nos enfants. Cet endroit ne donnait même pas l'impression d'avoir de fenêtres. Non que j'aie été très tentée par la vue sur le sans-abri et les seringues qui jonchaient le trottoir. Ni par les bus qui passaient en trombe, à toute heure du jour et de la nuit, pas plus que par les fêtards qui faisaient la queue devant les boîtes de nuit.

Je me suis efforcée de sourire, malgré ma gorge serrée.

Peter s'est approché. Il a poussé un soupir, puis il a repris la parole.

— Sascha – Alexander – était le prénom de mon grand-père. Mort dans un camp de concentration pendant la Seconde Guerre mondiale. Je voulais honorer sa mémoire.

Là, j'ai fondu.

— Oh, Peter. Pourquoi tu ne me l'as pas dit ?

Il a haussé les épaules, sans parler, toujours vexé.

— Sascha, c'est parfait, ai-je dit. Notre fils sera parfait, ai-je ajouté en ravalant mes larmes. Et cet appartement aussi.

Dimanche 6 juillet

Après-midi

Kingsley se retourna vers la porte et la journée s'assombrit un peu. Se refroidit un peu.

Je frissonnai.

Pip apparut, sourire aux lèvres, bras grands ouverts dans une demande muette de câlin. Son fils s'abandonna à l'étreinte.

Le cœur recroquevillé dans ma poitrine, je contemplai la scène depuis mon poste d'observation dans la terre.

Ils se détachèrent lorsque Brett reparut, cette fois avec un bonnet assorti à son écharpe. Il en tendit un identique à son fils.

— On ferait mieux d'y aller si on veut voir le match de l'équipe réserve.

Planté face à ses deux parents, si bien que le trio formait un triangle, Kingsley prit le bonnet. Un côté de son col était relevé et je dus lutter contre l'envie de le rabattre. Pourquoi Pip ne le lui remettait pas en place ?

Brett sourit à sa femme.

— Tu es sûre que tu ne veux pas venir ?

Elle s'esclaffa de nouveau et immédiatement, je me retrouvai avec vingt-cinq ans de moins, la maigrichonne binoclarde qui attendait devant l'atelier de sculpture que le cours commence. Avant Peter. Avant Sascha.

— Tu connais mon amour du foot, chéri. Non, je préfère encore rester faire le ménage à la maison. Et tu sais comme j'aime le ménage !

— Oh, allez, maman ! protesta Kingsley. La dernière fois que tu es venue, c'était toi qui criais le plus fort. La moitié du public te regardait toi, au lieu de suivre le match.

Un vrai adolescent, malgré une voix qui était déjà celle d'un homme. Charismatique et sûr de lui. J'aurais parié qu'il était délégué de classe.

Je me pris à me demander si Sascha aurait été un meneur. Il était calme, petit, mais je pensais qu'il finirait par sortir de sa coquille. Je souris en imaginant Sascha et Kingsley amis. Si les choses avaient été différentes, peut-être nos deux familles seraient-elles allées voir le foot ensemble. Et puis, je me rappelai l'attitude ambivalente de Peter vis-à-vis du sport. Et la mienne. Bon, peut-être pas alors.

— Non, mais là, c'était une super journée. On avait battu les Roosters d'au moins vingt buts, non ? (Pip brandit un poing victorieux.) Non, je dois rester à la maison, désolée. Roger vient pour que je valide l'annonce. Il faut qu'on règle ça aujourd'hui, si on veut que le journal la publie demain.

Les deux adultes jetèrent un coup d'œil à Kingsley, mais il ne moufta pas.

— Donc il vaut mieux que je reste pour m'en charger, continua Pip. Filez au match et amusez-vous. Allez les Sea Eagles !

Brett secoua la tête et tourna vers son fils une expression faussement gênée, avant de demander :

— Tu veux qu'on prenne à manger en rentrant ?

— Non, non, profitez-en pour manger dehors. J'ai des restes. Vous devriez faire le plein de pâtes ou de pizza. Je sais que vous êtes tous les deux en manque de sucres lents, depuis que je vous ai imposé mon régime paléo.

— Oui, un italien, bonne idée, papa ! renchérit Kingsley.

— D'accord, mais tu es bien sûre ? insista Brett, qui posa sur Pip un regard attentif, sourcils froncés.

À quoi elle opina du chef. Brett détourna les yeux de sa femme comme à contrecœur.

— Une soirée entre gars, alors. OK, Kings ?

— Moi, ça me va.

Ils échangèrent un regard complice.

— Bon, faut que je m'y mette, reprit Pip, interrompant leur brève hésitation. Roger doit arriver dans dix minutes.

Brett et Kingsley grimpèrent dans la Mercedes et Pip referma la porte derrière elle. Je m'aplatis dans les rosiers, mais ils firent le tour du rond-point sans me remarquer, car la Lexus de Roger apparaissait déjà. Le véhicule de Brett ralentit et il fit signe au visiteur d'avancer. Ce dernier leva la main en signe de salutation, toutes dents exhibées dans son grand sourire hypocrite d'agent immobilier.

Merde.

S'ils descendaient tous de voiture pour discuter, j'étais fichue.

La Lexus se gara à l'endroit qu'avait libéré la Mercedes, et la Mercedes poursuivit son chemin. Moi, je poussai un soupir de soulagement.

Roger les regarda partir, puis il gravit les marches du perron quatre à quatre. Je tordis le cou pour mieux le voir. Il portait une tenue semi-professionnelle, jean sombre et blazer bleu marine, chaussures en cuir. Il rajusta sa veste était sur le point de frapper à la porte lorsque celle-ci s'ouvrit à la volée. Pip Harding se tenait face à lui, une main sur la hanche, rouge à lèvres fraîchement appliqué sur ses lèvres luisantes. Elle dit quelque chose, à voix trop basse pour que je puisse entendre. Je me penchai, les deux mains dans la terre désormais, sans plus me soucier de mes blessures.

Pip porta la main à la nuque de Roger et attira son visage vers elle. Ils s'embrassèrent, corps à corps, alors que Pip reculait pour l'attirer à l'intérieur de la maison. Sans un son sur ses gonds de luxe, la lourde porte se referma derrière eux.

Et je restai seule dans le parterre. Mon sang imbibait la terre, je me sentais sale. Une voyeuse couverte de crasse.

Lundi 7 juillet

Matin

Le pire, quand on prend le train d'Artarmon pour North Sydney à 8 h 45 le matin, c'est qu'il est toujours bondé.

Jamais je n'arrivais à trouver un siège. Parfois, je me considérais comme chanceuse si je réussissais à monter dans un wagon. J'étais obligée de rester debout, collée contre la porte, sous l'aisselle d'un grand type ou retenant ma respiration sous un menton inondé d'*Eternity for Men*. La plupart du temps, j'effectuais le trajet avec la gueule de bois, ce qui n'aidait pas.

Aujourd'hui, il était 8 h 55 lorsque je me frayai un passage à l'intérieur en jouant des coudes et délimitai mes quelques centimètres près de la porte. J'allais arriver avec environ un quart d'heure de retard au travail si je m'arrêtais pour prendre un café. Ce que je ferais. Et, selon mon mode de pensée, un quart d'heure de retard, c'était une victoire pour un lundi matin après le week-end que j'avais passé.

Encore sous le choc du baiser entre Pip et Roger, j'avais détalé de la maison Harding, aussi vite que s'ils avaient envoyé les chiens à mes trousses. J'avais ensuite décongelé le reste du roulé pomme-crème pâtissière de ma mère (*Il reste plus rien pour les invités, désolée, maman.*) et je m'en étais goinfrée devant une émission de cuisine à la télé en l'arrosant du reste de la vodka. Et oui, j'étais bien consciente de l'ironie de la situation. J'avais dû sombrer vers 19 h 30 et m'étais réveillée au son de quelque voix rauque ânonnant un numéro vert tout en faisant des séries d'abdominaux, puis m'étais traînée au lit. J'avais réussi à dormir et à me réveiller sans alarme, avec une migraine et la bouche sèche pour tout désagrément. Presque comme si je n'avais pas bu du tout. Pratiquement sobre. L'œil brillant et le poil luisant, pour ainsi dire. Après un Berocca et un verre d'eau ou deux, j'avais quitté l'appartement dans ma meilleure forme depuis des semaines.

Et tout ça en dépit de la date anniversaire.

Je me cramponnais à l'idée que j'avais passé un cap et m'efforçai de ne plus penser à Pip et Roger. Qu'est-ce que ça pouvait me faire, qu'ils aient une liaison ? Je ne les connaissais même pas.

Je reposai ma tête contre la vitre salie du train, en m'efforçant de ne pas me demander quand elle avait été nettoyée pour la dernière fois. Apparemment, l'hiver ne pénétrait jamais dans les trains de Sydney et l'humidité épaississait l'air du wagon. La fraîcheur lisse du carreau m'aidait à respirer. La veille, entre deux verres, j'avais eu suffisamment de présence d'esprit pour rincer la terre des lacérations causées par les épines des rosiers et les couvrir de pansements. La plupart n'étaient que des égratignures, à l'exception d'une entaille plus profonde sur ma main gauche, près du pouce. Ça faisait un mal de chien, mais je survivrais.

Le week-end était fini. L'anniversaire était passé.

Dix ans.

Maman avait probablement raison. Il était peut-être temps que j'aille de l'avant. Mon cœur se mit à tambouriner à cette seule pensée, comme pour protester. Je passai les doigts sur les sparadraps de ma paume et me rappelai quand j'achetais des pansements Wiggles[1] pour Sascha, que je lui chantais *Big Red Car* lorsque j'en collais un sur un genou égratigné. Et il arrêtait de pleurer le temps de m'écouter.

Et maintenant, Leah allait avoir un bébé.

Je serrai les dents si fort que ma mâchoire devint douloureuse. Leah, qui n'avait jamais voulu d'enfants.

J'appuyai plus fort sur les pansements, jusqu'à devoir me mordre la lèvre sous l'effet de la douleur.

Je devrais l'appeler, la féliciter.

Le train ralentit à l'approche de St Leonards Station et les gens se mirent à jouer des coudes. Dans un grincement torturé, la rame s'arrêta et la porte s'ouvrit en couinant. Je reculai prestement pour éviter le flot tempétueux des banlieusards recrachés vers la liberté du quai. L'espace s'ouvrit soudain, l'air frais afflua. Brièvement, hélas. Avant que les derniers aient fini de débarquer, d'autres commencèrent à monter dans une bousculade semblable et nous étions encore plus entassés quand le train redémarra dans un frisson.

Le tunnel disparut et les immeubles se matérialisèrent, leurs balcons chargés de barbecues et de chaises de jardin poussiéreuses, exposant les biens de leurs propriétaires comme des pièces de musée destinées au regard des voyageurs blasés. Comme des voyeurs.

En fermant les yeux, je revis les mains de Pip dans la nuque de Roger. Une liaison. Tellement sordide. Tellement indigne de gens qui vivaient dans une maison comme celle des Harding. Et tellement injuste vis-à-vis de ce pauvre couillon de Brett,

1. Groupe de musique australien pour enfants.

avec son physique banal et son regard gentil. Les Harding apparaissaient comme la famille parfaite. Brett et Kingsley, avec leurs écharpes assorties. Leurs petites blagues sur le foot. Leur façon de taquiner Pip.

Comment pouvait-elle leur faire ça ?

Pip Reeves. La plus jolie fille des Beaux-Arts.

Pip qu'on ne pouvait pas raisonnablement détester, avec ses manières simples. J'aurais pourtant voulu haïr cette fille trop belle et trop talentueuse. Elle était glamour, mais pas bêcheuse. Je n'aurais jamais imaginé qu'elle puisse devenir une épouse infidèle. À l'époque, elle n'avait jamais semblé avoir de petit ami sérieux, si nombreux qu'ils soient – du troisième année plein d'assurance préparant son expo jusqu'au plus sensible – à la courtiser.

Et Kingsley ? Son adorable fils. Comment Pip pouvait-elle risquer de mettre en péril sa famille pour une amourette ? Avec un agent immobilier obséquieux par-dessus le marché.

Je rouvris les yeux, suivis d'un doigt la ligne d'une rayure dans le carreau. Bref, de toute façon, je m'en foutais, non ?

Il fallait que j'oublie les Harding.

Et la maison des Harding.

Oui, il fallait…

Un bip précéda le sifflement de l'ouverture des portes du wagon et je me joignis à la horde des voyageurs qui débarquaient. Nous remontâmes le quai, les escalators et émergeâmes hors de la gare dans une chorégraphie que chacun connaissait par cœur.

Un souvenir me revint tout à coup. De Peter en train de regarder les informations routières au journal du soir, peu de temps après qu'on ait tous les deux démissionné. Il se moquait de ces gens coincés derrière un carambolage entre trois véhicules ou dans des trains retardés par une panne de signalisation ou l'annonce trop fréquente d'un « incident voyageur ».

« On vaut mieux que ça, Katie, disait-il, son chardonnay à la main. On est à part, nous, tu sais. On n'est pas des moutons comme eux. »

Je sortis de la gare sous le soleil.

Peter avait sans doute raison. J'avais été « à part ».

Il m'avait rendue « à part ».

Seulement, pas de la façon que j'aurais pu imaginer. Ou souhaiter.

Dix minutes plus tard, je poussai la porte d'Imperial Real Estate. L'utilisation du mot « Imperial » dans le titre suggérait que Vivian, ma patronne, avait jadis nourri de grands espoirs pour l'avenir de son affaire. À présent, l'adjectif avait surtout quelque chose d'ironique. On n'avait pas grand-chose en commun avec des agents comme Roger Bailey de McQuilty Real Estate. Vivian aurait tué pour avoir ne serait-ce qu'une maison Harding à son catalogue. Nos propriétés, à nous, c'étaient surtout de vieux appartements dans la zone de Chatswood, de petits commerces et des masures prêtes à être démolies et transformées en duplex.

Imperial Real Estate était situé sous une tour d'habitation maigrelette en bordure d'un boulevard de North Sydney. L'espace, vitré, consistait en une boutique de la taille d'un salon avec comptoir d'accueil, plus trois bureaux à l'arrière. Sans oublier la minuscule kitchenette où un grille-pain et une bouilloire coexistaient sur un plan de travail en permanence couvert de miettes, et les toilettes mixtes qui fuyaient constamment. Vivian était propriétaire des lieux et parlait d'entreprendre des travaux de rénovation depuis mes débuts ici, soit neuf ans.

J'adressai un hochement de tête à la réceptionniste, Tahlia, qui me renvoya un salut glacial tout en parlant dans l'inamovible micro-casque perché sur ses cheveux trop bien coiffés. Tahlia travaillait pour Imperial Real Estate depuis un an. Visage rond, très jeune et compétente, sans parler de son assurance à toute épreuve, elle s'était montrée très sympathique avec moi au départ. Elle affichait une expression compatissante, comme pour me dire qu'elle savait ce que j'avais traversé. Cependant, après avoir découvert que les événements en question ne me rendaient ni intéressante, ni intelligente, ni digne de quoi que ce soit, elle avait jugé préférable de ne plus perdre son temps. Tahlia, ça la démangeait – au sens propre – de quitter Imperial. Elle se tortillait sur son fauteuil pivotant, visiblement impatiente d'aller voir ailleurs. Je lui donnais encore deux mois à l'agence, grand maximum.

Elle mit un terme à son appel téléphonique et me chantonna, alors que j'atteigne la porte menant aux bureaux :

— Vivian a demandé à te voir. Je lui ai dit que je t'enverrais dès que tu arriverais.

Malgré les papillons dans mon ventre, je répondis : « D'accord » et poursuivis mon chemin. Prudente, je portais une boîte de gobelets en carton dans une main. Deux cafés : un pour moi, un pour Vivian. Pas une seule fois en neuf ans je n'avais acheté un café pour ma patronne, et j'ignorais pourquoi je l'avais fait aujourd'hui.

J'entrai dans la première pièce : mon bureau-placard. Le sol était jonché de piles de brochures, et un mur entier occupé par des étagères chargées d'un assortiment disparate de fournitures de bureau. Au moins, c'était *mon* bureau. Vivian avait la pièce la plus grande et l'autre était partagée par trois agents à temps partiel. La plupart du temps, ils étaient en rendez-vous client à l'extérieur, le bureau était donc souvent paisible. Je lâchai mon sac à main sur ma table encombrée, puis posai en équilibre précaire la boîte contenant mes gobelets sur un tas de prospectus, récupérai les tasses et m'engageai dans le couloir menant au bureau de ma patronne.

Vivian était assise derrière sa table de travail, concentrée sur l'écran de son ordinateur. Je frappai à sa porte ouverte avec mon coude. Elle leva les yeux et sourit.

— Pardon pour mon retard, Vivian. Je t'ai apporté un café, je l'ai pris dans cette nouvelle enseigne au coin de la rue.

Elle inclina la tête et une ligne barra son front lisse.

— Oh, merci, c'est très attentionné, mais je ne bois pas de café. Je suis plutôt une mère thé.

Merde.

— Ah bon ? Désolée, j'aurais dû le savoir, pas vrai ?

L'expression de Vivian s'adoucit pour devenir celle, compatissante à l'extrême, qu'elle me réservait. Et qui me vrillait réellement le ventre, car c'était une vraie gentille, elle.

— Pas de souci, Kate. Je suis sûre que Tahlia va adorer. Je sais qu'elle est très café. Bref, entre. Et assieds-toi donc.

Vivian n'avait rien de l'agent immobilier tel qu'on se l'imagine. Grande et gracieuse, c'était une femme séduisante à la voix douce et aux manières avenantes, coupe au carré nette et perles de culture. Le genre de personne qui arrivait généralement à ses fins, avec un talent très irritant pour vous donner l'impression que sa volonté, en fait, c'était justement ce que vous vouliez depuis le début. En conséquence, c'était une excellente vendeuse. Elle n'avait pas les façons obséquieuses de tant d'agents, et pourtant je ne lui faisais pas entièrement confiance quand elle passait en mode vente. Mais Vivian faisait partie des gentils. Car je devais l'admettre, quoique à contrecœur, il y avait bel et bien des gentils dans le monde des agents immobiliers et parmi ceux que j'avais rencontrés au fil des années.

Le sourire de ma patronne se changea en une expression inquiète.

— Comment ça va ? Je sais quelle date était samedi. (Faites confiance à Vivian pour se rappeler la date, cette femme se souvenait de tout.) Je voulais m'assurer que tu allais bien. Cette période de l'année ne doit pas être facile pour toi.

— Je vais bien, merci.

— Bon, si tu as besoin de quoi que ce soit, n'hésite pas à demander.

Elle attendit un battement de cœur avant d'ajouter :

— J'ai parlé avec ta mère, hier soir. Elle m'a annoncé la nouvelle, pour Leah.

Merveilleux.

Parfois – la plupart du temps – ça n'était pas un avantage que votre mère soit amie avec votre patronne. Elles s'étaient rencontrées dans le cadre du golf, qu'elles pratiquaient en compétition. Ma mère était meilleure golfeuse, même si Vivian était de dix ans sa cadette. Après la mort de Sascha, et alors que j'avais passé des mois à la maison, ma mère avait demandé à Vivian si elle avait quoi que ce soit que je puisse faire, puis elle m'avait harcelée jusqu'à ce que j'accepte ce boulot. Je rédigeais des annonces pour les journaux du week-end, des textes pour les prospectus et j'en coordonnais les envois en impression. Au bout de neuf ans, j'aurais pu faire ça les yeux fermés.

Je n'avais pas d'intérêt particulier pour les journées portes ouvertes. Pas au départ. À l'époque, je faisais mes horaires de bureau, 9 heures-15 heures, je voyais le Dr Evans une fois tous les quinze jours et je passais le reste de mon temps à alterner entre des épisodes de boisson et des épisodes de sobriété. Ce fut seulement au bout de sept ans chez Imperial que Vivian m'avait appelée un samedi matin en me demandant de lui rapporter une liasse de brochures fraîchement imprimées dans la maison qu'elle faisait visiter à Turramurra… C'est alors que j'avais découvert le pouvoir des journées portes ouvertes.

J'y étais allée, avec ma gueule de bois et de mauvais poil : j'aurais préféré passer mon week-end à flemmarder. Et j'avais découvert que la maison qu'elle montrait était exactement celle dont j'avais jadis rêvé pour Peter, Sascha et moi. Pas aussi chic que la maison Harding, évidemment, mais une charmante maison familiale, avec, dans le jardin, un arbre parfait pour y grimper, une cheminée et une grande table en bois brut.

En entrant dans cette maison, j'avais ressenti une véritable explosion de joie, pour la première fois depuis la mort de Sascha. Il y avait entre ces murs quelque chose de très ouvert et d'accueillant, au point que je n'avais eu aucun mal à m'imaginer vivre là. À quoi mon existence aurait pu ressembler, nous trois assis autour de la table, à déguster des lasagnes ou une tranche de rôti d'agneau, à rire d'une anecdote que Sascha nous aurait racontée sur sa journée à l'école. Ou à regarder une sitcom américaine nunuche à la télé, blottis les uns contre les autres sur le canapé. J'aurais mis le lave-vaisselle en marche, Peter et Sascha auraient joué à des jeux vidéo presque trop violents, et j'aurais fait semblant de ne pas m'en rendre compte. Je les aurais laissés pour descendre à la cave que j'aurais convertie en chambre noire, afin de travailler à ma première expo.

Tout m'était apparu avec cette clarté.

Ouais, bon.

Après cette première expérience, je m'étais mise à assister aux portes ouvertes. Pas régulièrement, je n'y participais que quand une maison particulière rentrait au catalogue.

Des maisons familiales modestes où je pouvais imaginer Sascha grandir. Une vie différente.

Une réalité alternative, si vous préférez.

Ce fut plus tard seulement que ces visites devinrent une addiction.

Je détournai les yeux de ceux de Vivian, mon visage s'échauffa.

— Oui, c'est une super nouvelle pour Leah, hein ? (Vivian fronça les sourcils, mais elle ne dit rien.) Elle fera une super maman, ajoutai-je.

Toujours pas un mot.

Je serrai plus fort mon gobelet, luttant contre les spasmes de mes mains.

— Bon, je vais me mettre au boulot, déclarai-je, avant de désigner le café en trop. Donne ça à Tahlia avant qu'il refroidisse.

De retour dans mon bureau, je m'affalai sur mon siège grinçant. Vivian m'avait transmis des informations sur deux nouvelles propriétés pour lesquelles il nous fallait un flyer et je devais aussi préparer les annonces pour le journal du week-end, avant la parution du samedi, qu'ils réclamaient étonnamment en amont dans la semaine. Je m'installai correctement sur mon siège et fis démarrer mon ordinateur.

J'avais beau connaître le métier comme ma poche, tout avançait lentement ce jour-là. Mes rêvasseries sur les Harding me distrayaient. Je passai l'heure du déjeuner sur Internet, à entamer ma recherche rituelle sur les sites d'annonces immobilières. Quand j'avais commencé à développer une addiction pour les journées portes ouvertes, j'avais enregistré tous mes critères de recherches : maison, 3 chambres ou +, 2 sdb ou +, places de parking, Wahroonga, Pymble, Turramurra et banlieues alentour. Il me suffisait désormais de cliquer sur une icône dans le coin supérieur droit de mon écran et hop, la liste s'affichait.

Et voilà, elle était là : la maison Harding.

Première sur la liste. La « propriété mise en avant ». Identifiée par un petit logo vert comme « Nouveauté ».

Je cliquai sur « Highfields », « vente aux enchères », « guide des prix sur demande » et fus dirigée vers le listing de la maison. Il n'était pas difficile de mettre en avant une propriété comme la maison Harding, pourtant je voyais bien que le photographe qui s'en était chargé était sans doute beaucoup plus cher que le gars qui s'occupait des photos de nos brochures, à Imperial. Parfois, c'était à se demander si notre gars ne prenait pas les clichés avec son téléphone et, en tant que connaisseuse en la matière, je trouvais cette attitude extrêmement grossière. Mais bon, je ne pouvais rien dire : quelques années plus tôt, après une énième réclamation à cause d'une corde à linge oubliée sur un cliché, Vivian, exaspérée, m'avait proposé le job mais je l'avais refusé. Je m'étais toujours considérée comme une « artiste », pas un minable photographe immobilier. En plus, la photographie – toute activité créatrice, en fait – appartenait à mon passé désormais.

L'avenir, eh bien, je ne m'autorisais jamais à y penser.

J'examinai la dizaine d'images de la maison Harding, revins au début et recommençai. Encore et encore. La cuisine, la suite parentale, une autre chambre, la piscine prise sous différents angles, la bibliothèque, le salon, les jardins, la salle à manger et l'une des salles de bains. Plus quelques photos plus « arty ». Une de la cuisine avec vue sur le jardin et la piscine par la fenêtre, un zoom montrant un spectaculaire massif de gardénias en fleur. Quelques-unes des pièces – une salle de bains et une chambre – que je n'avais pas vues, en raison de mon départ précipité. Je me penchai vers mon écran pour bien assimiler tous les détails.

Dans la suite parentale, je me repris à envier à Pip son goût pour assortir les couleurs. Dans la cuisine, j'admirai de nouveau le mixeur vert pomme que je n'utiliserais jamais. Le cliché arty de la cuisine était destiné à me permettre de m'imaginer en train de cuisiner quelque plat fabuleux par une douce soirée d'été, tandis que la piscine et le jardin, en fond flou, m'invitaient à piquer une tête après le dîner. Sur le rebord de fenêtre, une vignette digne d'un magazine : le cactus dans son pot en terre cuite, une bougie de designer blanche dans un pot en verre et un ravissant bouquet de fleurs rouges dans une bouteille de Coca vintage. Une touche de quasi-simplicité, dans ce manoir à plusieurs millions de dollars. La petite note sympa.

Je remontai en haut de la page.

Les prochaines visites étaient prévues à 13 heures le samedi suivant. Je me mordis la lèvre. Jamais je n'étais retournée dans aucune maison pour une seconde journée portes ouvertes. Jamais non plus je ne m'étais rendue à la vente aux enchères d'une maison que j'avais visitée, même si évidemment il m'était arrivé de m'informer pour savoir à combien elle s'était vendue.

Devais-je y retourner ? Il me fallait bien récupérer un petit souvenir.

Je me frottai le visage des deux mains tout en y réfléchissant. Qu'y avait-il d'aussi spécial à Highfields ? Était-ce à cause de l'anniversaire ? De la maison elle-même ? De la famille ?

Des images me revinrent. Sascha. Peter. Le portrait de la famille idéale, leurs sourires parfaits. Le cactus. La maison de rêve, avec ce garçon qui aurait pu être le mien.

J'éludai la question, préférant ne pas m'imaginer le tableau. Je savais juste une chose.

J'y serais.

Avant

Peter m'a embrassée dans le cou. J'ai laissé échapper un son, un gémissement authentique, pourtant j'étais incapable de me détendre.

Il veut vraiment faire ça maintenant ?

Sascha venait enfin de sombrer dans un profond sommeil après deux heures à pleurer non-stop. Peter insistait pour que je teste la technique des pleurs contrôlés, mais l'horreur absolue qui me traversait en observant mon bébé affolé depuis la porte ou lorsque j'entendais ses hurlements à vous glacer le sang crépiter à travers le babyphone, c'était trop dur à supporter. Au bout d'une demi-heure, traumatisée, je m'étais précipitée pour le prendre dans mes bras et le bercer, sous le regard impassible de Peter qui se tenait sur le seuil de la chambre. Après quoi, mon mari avait passé la soirée avec une bouteille de vin rouge, à regarder la télé en m'ignorant superbement chaque fois que je m'esquivais pour aller apaiser notre bébé.

Enfin, Sascha avait fini par tomber de fatigue dans mes bras et je m'étais penchée au-dessus de son berceau, centimètre par centimètre, avec toutes les précautions du monde, pour le poser sans me réveiller. J'en avais mal au dos. À neuf mois, mon fils devenait trop lourd pour que je le berce pendant des heures, mais que pouvais-je faire d'autre ?

Il avait besoin de moi.

Et ensuite, une fois que je m'étais servi mon habituel petit verre de vin pour célébrer l'endormissement de Sascha, affalée sur le canapé à côté de Peter, il avait baissé le son de la télé et tendu la main pour me masser la nuque.

Merde.

Je savais ce que ça signifiait.

Le sexe. Autrement dit, pas question de me laisser aller devant une vieille sitcom à la télé mais, côté positif, si on expédiait la chose vite fait, j'aurais droit à une heure ou deux de sommeil avant d'être accaparée par Sascha. J'ai donc reposé mon verre sur la table basse et, au passage, heurté la bouteille de vin rouge. Par chance, elle était quasiment vide, et seules quelques gouttes ont éclaboussé son journal replié.

— Merde, Katie ! a lâché Peter en se dégageant. Tu l'as fait exprès ou quoi ?

Il s'est levé d'un bond et dirigé vers la cuisine, en hurlant par-dessus son épaule :

— Ça n'a vraiment plus aucun intérêt pour toi, hein ?

Je brûlais de le faire taire. De lui siffler : « Ne réveille pas le bébé. » Je n'ai pas osé. Peter est revenu à grands pas, armé d'un torchon. Il s'est penché et a épongé le vin.

— « Ça » ? j'ai répété, d'une voix que j'ai maintenue neutre.

— Nous. Le sexe. Avec moi.

Il a jeté le torchon taché de vin par terre et s'est relevé, vaguement chancelant après avoir bu presque toute la bouteille. Ses yeux mi-clos exigeaient une réaction.

— Peter, je suis désolée. Je suis fatiguée, c'est tout…

— Tu es toujours fatiguée. Si tu m'avais écouté et que tu avais laissé pleurer Sascha, il se serait endormi au bout de vingt minutes et on aurait tous pu se reposer. Mais qu'est-ce que j'y connais, moi ? Je ne suis que le père.

J'ai ouvert la bouche, puis l'ai refermée.

Peter s'est emparé de ses clés et dirigé vers l'escalier.

— Ne m'attends pas ! a-t-il lancé sans se retourner, alors qu'il descendait déjà.

La porte a claqué et j'ai cessé de retenir mon souffle. Peut-être que j'aurais dû être bouleversée. Ou jalouse. Au lieu de quoi, les seules émotions que je ressentais étaient l'exaspération à l'idée que son départ fracassant risquait de réveiller Sascha et le soulagement d'avoir enfin le contrôle de la télécommande.

J'ai repris mon verre, bu une longue gorgée. Puis j'ai saisi la télécommande et suis passée sur une chaîne de divertissement. Une rediffusion d'un film des années 1980 : je me suis mise à le regarder à contrecœur, en me demandant pourquoi je me souciais si peu que Peter soit parti de cette manière. Et pourquoi je me moquais de savoir avec qui il pouvait être. Même si, sur la dernière question, j'avais ma petite idée. Rosemarie. Son agente. Qui vivait à peine à trois rues de là.

J'avais toujours soupçonné que c'était la raison pour laquelle elle avait manifesté un tel empressement à voir Peter acheter cet appartement.

La dernière fois qu'on avait vu Rosemarie, c'était une semaine plus tôt, lors d'un dîner que Peter avait tenu à organiser à la maison. Son éditeur était là avec deux autres auteurs et chacun sa compagne intello. Je m'étais échinée comme une esclave et j'avais passé la journée à cuisiner un pâté de foie de poulet et un bœuf bourguignon, tout ça pour que deux des invités – dont Rosemarie – annoncent qu'ils étaient végétariens.

Aucun de nos hôtes n'était mon style de personne. Des branleurs, selon moi. Et de toute évidence, ils n'avaient pas meilleure opinion de moi, ancienne institutrice désormais mère au foyer.

Aucun intérêt.

La deadline était proche pour Peter, et il n'avait toujours rien écrit. *Nada.* Ce soir-là, l'éditeur avait lâché un ou deux commentaires sans équivoque à ce sujet, mais Rosemarie avait défendu son client comme un pitbull. Elle avait beau avoir dix ans de plus que Peter, elle était séduisante pour son âge. Et la façon dont elle le regardait – comme si elle brûlait de le dévorer tout cru – jurait avec sa tenue bobo et son attitude cool à l'excès. Moi, elle m'ignorait. Ou alors, elle me parlait comme à une enfant.

J'ai fini mon vin puis je me suis levée d'un bond pour aller à la cuisine, rapidement, sortir une bouteille de vin blanc bien frais du frigo. J'ai hésité, puis l'ai posée sur le plan de travail. Et j'ai ouvert le freezer, dont j'ai sorti un biberon du lait maternel que je tirais en avance pour les urgences. Sascha ne boirait pas au sein cette nuit. J'ai ouvert l'eau chaude et posé le biberon dans l'évier pour le décongeler. Puis j'ai emporté le vin au séjour, où je me suis servi un verre et rassise confortablement.

Une heure plus tard, j'ouvrais une autre bouteille.

Les gens disent que le vin endort la douleur.

Conneries. Le vin, il chasse la douleur. Le vin me rend heureuse.

Comment est-ce que je ne m'en étais pas rendu compte plus tôt ?

PARTIE II

DEUXIÈMES PORTES OUVERTES

Samedi 12 juillet

Matin

Le samedi, je me réveillai avec la nausée, mais l'humeur étrangement légère.

J'avais rêvé – rien à voir avec Le Rêve, heureusement ! – de la maison Harding. Et alors que j'émergeais de ma torpeur, encore tout ensommeillée, ses détails commençaient à se déliter dans mon esprit, comme il en va toujours des meilleurs rêves. Sascha était là. Je refermai les yeux pour me remémorer son visage. Il était assis à l'îlot de la cuisine baignée de soleil de Highfields. Tout le monde, mes parents, les Harding, même Peter, était là, rassemblé autour comme s'ils étaient tous très bons amis. Pip avait versé la pâte de son mixeur dans un moule à gâteau et fait passer les fouets enduits de chocolat à Kingsley et Sascha qui les léchaient avec délectation. Kingsley se comportait comme un petit garçon, en dépit de son apparence d'adolescent. Ils m'avaient tous regardée quand j'étais entrée dans la cuisine et le visage de Sascha s'était illuminé : « Maman ! »

Ça s'était terminé là-dessus.

Je tentai de me raccrocher à cette chaleur, d'en garder la sensation.

Mais le rêve se dissipa et la nausée s'insinua, pour me tirer du lit. Je me fis un café tout en me préparant, sans cesser de me sentir vraiment mal. Pourtant, je parvins à retrouver assez figure humaine pour quitter l'appartement à 10 heures, ce qui en soi était tout de même une petite victoire. Une victoire d'alcoolo, mais une victoire quand même. J'emportai avec moi une bouteille de Coca et une liste des maisons et des horaires. La même que tous les samedis. Sauf qu'aujourd'hui, j'avais les deuxièmes portes ouvertes de la maison Harding à 13 heures et que j'en ressentais une excitation papillonnante comme je n'en avais pas éprouvé depuis les premiers jours où Peter m'avait fait la cour.

Et voyez comment ça s'était terminé.

Cette pensée me ramena Sascha à l'esprit et mon enthousiasme chuta en flèche.

Ma liste contenait quatre autres portes ouvertes avant la maison Harding. À la troisième – une trois-chambres plutôt plaisante, par ailleurs –, j'avais empoché une liste de courses froissée, une petite pièce de Lego rouge et un bouton beige foncé avec du fil de la même teinte encore passé dans ses trous. Cela dit, mon cœur n'y était pas. Je me sentais sale, comme si, d'une certaine façon, je trompais la maison Harding. Je ne pris même pas la peine d'aller visiter la quatrième maison. À la place, je me rendis à Wahroonga où je stationnai dans ma voiture, juste devant le portail des Harding – fermé, aujourd'hui – à boire un granité en mangeant une quiche achetée à une station-service.

Je scrutai le panneau « À vendre ». Les trois photos dessus venaient du site de l'agence immobilière : la façade, la piscine et la cuisine. Une sélection pertinente. Sans doute réalisée par Pip et Roger, entre deux parties de jambes en l'air, le dimanche précédent. Pour passer le temps, je me livrai à une étude critique de la prose immobilière de l'annonce. Apparemment, la maison Harding était une « maison alliant luxe et élégance », une « ode solaire à la lumière naturelle » et un « havre somptueux qui offrait un cadre idéal pour la vie de famille ». Malgré le style ampoulé de l'annonce, mon désir de retourner à l'intérieur de cette maison ne faiblissait pas. Je voulais visiter les pièces que je n'avais pas pu voir lors de ma précédente visite. Il me fallait récupérer un souvenir. Et je n'avais pas encore vu la chambre de Kingsley. C'était maintenant ma chance d'en apprendre plus sur lui : quel genre de gamin il était, s'il avait réellement quelque chose en commun avec mon Sascha.

Je pariais que oui.

Ils auraient été copains, c'est sûr. Kingsley aurait été le plus extraverti des deux, mais Sascha, la tête sur les épaules, aurait été de bon conseil. Il aurait été celui qui avait un avis pertinent sur les filles, et qui lui aurait rappelé de bien faire ses devoirs de maths. Ils auraient échangé leurs sandwichs au déjeuner et pris ensemble le bus de la plage le vendredi après-midi, fait des bombes dans la piscine de la maison Harding le week-end, au point que Pip aurait dû leur demander d'arrêter avant d'en vider toute l'eau.

Les yeux fermés, je m'attardai sur ces rêveries agréables, jusqu'à ce que le son d'une voix me ramène brusquement au moment présent.

— Ah, Tammy, c'est ça ? Oh non, attendez, vous n'êtes pas Tammy et le numéro de téléphone que vous m'avez donné était faux.

L'après-rasage de Roger envahit l'habitacle. Je réprimai un éternuement.

— Bonjour, Roger, parvins-je à lancer en époussetant des miettes sur ma poitrine. Je vous dois des excuses. (Je descendis de voiture et lui adressai un sourire timide. Lui, à raison, me dévisageait avec hostilité.) Mon nom est Kate Webb. Je suis vraiment navrée pour la semaine dernière. J'ai réagi dans le feu de l'action, vous voyez ? J'ai entendu Renee parler de cet endroit à Tammy, et la maison avait l'air tellement géniale qu'il fallait que je vienne y jeter un coup d'œil. (Je grimaçai, cette fois, affichant une mine contrite.) J'ai déjà pris part à quelques journées portes ouvertes de Renee, même si nous n'avons pas beaucoup d'atomes crochus, elle et moi. Elle ne voulait pas que je vienne. Je suis désolée. J'aurais dû vous dire la vérité.

Roger resta un moment silencieux. Je retenais ma respiration.

— Oui, bon, Renee peut se montrer un peu sèche, pas vrai, Kate ? fit-il, avant de sourire. C'est une propriété incroyable, n'est-ce pas ?

— Elle est merveilleuse. Il fallait que je revienne. J'espère que cela ne vous dérange pas.

— Bien sûr que non.

Il se détourna pour contempler la maison Harding, apparemment captivé. Je ne l'en blâmais pas, mais en même temps je n'aimais pas son air content de lui. Trop possessif. Il se retourna enfin vers moi et tira une carte professionnelle de la poche de sa veste. Un post-it voleta au sol ; je me penchai pour ramasser, histoire de me montrer aimable.

— Oh, ça, c'est indispensable, dit Roger.

Je lui tendis le bout de papier, notant au passage les quatre chiffres suivis d'un dièse. Avec un sursaut, je m'aperçus qu'il s'agissait de l'année de naissance de Sascha. J'avais donc raison, Kingsley avait le même âge que mon fils.

Roger prit le post-it en me souriant, avec une expression si candide que je sus à cet instant qu'il ignorait tout de mon passé. Ça, je le devinais toujours.

— C'est une maison parfaite pour une famille. Vous avez des enfants, Kate ?

Il regarda autour de moi, comme s'il s'attendait à les voir jaillir de derrière un bosquet. La réponse me fut épargnée par le portail de la maison Harding, qui commença à s'ouvrir doucement.

— Ah, fit Roger, en regardant sa montre. 12 h 55. Mme Harding est une femme très organisée. Je ne suis pas étonné qu'elle soit prête. (Il me mit une main sur l'épaule et je réprimai l'envie irrépressible de me dégager.) Si vous voulez bien m'excuser, je vais devoir aller tout installer.

Sur quoi, il traversa la route et sortit un drapeau ainsi qu'une petite valise de sa Lexus. Il m'adressa un signe de la main en retournant vers l'allée carrossable, puis s'arrêta pour insérer le drapeau dans un tube fixé sur le côté du panneau « À vendre ». « Ouvert à la visite » se mit à flotter au gré de la brise. Aussitôt, des gens commencèrent à affluer, à croire que ce drapeau avait des pouvoirs surnaturels.

Dans ma voiture, j'attrapai mon sac, puis me retournai vers la maison… Et là, je vis Pip Reeves remonter l'allée dans ma direction. Ou plutôt Pip Harding.

Dans un legging en lycra, avec une tunique verte à manches longues vert fermée par une fermeture Éclair, qui mettait ses courbes en valeur. Ni Kingsley ni Brett ne l'accompagnaient. Je fis volte-face vers ma voiture, triturant mes clés en espérant qu'elle ne m'avait pas reconnue. Je m'inquiétais pour rien. Pip me dépassa sans s'arrêter, du pas déterminé de la sportive accomplie. Je la regardai partir en m'émerveillant de son énergie et de son corps. Et je baissai les yeux sur mes bourrelets et mes vêtements démodés.

Quand est-ce que mon corps était devenu *ça* ?

Je m'engageai dans l'allée, où Roger se tenait juste devant la porte d'entrée. Il me demanda, avec un sourcil haussé, mon vrai numéro de téléphone. Que je lui donnai. Aujourd'hui, il y avait des brochures sur le plan de travail de la cuisine et des piles de contrats photocopiés, de diagnostics sur les éventuels nuisibles et le bâtiment lui-même. Je pris un exemplaire de chaque et les fourrai dans mon sac.

Cette fois, ma visite débuterait par la piscine et le jardin. Je déambulai sur les pelouses taillées au cordeau, notant les arbres astucieusement choisis – sans feuilles, en cette saison, mais qui devaient offrir de l'ombre en été.

J'imaginais des lumignons suspendus entre les arbres pour la fête des cinq ans de Kingsley. Des gamins qui auraient couru partout, le visage poisseux, et il y aurait eu des ballons gonflables et du gâteau, avec du champagne pour les parents. Peter et moi serions restés tard, à rire avec Pip et Brett tandis que les garçons fabriquaient un vaisseau pirate et un château en Lego. Pour son quinzième anniversaire, ç'aurait été une fête autour de la piscine, où ils auraient joué à Marco Polo et où les garçons auraient fait les malins devant les filles sous la surveillance discrète de Pip et Brett.

J'ouvris le portail de la piscine et m'avançai. Rectangulaire, carrelée de bleu profond, elle était assez grande pour qu'on y fasse des longueurs. La zone dallée tout autour avait été meublée de transats et d'une table de jardin. Je me figurai des déjeuners froids, disposés sur une nappe en lin blanche.

De retour à l'intérieur, je constatai que beaucoup d'autres gens étaient arrivés. Je grimpai l'escalier en colimaçon jusqu'au premier étage mais, cette fois, en haut, je tournai à gauche plutôt qu'à droite et m'avançai vers la première porte. Sitôt que j'entrai dans la chambre, je compris que c'était celle de Kingsley.

Cette pièce-là n'était pas parmi les photos de l'agence immobilière, peut-être pour protéger l'intimité de Kingsley. Elle était propre pour une chambre d'adolescent. La palette de couleurs était aussi intéressante que dans la chambre parentale. Pas de choix ordinaire, « bleu pour les garçons », ici. Peut-être la décoration était-elle l'œuvre de Pip, ou alors Kingsley avait-il hérité de l'œil de sa mère pour le design. Tous les murs à l'exception d'un seul étaient peints dans un blanc élégant et la plupart des éléments de déco étaient monochromes. Au sol, un immense tapis à carreaux noir et blanc. Un plaid d'un gris doux était étalé sur la moitié basse du lit double. Un tabouret rond en bois clair servait de chevet, avec une pile de livres d'art dessus. Pas de romans, d'après ce que je voyais. Un bureau blanc avait été positionné de façon à donner sur les parterres de devant et l'allée. Hormis un bloc-notes, une lampe et une boîte contenant quelques crayons, le bureau était nu, avec un tabouret en métal noir soigneusement poussé dessous. La seule touche de couleur de la déco provenait d'une lampe de bureau en plastique, ronde, style années 1970.

Mais ce fut le mur derrière son lit qui capta mon attention.

Peint comme un tableau noir, il était entièrement recouvert, jusqu'au moindre centimètre, de craie colorée.

Je m'approchai, fascinée. Les gribouillis à la craie étaient extrêmement variés. On trouvait de tout, des simples listes et rappels de dates de contrôles, de fêtes et anniversaires à venir, jusqu'à des dessins et autres motifs complexes. Son écriture allait du gribouillage presque illisible à la typographie élaborée, parfois rédigée avec le plus grand soin. Une rangée de têtes espacées le long du bord supérieur du tableau incluait un monstre de Frankenstein, une chouette, un lion, un chimpanzé et une très belle fille. On aurait dit des trophées, des têtes coupées et enfoncées sur des piques. Je m'approchai encore pour tâcher de mieux discerner certains des dessins les plus petits. Une souris, assise sur le dos d'un chat endormi. Une jeune fille, le visage baigné de larmes. Un crâne et des os en croix, des éclairs, le système solaire. Ce mur, c'était l'esprit de Kingsley mis à nu sous forme d'art. Il fallait juste que je parvienne à le déchiffrer.

Puis, dans l'angle inférieur près d'un bord du lit, je remarquai un croquis qui priva mon corps tout entier de son oxygène.

Une voiture, une berline ordinaire, capturée en plein vol, avec ses roues qui tombaient vers ce qui était visiblement de l'eau.

Non.

Non. Non. Non.

La voiture sur le point de s'enfoncer dans ses profondeurs obscures.

Soudain nauséeuse, je sortis de la chambre à toute allure, manquant d'entrer en collision avec un homme, qui fit un pas de côté alors que je déboulais.

Bon Dieu, s'il vous plaît, faites que je ne vomisse pas dans la maison Harding.

Je courus en trébuchant le long du couloir, ignorant les regards des gens qui me voyaient jeter un coup d'œil dans les pièces, en espérant me rappeler laquelle était la salle de bains. Impossible de faire fonctionner mon cerveau. Je passai deux autres chambres sur la gauche. Sur la droite, enfin, je tombai sur la salle de bains en marbre. À côté, des toilettes. J'y entrai, refermai la porte derrière moi et m'assis sur la lunette.

Ne vomis pas. Ne vomis pas.

Je penchai la tête entre mes jambes et inspirai profondément à plusieurs reprises. Kingsley avait dessiné une voiture qui coulait. Dans le port de Sydney ?

Était-il au courant du pire jour de toute ma vie ? Pourquoi ce cauchemar était-il dessiné à la craie sur le mur de sa chambre ?

Kingsley ne peut pas savoir. C'est juste un enfant. Il ne peut pas savoir.

En l'espace d'une minute, j'avais recouvré un peu de mon calme.

Mais je devais y retourner et regarder de plus près.

Avant

— Ouaf! Ouaf!

Pleins d'enthousiasme, les enfants terminaient leur chanson sur les chiens-chiens dans la vitrine et les parents applaudissaient bruyamment. Nous, les retardataires, étions perchés sur des sièges en plastique, adossés aux murs de la salle principale de la crèche des Trois-Ours. Sascha était à peine visible au milieu de l'attroupement de gamins devant nous. Pour être honnête, il était difficile de distinguer les gosses les uns des autres, vu que la plupart étaient déguisés en chiens et que leurs costumes consistaient grosso modo en des « vêtements marron ». Les membres du personnel avaient peint le nez de chaque enfant en noir et dessiné des moustaches sur leurs joues poupines. Certains avaient une langue rouge peinte sur le menton, tandis que d'autres arboraient un gros cercle noir autour d'un œil. J'identifiais Sascha à ses oreilles en pointe. Je les avais découpées dans un morceau de carton tard la veille au soir, pour les attacher à l'un de mes serre-tête.

Quand les applaudissements se sont éteints, la propriétaire de la crèche – visage rendu comique par son propre œil au beurre noir et ses moustaches – s'est libérée des fillettes installées sur ses genoux pour s'adresser aux parents. Elle a parlé du travail acharné des enfants et de l'implication sans faille du personnel pour préparer le spectacle de cette année, puis nous a invités à nous diriger vers le thé et le café.

Sascha s'était déplacé à l'autre bout de la pièce et se tenait seul, oreilles en carton à la main, à scruter la foule. Je lui ai fait signe de la main et ses grands yeux se sont allumés d'un mélange de soulagement et de joie. Il s'est mis à chercher un moyen de me rejoindre à travers l'attroupement d'adultes et d'enfants. Je me suis avancée dans sa direction en distribuant des excuses ici et là et, quand enfin j'ai réussi à me dégager, il m'a sauté dans les bras.

—Maman! Tu m'as vu?

—Oui, mon chéri. Quel super spectacle! Tu étais le meilleur de tous les chiens-chiens.

Le maquillage s'était étalé du nez de Sascha à sa joue. Sa langue rouge de chiot était quasi effacée, si bien qu'on aurait dit une éraflure sur son menton. Il souriait de toutes ses dents: je ne l'avais pas vu aussi heureux depuis qu'avaient commencé les répétitions pour la pièce. Il était très stressé par la perspective de se tenir devant tout le monde, et j'étais ravie qu'il ait réussi.

Sascha s'est mis à caresser le col de ma chemise d'une main, l'autre tortillant des mèches de mes cheveux, deux habitudes machinales qu'il avait.

—Il est là, papa?

Mon sourire s'est évanoui.

—Eh bien, je sais qu'il espérait pouvoir venir, chéri, mais il devait voir son éditeur ce matin. Il n'a peut-être pas vu l'heure…

La publication du livre de Pete remontait à presque sept ans. Il travaillait désormais comme assistant éditorial trois jours par semaine, parce que le syndrome de la page blanche, eh bien ça ne payait pas l'emprunt immobilier. D'ailleurs, l'édition non plus. Quelques années plus tôt, nous avions été obligés d'emprunter de l'argent à mes parents afin de sortir la tête de l'eau. Les éditeurs de Peter l'avaient lâché depuis longtemps, pourtant il organisait un rendez-vous de temps en temps – auquel assistait aussi son agente, évidemment – afin de leur exposer une nouvelle idée de roman. La plupart du temps, ils adoraient, lui donnaient sa chance et puis… ils attendaient. Le charme de Peter faisait beaucoup, seulement au bout du compte, l'absence d'un livre, de quelque chose de concret à publier finissait par poser problème.

J'ai senti quelqu'un derrière mon épaule et le visage de Sascha s'est illuminé.

— Papa !

Il a tendu les bras vers son père.

Mon cœur s'est mis à battre à coups redoublés. À présent qu'il était là, je me rendais compte qu'une partie de moi avait espéré qu'il ne vienne pas. Je pourrais ainsi repousser ce que je savais devoir lui dire. D'un autre côté, je devais le lui annoncer ici et maintenant, dans un endroit où il ne pourrait pas faire une scène.

J'ai donc pris une profonde inspiration et me suis retournée.

— Sascha, mon grand, c'était génial ! Tu as aimé, toi, fiston ?

J'ai tendu Sascha à son père. Il dépassait tous les autres papas d'au moins une tête. À l'approche de la quarantaine, grâce à sa carrure germanique, il s'était bonifié avec l'âge. Et il avait conservé tous ses cheveux, qu'il portait un peu plus courts maintenant qu'à l'époque où on s'était rencontrés. Le sourire qu'il adressait à Sascha était large et fier. Et je me suis prise à espérer que c'était bon signe, que la réunion s'était bien passée avec les éditeurs. Quand il s'est tourné, cependant, son sourire s'est quelque peu congelé. Pas au point d'être remarqué par un éventuel observateur, mais de façon évidente pour moi. J'ai dégluti : est-ce que je pouvais me lancer ?

— Allons dehors, Peter, lui ai-je dit. C'est vraiment trop bruyant, ici.

Sur un hochement de tête, il a fait volte-face, notre fils toujours dans ses bras. Je les ai suivis avec Sascha qui jacassait tout du long. J'ai salué de la tête certains parents que j'avais croisés au cours des dix-huit derniers mois, lorsqu'on déposait ou venait rechercher les enfants, sans toutefois m'arrêter pour leur parler. Je n'avais pas d'amis proches ici, que des connaissances.

Personne ne parlait à Peter. Ils se contentaient de le dévisager, ou plutôt d'essayer de ne pas le dévisager. Il avait quelque chose de réellement attirant. Vous vouliez qu'il vous remarque, qu'il vous accorde son attention.

On a franchi la porte en file indienne. L'air hivernal de Sydney était clair et propre, offrant cette météo super belle où tout semblait se dessiner en haute définition. Pourtant, le soleil manquait de chaleur et j'ai frissonné. Peter s'est dirigé vers un coin éloigné du terrain de jeu.

— Papa, papa, tu me regardes sur les vélos ? a demandé Sascha, qui s'agitait déjà pour qu'il le pose.

— Bien sûr. Montre-moi comment tu vas vite.

J'ai regardé mon mari regarder notre fils détaler. Et j'ai vu de l'adoration, pure et simple. C'était un père adorant son enfant. Y avait-il rien de plus beau ? Une boule s'est formée, dure, dans ma gorge.

Est-ce que je m'apprêtais à faire ce qu'il y avait de mieux pour mon garçon ?

Sascha a trouvé un casque et l'a enfilé, parvenant même à attacher la boucle avec ses petits doigts. Maintenant, un froncement lui barrait le front, devant la demi-douzaine de vélos déposés en vrac dans le coin de la cour. Sa couleur préférée étant le vert, je savais qu'il cherchait le vélo « le plus vert ».

— Comment s'est passée la réunion ? ai-je tenté.

— Bien.

Pas bien, donc.

Je n'en étais pas surprise, même si j'aurais aimé que ça se passe mieux, vu ce que j'avais à lui dire. J'ai pris une profonde inspiration et je me suis lancée.

— Peter, ai-je commencé, en gardant les yeux sur Sascha, j'ai besoin de te parler de quelque chose.

Ma voix était plus timide que je ne l'aurais voulu. J'avais toujours détesté la confrontation.

— Je veux déménager.

Comme il ne répondait rien, j'ai levé les yeux vers lui pour voir s'il m'avait entendue. Il avait incliné la tête afin de me faire face et affichait un demi-sourire. M'était-il adressé ou pensait-il encore à son fils ?

Je me suis éclairci la gorge.

— Je veux une séparation à l'essai.

Le sourire de Peter s'est effacé et il s'est retourné vers Sascha – le petit peinait à extraire le vélo choisi de derrière un autre – et lui a adressé un hochement de tête d'encouragement.

— Je ne dis pas que je veux divorcer. C'est juste que j'ai besoin de prendre un peu de recul. Histoire de réfléchir, tu vois ? De me retrouver seule quelque temps.

Les mots s'étaient déversés à toute vitesse. Maintenant que les choses étaient dites, les yeux rivés sur le profil impassible de mon mari, je sentais mon ventre se vriller.

— Enfin, pas tout à fait toute seule, je prendrai Sascha avec moi. Comme ça, tu pourras travailler sur ton roman.

De mon côté, je ferai en sorte que tout soit le plus normal possible pour Sasch. On ira chez mes parents. Sascha prendra ça pour des petites vacances. J'en ai parlé à maman ce matin. Elle a dit qu'on était les bienvenus, même si elle n'est pas ravie. (Un petit ricanement m'a échappé.) Tu sais à quel point elle t'adore. Elle voudrait qu'on fasse un effort pour surmonter nos difficultés.

Peter continuait d'observer Sascha.

— Et peut-être qu'on y arrivera. Mais j'ai besoin de prendre mes distances quelque temps. Tu pourras voir Sascha aussi souvent que tu le souhaiteras, bien sûr. C'est ton fils. Et puis, ça ne durera pas toujours. Juste le temps qu'on réfléchisse.

Toujours rien.

— Peter ?

Ma voix s'est brisée sur ce mot.

Enfin, il s'est retourné vers moi. J'ai eu un mouvement de recul face à la dureté de son expression, son regard lointain, bleu glacier. Et puis, son visage s'est radouci, m'a-t-il semblé, et je me suis demandé si je l'avais imaginé. Quand il a pris la parole, c'était d'une voix douce. Pas autoritaire, presque distante. Indifférente.

— C'est vraiment ce que tu veux, Katie ?

J'ai dégluti.

C'était ce que je voulais ?

— Oui, ai-je répondu en tâchant d'avoir l'air sûre.

Peter soutenait mon regard avec cette intensité que je connaissais si bien. Je me suis remémoré ce que j'éprouvais, quand il me regardait de cette manière avant. Comme si j'étais la seule fille au monde.

Maintenant, cette expression me faisait peur.

Peur pour moi et pour mon fils. Le cœur battant la chamade, j'ai lutté pour ne pas détourner les yeux.

Enfin, n'y tenant plus, je me suis tournée vers Sascha. Il pédalait furieusement sur la piste cyclable, tout sourire, ses petites jambes appuyant sur les pédales d'un vélo vert avec les petites roues les plus grandes que j'aie jamais vues.

Comment pourrais-je enlever Sascha à son père ?

Mais je ne pouvais pas raisonnablement continuer à vivre avec Peter. La situation s'était dégradée au fil des années. Quand on s'était rencontrés, j'avais été flattée par son intérêt pour ma vie. Parce qu'il était plus vieux et plein d'assurance, j'avais confiance en son jugement. Jenna était « un peu vulgaire », l'enseignement un boulot « pour les gens incapables d'affronter le monde réel ». On avait échangé nos mots de passe, parce qu'on était plus proches que les « couples ordinaires ». C'était nous contre le reste du monde.

Tellement romantique. Du moins, en apparence et au début.

Seulement, j'avais commencé à me sentir de plus en plus étouffée. Peter me gardait tout près. Il vérifiait mes mails, mon compte Facebook, mon courrier. Je l'avais surpris en train de lire mes textos, et il n'avait pas cillé. Il n'avait même pas cherché à me donner une excuse bidon.

J'avais besoin de sortir de la maison. J'adorais mon fils, mais je brûlais de retrouver la compagnie d'autres adultes et je rêvais de trouver un boulot à temps partiel. Pas dans la photographie. Pour ça, il me fallait un espace créatif, or il n'y avait pas de place pour cela dans mon quotidien. Je prendrais n'importe quel travail, quitte à faire des photocopies pour un éditeur ou une salle des ventes.

Un mois ou deux auparavant, j'avais envoyé mon CV à une importante galerie d'art, en leur proposant mes services comme employée ou stagiaire pour l'année suivante. Quand j'avais rassemblé le courage d'annoncer à Peter qu'on m'avait proposé un entretien, il m'avait accusée de me moquer de notre fils.

De le trahir.

Je me suis redressée et retournée vers Peter, qui me contemplait toujours. Et l'expression de son regard n'avait pas changé.

— J'ai besoin de prendre du recul, Peter.

Ses yeux sont devenus opaques, mais il a ensuite souri à Sascha qui revenait en courant et lui a sauté dans les bras. Peter l'a serré fort, puis il m'a regardée et a dit, d'une voix très calme :

— Prends garde à ce que tu souhaites, Katie, ça pourrait bien finir par arriver.

Samedi 12 juillet

Après-midi

Personne en vue lorsque je ressortis des toilettes. Merci à Dieu pour les petits miracles de la vie.

Je regagnai la chambre de Kingsley, les jambes flageolantes d'appréhension. Un enfant apparut dans l'encadrement de la porte, et mon cœur se mit à cogner. Il détala et me lança un regard de suspicion qu'on pourrait résumer par « inconnu = danger ».

De retour dans la chambre, j'allai aussitôt me focaliser sur le dessin, m'en approchant sur la pointe des pieds. Et mes épaules s'affaissèrent sous l'effet du soulagement.

Il avait dessiné une voiture, ça oui. Mais pour le reste, j'avais faux. L'auto n'était pas en train de tomber, et elle ne chutait pas dans l'eau. Non, elle sautait. Sur la gauche, le dessin montrait une rampe, qui remontait et se brisait en deux comme un œuf. Sur la droite, son image en miroir : la rampe d'atterrissage. La voiture sautait *par-dessus* l'eau, elle ne tombait pas *dedans*. Je poussai un soupir, tirai le tabouret de sous le bureau et me laissai tomber dessus. Kingsley avait dessiné le fantasme typique de l'adolescent mâle. Et pas une illustration de ma vie.

Je portai une main à ma tempe. Vraiment, je perdais les pédales.

Qu'est-ce qu'il y avait chez les Harding qui me rendait aussi dingue ?

Quelque chose chez ces gens, dans cette maison, s'immisçait vraiment sous ma peau.

Et au moins une partie de ce « quelque chose » était lié à Kingsley. Ça, je le savais. Sa beauté, sa jeunesse, sa ressemblance avec Sascha. Je laissai courir mon doigt sur son bureau, en pensant désormais à mon garçon. Sascha n'avait jamais eu le temps de grandir pour avoir besoin d'un bureau. Il n'était même pas allé à la maternelle. Il avait juste joué sur le tapis du salon avec ses Lego et ses dinosaures en plastique pendant que je nous préparais des sandwichs à la Vegemite pour le déjeuner.

Je déglutis avec difficulté.

Des voix me parvinrent du couloir. Je me levai et fourrai le tabouret sous le bureau, tâchant de me comporter normalement.

Normalement.

Je faillis ricaner. La normalité, je ne savais plus ce que c'était. Un homme entra. Je le dévisageai jusqu'à ce qu'il détourne les yeux pour balayer la pièce du regard, avant de ressortir. Bien. Je n'en avais pas encore terminé.

Je passai encore plusieurs minutes dans la chambre de Kingsley. À retardement, je me rendis compte qu'elle avait sa salle d'eau attenante. Un espace petit mais agréable, avec une douche carrelée de noir et blanc et un WC propre. Le tiroir du meuble-lavabo ne contenait rien d'intéressant, juste l'habituelle brosse à dents, le dentifrice et le déodorant. Il n'y avait pas de cheveux égarés, pas de flacons renversés. Je repassai dans la chambre et, tout en guettant l'arrivée d'éventuels visiteurs, je farfouillai dans le tiroir du bureau. Là non plus, rien d'inhabituel. Un assortiment de stylos et un bloc-notes avec ce qui semblait être de la biologie dessus. Pas de photos ni de lettres personnelles.

Une famille de cinq personnes entra et s'attarda, alors je retournai tranquillement dans le couloir, pour regarder dans les deux autres pièces. Des chambres d'amis. J'étais partie du principe que Pip et Brett n'avaient pas d'autre enfant et l'absence d'affaires personnelles dans ces chambres semblait confirmer mon intuition. L'une d'elles était immense, peinte avec différents tons d'ocre. Des œuvres aborigènes aux murs et un plaid fait main indigo et blanc sur le lit. L'autre était radicalement différente, avec une série d'impressions à la Warhol sur deux murs et une couette à pois dans des teintes d'agrumes sur le lit. Deux détails qui, contre toute attente, s'accordaient bien. En tant que participante régulière à des portes ouvertes et professionnelle de l'immobilier, j'étais impressionnée par la décoration intérieure. La plupart des maisons étaient tellement stylées de nos jours qu'on peinait à les distinguer les unes des autres. Pip et Brett avaient bien plus de classe que ça. Highfields pouvait attirer des gens de tous milieux, même si le quartier était généralement considéré comme un « surtout pas » en langage immobilier.

Quand je pus enfin retourner dans la chambre de Kingsley, j'allai me poster devant la fenêtre pour apprécier la vue, arborée et verte, avec des aperçus des maisons voisines. Je passai du côté opposé du lit, brûlant de me mettre à quatre pattes, de fouiller dessous. J'éprouvais le besoin de trouver quelque chose qui me renseigne sur cet adolescent. Mais il y avait encore trop de monde. Alors je contemplai les dessins à la craie un peu plus longtemps. Une partie de moi était tentée de dégoter une craie et de lui laisser mon message à moi.

Ta mère a une liaison avec votre agent immobilier.

La liaison entre Pip et Roger était sale. Mentir à Brett et à Kingsley, c'était mal. Sûrement que s'ils l'apprenaient, Pip devrait y mettre un terme.

Après quoi, ils pourraient redevenir une famille heureuse. Une famille parfaite. Dans leur maison parfaite.

Je soupirai.

Kingsley devait savoir la vérité, ça, je le croyais. Mais je ne pouvais pas m'y prendre de cette manière.

Je devrais le lui annoncer en personne.

Avec tact et douceur. Il serait bouleversé et en colère d'abord, mais ensuite il se calmerait et il serait content que quelqu'un lui ait enfin avoué la vérité. Nous pourrions devenir amis. Je lui tiendrais lieu de seconde mère ou, à défaut, de confidente.

Je secouai la tête, agacée par mon égoïsme. Et perplexe aussi. Kingsley n'était pas mon fils. Je n'étais plus la mère de quiconque depuis dix ans.

Il n'est pas Sascha.

Personne ne pouvait prendre la place de Sascha, me rappelai-je avec un accès de culpabilité. Et puis, de toute façon, il était beaucoup mieux pour Kingsley qu'il reste avec ses parents. Si Pip et Brett divorçaient, cela affecterait ses notes, sans parler de sa santé mentale. Il se sentirait abandonné. Mal aimé. Je ne supportais pas l'idée de Kingsley – encore un enfant, au fond – aussi perdu et seul.

Mieux valait obliger Pip et Roger à mettre un terme à leur aventure. Il me fallait juste déterminer comment.

Mon regard erra sur les têtes le long du mur, en hauteur. Magnifiquement dessinées. Pip avait toujours eu un talent pour le croquis au fusain. Kingsley tenait d'elle. Sans doute était-ce héréditaire.

Je me demandai si Sascha aurait eu la fibre artistique comme moi ou s'il aurait été écrivain comme son père. Ou tout à fait autre chose. Sa propre personnalité.

Jamais je ne le saurais.

J'avais mal à la mâchoire à force de serrer les dents pour retenir mes larmes.

Non, Kate, ne te laisse pas aller. Pas maintenant. Pas ici.

Je fermai les yeux un instant, puis clignai pour les rouvrir. Et là, je le vis.

Par terre, allongé sur le flanc, qui dépassait tout juste sous le pied du tabouret.

Un petit dinosaure en plastique.

Bref coup d'œil vers la porte : j'étais seule. Je me penchai et le ramassai, me redressant immédiatement comme si de rien n'était. Je me tournai face à la fenêtre, de dos à la porte, et j'examinai le dinosaure.

Un parasaurolophus. Un dinosaure à bec de canard. Je le savais, parce que le même bestiau peu avenant avait été le préféré de Sascha. La dernière année de sa vie, il était obsédé par les dinosaures en général, mais le parasaurolophus était son favori. Dieu seul savait pourquoi. Il ressemblait à un petit tyrannosaure, avec une crête au sommet du crâne qui lui donnait l'allure d'un drôle d'oiseau. Celui-ci était kaki, avec des rayures jaune moutarde sur le dos. À travers mes yeux embués de larmes, je souris. Parfait.

J'avais trouvé mon butin.

Je refermai la main sur le petit dinosaure, dont le plastique pointu s'enfonça dans ma paume.

Le moment était venu de partir.

Avant

Le saviez-vous? La crête sur la tête d'un parasaurolophus émettait un son – sans doute proche de celui de la trompette. Les scientifiques pensent que le dinosaure s'en servait pour communiquer avec ses congénères.

— Waouh ! me suis-je exclamée, pour une fois sincèrement intéressée par une information concernant les dinosaures. Je ne savais pas ça. C'est cool, hein, bébé ?

Sascha était bien bordé dans son lit avec son pyjama à motifs dinosaures tout neuf. Les silhouettes de petits tyrannosaures et autres stégosaures qui parsemaient le tissu étaient mimi, mais lui, il avait cherché un parasaurolophus, incapable de comprendre pourquoi son dinosaure préféré n'était pas représenté. Comment lui expliquer que le dinosaure à bec de canard qu'il adorait n'était pas assez populaire pour faire vendre des pyjamas ? Le livre que nous lisions, *101 choses insolites sur les dinosaures*, était nouveau, lui aussi.

Et tous les deux étaient une façon de rester dans ses bonnes grâces. Ça faisait une semaine que Sascha et moi avions réemménagé chez mes parents.

Voyant qu'il ne réagissait pas à ma question trop enthousiaste, je lui ai jeté un coup d'œil, pensant qu'il s'était peut-être endormi. Mais non. Il me dévisageait de ses grands yeux sérieux, tellement semblables à ceux de son père.

— Tu as entendu, Sasch ? Ils pensent que le parasaurolophus faisait un très gros bruit avec sa crête. Un peu comme une trompette. Tu pourrais être à l'autre bout du parc, tu lancerais un « tut-tut » et je viendrais en courant. Enfin, si on était des parasaurolophus, je veux dire.

Je lui ai adressé un grand sourire, espérant susciter le même. Si mon humeur s'était allégée avec l'absence de Peter, c'était une tout autre histoire pour Sascha. D'un côté, il s'amusait comme un petit fou par moments – maman lui glissait des sucettes dès que j'avais le dos tourné et papa l'avait emmené faire un tour du golf dans sa voiturette –, mais de toute évidence, il percevait la tension entre Peter et moi malgré mes efforts pour tenter de lui épargner nos difficultés de couple. Et son père lui manquait.

— Maman ?

Sascha a gigoté sous les couvertures, repoussé le drap de ses mains menues. Ça me faisait mal rien que de les regarder, quand je me souvenais des menottes potelées d'avant.

— Hmm ?

J'ai réprimé un bâillement. Je ne tarderais pas à aller au lit, moi aussi, à ce rythme. Je ne dormais pas bien depuis quelque temps, et pas seulement à cause du lit terriblement inconfortable de la chambre d'amis : avec le chauffage central, la maison était surchauffée, ce qui ne permettait pas un sommeil paisible.

— Quand est-ce qu'on rentre à la maison ?

Je me suis figée.

Sascha avait cessé de se tortiller et il me dévisageait avec une expression qui oscillait entre la peur et l'espoir.

— Oh, je ne sais pas, chéri…

— Mais je veux mon lit. Et je veux papa pour me lire une histoire.

Aïe.

Son menton tremblotait.

— Écoute, pourquoi est-ce qu'on ne demanderait pas à papa de te raconter une histoire, quand on va lui parler demain soir au téléphone ? Ça te plairait, ça ?

Il a hoché la tête, mais sans sourire. Je me suis levée pour le border.

— Bonne nuit, Sasch.

Il a fermé les yeux, obéissant, les a serrés bien fort. Avant même que j'aie quitté la pièce, il s'était retourné sur le côté. Je n'arrivais pas à trouver normale la manière dont dormait cet enfant, entortillé dans les draps, la couette, les couvertures – quel que soit le linge de lit que je lui donnais – comme une chenille dans son cocon. Avant d'aller me coucher, je soulevais un côté de ses draps et je tirais, alors il tournicotait, tournicotait jusqu'à émerger tout au bout, en nage et en surchauffe, mais sans se réveiller. Je rajustais ses couvertures, le bordais de nouveau. Et au matin, il était revenu dans son cocon.

Il avait besoin de se sentir étroitement emmailloté, protégé du monde extérieur, mon garçon.

De se sentir à l'abri sous ses couvertures.

Sauf que les couvertures n'avaient pas suffi à le protéger.

Samedi 12 juillet

Après-midi

J'adressai un hochement de tête à Roger en partant.

Il me vit et me sourit en continuant de discuter avec un homme entre deux âges. Dehors, cinq ou six voitures s'agglutinaient dans l'allée. Je restai plantée là un moment, levai les yeux vers la chambre de Kingsley et m'imaginai le voir là, puis je m'obligeai à m'éloigner tandis que les gens continuaient d'entrer et sortir. Je m'affalai dans mon auto et plaçai le dinosaure en plastique sur la console entre les deux sièges. Le regarder me rappelait Sascha mais, au lieu de me rendre triste, j'avais l'impression, bizarrement, que mon cœur se trouvait allégé par sa proximité. Je roulai sur moins d'un pâté de maison, avant de me garer derrière un pick-up. De là, je voyais encore le véhicule de Roger, sur le trottoir opposé à la maison. En revanche, je ne pensais pas que ma petite voiture jaune soit trop visible. Je redressai le dinosaure, qui s'était renversé sur le flanc, et me pris à regretter de n'avoir pas acheté à boire. Rien de trop fort, genre un cidre ou une bière, quelque chose comme ça.

Tant pis. Je serais bientôt sortie de là et je pourrais m'arrêter au pub sur le chemin du retour. Après tout, on était samedi après-midi. C'était ce que faisaient les gens le week-end, non ? Une activité de week-end parfaitement acceptable.

Je gardais l'œil sur la Lexus de Roger, sans trop savoir ce que j'espérais voir. Juste je ne voulais pas retourner tout de suite à ma vie, pas même en passant par le pub.

Les visiteurs continuaient de sortir au compte-gouttes, pour grimper dans des voitures autour de moi et s'en aller. Enfin, une demi-heure après l'horaire annoncé par l'agence pour la fin des visites, Roger apparut. Il traversa la route, chargea sa valise et le drapeau dans le coffre de son véhicule, puis sortit son téléphone. Appuyé contre la portière côté conducteur, il se mit à balayer du doigt l'écran du portable et à envoyer des textos. Au bout de quelques minutes, il leva les yeux, jeta un coup d'œil à droite et à gauche dans la rue. L'espace d'une seconde, je crus qu'il m'avait repérée, mais il se tourna bientôt de l'autre côté et agita la main. Pip descendait l'allée dans sa direction. La scène pouvait sembler parfaitement professionnelle. Dans les règles. Roger montra à Pip son bloc-notes, à un moment donné il le feuilleta pour passer à une deuxième page. Ils discutèrent. Rien d'inconvenant. Rien de sexuel. Rien de caché. Pip et Roger se comportaient comme s'ils étaient exactement les deux personnes qu'ils étaient censés être : un agent immobilier et sa cliente.

Peut-être m'étais-je trompée ?

Je fermai les yeux, fort, les frottai de mes phalanges. Dieu savait que je m'étais souvent trompée, ces derniers temps. D'abord, j'avais confondu la photo de Kingsley avec mon beau Sascha. Et puis, pas plus tard qu'il y avait une heure environ, j'avais pris le dessin innocent de Kingsley, sa voiture volante, pour une illustration de ma propre histoire. Alors leur baiser, je l'avais peut-être imaginé aussi. Une horrible pensée enfla dans mes tripes.

Peut-être ai-je tout simplement halluciné le week-end dernier.

Était-ce possible ?

Je rouvris les yeux. Roger dit quelque chose à Pip, puis il monta sur le siège conducteur. Je m'attendais à ce qu'elle lui fasse signe, un au revoir, mais non. Elle ouvrit la portière côté passager et monta.

Je me redressai sur mon siège. Est-ce qu'il l'emmenait quelque part ? Mes doigts se rapprochèrent des clés suspendues au contact et je me préparai à les suivre – sans doute une idée stupide, vu la couleur reconnaissable entre toutes de ma voiture et sachant que Roger l'avait vue à deux reprises maintenant. Je m'en fichais. Il fallait que je sache où ils allaient.

Difficile de voir à travers la lumière éblouissante qui se reflétait sur son pare-brise.

Soudain, ils se penchèrent l'un vers l'autre.

Et s'embrassèrent.

Mon cœur bondit sous l'effet du soulagement. Je n'étais pas folle. Ils avaient bel et bien une aventure. Mais cette joie fugace fut vite remplacée par la colère. Et si les voisins de Pip la voyaient ? Ils iraient sans doute le rapporter à Brett et alors le mariage des Harding prendrait fin. Une famille serait détruite.

Comment osait-elle se montrer aussi imprudente ?

Un cycliste apparut au bout de la rue, roulant sur le sentier piéton.

Je le reconnus. Quelque chose dans la ligne de sa mâchoire, dans son port de tête. Même de loin, c'était impossible à rater.

Kingsley.

Il ne portait pas de casque et ses cheveux étaient ébouriffés par le vent. En jean et haut de survêtement gris, il roulait sans se presser.

Ralentis, Kingsley, fais demi-tour !

Je reportai le regard sur Pip et Roger, mais ils étaient absorbés par leur étreinte, autant qu'on pouvait l'être de part et d'autre de la console centrale d'une Lexus. L'enfance de Kingsley, faite de privilèges et de joie, était sur le point de prendre fin. Je torturai un ongle avec mes dents. Comment avais-je pu envisager qu'il soit bon pour lui de découvrir la liaison de sa mère ? Il n'était encore qu'un enfant. Ça le dévasterait.

Roger et Pip se détachèrent. L'un des deux avait dû jeter un coup d'œil dans le rétroviseur et voir Kingsley, car Pip plongea soudain pour se mettre hors de la vue.

Roger sortit de la voiture. Il agita la main à l'attention de Kingsley, puis traversa la route vers lui. Le jeune garçon descendit de son vélo et se plaça face à l'agent immobilier, sans un regard pour la voiture où se planquait sa mère adultère. Roger se fendit de son grand sourire en toc. Il dit quelque chose, puis désigna l'autre bout de la rue. En réponse, Kingsley sortit un trousseau de clés de la poche de son jean et les fit sauter dans sa main. Il fit au revoir puis, poussant sa bicyclette, franchit le portail ouvert et s'engagea dans l'allée carrossable.

Roger retraversa la route en direction de sa Lexus et se tint près de la portière côté passager, les yeux rivés sur la maison Harding. Pip était toujours terrée dans la voiture. Il bougea les lèvres, sans détacher son regard de l'autre côté de la rue. Pip réapparut tel un diablotin de sa boîte et, en un mouvement fluide, elle ouvrit la portière et se faufila hors du véhicule. Ils conversèrent brièvement.

Mon cœur battait à tout rompre. Ils allaient s'en tirer.

Après un coup d'œil vers la maison, Pip embrassa Roger, à pleine bouche et très vite. Il n'eut pas le temps de réagir que déjà elle pivotait et, jeté de cheveux par-dessus l'épaule, traversait la route.

La colère, en moi, durcit comme une pierre, lourde et froide au creux de mon ventre.

Pip n'avait que faire de sa famille. Peut-être ne méritait-elle pas d'en avoir une.

Avant

— Le mariage, c'est une route à double sens, Katie.

Ma mère me parlait du coin des lèvres pendant que Sascha mangeait ses saucisses-frites, ravi à la fois par l'absence de légumes verts dans son assiette et par le bol de sauce tomate qu'elle lui avait donné. Il y plantait allègrement chaque morceau de saucisse et trônait encore là, à table, bien après son heure normale de coucher, tel un petit prince.

Ma mère et mon père étaient persuadés que Peter et moi pouvions arranger les choses. Selon ma mère, un divorce laisserait « des cicatrices à vie » à Sascha. Et est-ce que je ne me souciais pas du « caractère sacré du mariage » ? Il fallait juste que Peter et moi « discutions de tout ça ». En voyant l'air désapprobateur de ma mère, je savais ce qu'elle pensait.

Qu'allait-elle raconter aux femmes de son club de golf? Elles qui s'étaient toujours pâmées d'admiration devant son gendre célèbre. « Comment ta fille peut-elle se séparer de Peter Bauer, le romancier ? lui demanderaient-elles. Un homme si intelligent, et un prince charmant en plus. Et dire que son livre a été un best-seller ! » Ma mère savait qu'elles avaient été surprises quand sa Katie, si timide, avait mis le grappin sur un homme comme lui, intelligent et séduisant, qui était devenu une célébrité. (« Je m'y serais attendue de Leah, bien sûr, mais pas de Katie », l'avais-je entendue dire à une amie au téléphone.) Par capillarité, cela avait fait de ma mère une célébrité. Du moins au club de golf. Et qu'est-ce qui clochait chez Katie pour qu'elle envisage de le quitter ?

— Notre route est à sens unique depuis bien longtemps, maman, lui ai-je répondu avec lassitude. C'est même un cul-de-sac.

Elle m'a jeté un regard acéré, mais s'est abstenue de tout commentaire.

En dépit de mes résolutions, ses leçons de morale avaient sur moi un impact négatif. Alors quand, une semaine plus tard, Peter a appelé et demandé, avec une politesse aussi exagérée qu'excessive, s'il pouvait avoir Sascha le week-end suivant, j'ai été tout à fait pour. Le petit réclamait son père tous les jours. Maintenant, j'allais pouvoir lui annoncer qu'il le verrait bientôt. Peter m'a dit qu'il avait réservé une chambre dans un hôtel et qu'il emmènerait Sascha au zoo. Que je pouvais aller passer la nuit dans notre appartement.

— Ça te permettra de t'éloigner un peu de tes parents.

Et j'ai failli réagir au sourire que j'entendais dans sa voix.

Je n'en revenais pas de ma veine. Que Peter se montre aussi raisonnable. Et puis, une soirée à pouvoir traîner en culotte chez moi, manger ce que je voulais et échapper à *Affaires criminelles*, c'était le paradis.

Il avait prévu de venir prendre Sascha le samedi matin, il le ramènerait à l'appartement le dimanche soir. Le sourire de mon fils quand je lui ai annoncé qu'il allait pouvoir passer du temps avec son papa m'a fait douter de nouveau de ma décision de quitter Peter. Comment pouvais-je séparer un père et son fils qui s'aimaient tant ? Quel genre de monstre étais-je ?

Lundi 14 juillet

Après-midi

Je détournai les yeux de mon ordinateur et bâillai. C'était pile poil ce moment du milieu de l'après-midi où le temps ralentissait et il semblait que 17 heures n'arriveraient jamais. À côté de mon clavier, le dinosaure de Kingsley me fixait de ses yeux inexpressifs.

J'avais prévu de le ranger dans ma boîte à souvenirs, le samedi soir, mais en rentrant à la maison après le pub, chancelante et larmoyante, je m'en étais sentie incapable. La pensée de l'enterrer là dans une obscurité de sépulcre, avec le reste de ma collection, m'était insupportable. Alors je l'avais gardé avec moi, comme un porte-bonheur. De temps en temps, je passais les doigts sur sa crête rugueuse. Quand j'étais arrivée au travail ce matin-là, je l'avais sorti de ma poche et installé près du clavier de mon ordinateur. Où il était maintenant, penché en avant comme s'il me singeait, saoule, à cause de sa patte avant repliée qui l'empêchait de tenir à la verticale.

Le petit Kingsley lui avait-il tordu la patte en jouant un peu trop fort ? Ou avait-elle été malencontreusement écrasée par un pied de table, une chaussure ?

Je continuai mon baratin sur un cottage à rénover ou à détruire entièrement, à Lane Cove. Les mots sortaient machinalement après autant d'années de pratique, mais les Harding occupaient toutes mes pensées. Je n'arrivais pas à faire abstraction de cette famille au bord de l'explosion.

Pourquoi m'importaient-ils à ce point ? Le cactus sur le rebord de leur fenêtre de cuisine apparut devant mes yeux. Le même que celui de Peter. Je la convoitais, cette maison, mais il y avait plus que ça. Cette famille était unique à mes yeux. Il fallait qu'elle reste unie. Kingsley avait besoin de ses deux parents, Pip et Brett devaient à tout prix rester ensemble, même s'ils ne le savaient pas.

Je le savais, moi.

Je savais ce qui pouvait arriver si l'on ne gardait pas sa famille unie. Et je ne pouvais supporter que la même chose arrive à une autre famille.

Une résolution durcit en moi, comme la pâte à modeler de Sascha si on la laissait trop longtemps à l'air libre.

Il fallait que je provoque la rupture de Pip et Roger.

Mais comment allais-je m'y prendre ?

Je terminai le listing et sauvegardai mon fichier, puis j'ouvris la page Facebook d'Imperial Real Estate, prête à mettre à jour nos portes ouvertes à venir.

Facebook.

Évidemment. Je pouvais faire des recherches. Les réseaux sociaux me permettraient d'espionner les Harding. Et Roger. Le savoir, c'était le pouvoir. N'est-ce pas ce qu'on dit ?

J'étais aimantée par la barre de recherche en haut de la page. Je jetai un coup d'œil autour de moi, à croire que je m'attendais à voir Vivian ou Tahlia débarquer dans le bureau à tout instant. Ce qui était hautement improbable. Mes doigts flottaient au-dessus des touches et, l'espace d'un instant, je ressentis une pointe de culpabilité. Ça, c'était ce que Peter faisait. Me surveiller, chercher à connaître mes secrets.

Ma mâchoire se crispa.

J'aurais peut-être dû être plus sournoise, à l'époque. Faire des recherches, moi aussi. Si ça se trouve, une attitude soupçonneuse m'aurait aidée à deviner ce qu'il tramait. Ce dont il était capable.

Non, Kate, ne pense pas à ça. Ne passe pas de l'autre côté du miroir.

Je secouai la tête, forçai mes pensées à revenir sur ma tâche. Je revis la mine radieuse des Harding prise pendant leurs vacances aux sports d'hiver. Ils pouvaient redevenir aussi heureux qu'à cette époque, je le savais. Peut-être était-ce un peu intrusif, mais avais-je vraiment le choix ?

Non.

Roger Bailey, c'était un nom répandu sur Facebook, sauf que lui avait un encart professionnel qui apparaissait en tête des résultats de ma recherche. La plupart de ses publications annonçaient les maisons qu'il vendait, avec les détails des horaires de visite. La première parlait justement de la maison Harding. Je cliquai sur l'image et une fenêtre pop-up afficha une photo plus grande : 308 likes, 84 commentaires, pour la plupart des gens qui en taguaient d'autres. Je cliquai sur le « like » et une liste de noms, chacun avec sa photo de profil attachée en vignette, apparut. J'avais à peine commencé à les faire défiler que je reconnus un visage. Un portrait, en noir et blanc. Un cliché arty, mais pas too much. Pip. Si belle que j'en eus un pincement au cœur.

Je descendis plus bas sur la page de Roger, mais n'y trouvai que des trucs assez basiques, surtout des maisons à vendre, alternant avec quelques memes ou vidéos de chiens rigolos. Un grand nombre d'utilisateurs se méfiaient de Facebook, désormais, je n'y découvrirais peut-être pas autant d'informations intéressantes que je l'avais espéré. Je cliquai sur les détails du profil de Roger. Statut : célibataire. D'anciennes photos de profil le montraient avec deux filles, sans doute les siennes. Des albums remontant à quelques années montraient une famille heureuse : une épouse blonde, aux traits acérés mais séduisante, un petit enfant et un bébé. Je me rappelai la conversation téléphonique tendue que j'avais surprise entre sa femme et lui à la maison Harding. Il avait affirmé qu'ils étaient en pleine séparation. Comment s'appelait-elle, déjà ? Susan ? Non, Steph. Stephanie.

Une brève recherche me confirma qu'ils n'étaient plus amis Facebook, mais je la trouvai facilement : elle avait abandonné son nom d'épouse et elle aussi indiquait un statut de célibataire.

Stephanie Bailey.

Quarante ans. Avocate. Les petites Meg et Hannah avaient maintenant trois et six ans. Les memes les plus fréquents de Stephanie consistaient à épingler la nullité des maris, et en côtoyaient d'autres valorisant l'intérêt d'une discipline sévère vis-à-vis des enfants afin de les empêcher de devenir de « petits trouducs ». Genre la fessée et autres joyeusetés.

Je retournai sur la page de Roger. Sa dernière photo de profil en date était un cliché professionnel. Ses dents blanches et son visage hâlé lui donnaient des airs de créature phosphorescente, le genre à sortir tout droit d'un cauchemar d'enfant.

OK. Au temps pour Roger. Pas grand-chose sur quoi travailler dans ce fatras.

Je revins en haut de la page et cliquai sur la vignette-photo de Pip. Sur l'agrandissement, elle était encore plus belle. Sa photo de couverture était une peinture abstraite dans la veine de Jackson Pollock. Je ne l'identifiai pas, mais aucun doute, elle était forcément au-delà du cool et valait une fortune. Je cliquai directement sur les détails de son profil. Et la première information que j'obtins fut son lieu de travail.

Galerie Zero Seven White (ZSW).

Parfait, putain.

Pip travaillait dans la galerie d'art la plus avant-gardiste de tout Sydney. D'Australie, même. Je m'affalai contre mon siège. Rien n'indiquait ce qu'elle y faisait, mais ce détail n'avait aucune espèce d'importance. N'importe quel boulot à ZSW était forcément génial. Même nettoyer leurs chiottes, c'était super.

Je me frottai le visage et balayai du regard mon environnement à moi, bureau gris et fauteuil à roulettes noir bon marché. Même la moquette – des carrés à assembler de mauvaise qualité – se décollait parfois aux angles et menaçait (scandale !) de me faire trébucher. Mon ordinateur était obsolète et ses touches poisseuses à force de déjeuners consommés devant mon écran.

ZSW, en revanche, offrait un bâtiment moderne, vaste et bas, au cœur de Redfern, en plein centre-ville. J'y étais allée quelques fois après la mort de Sascha. Le Dr Evans estimait bon pour moi que je renoue avec ce que j'aimais, avant. Que j'essaie de me rappeler qui j'étais avant Peter.

Avant Sascha.

Ces excursions ne m'avaient pas aidée. Alors j'avais de nouveau renoncé aux galeries d'art. Elles me rendaient triste, pour tout ce que je n'étais plus. Pour tout ce que je n'avais plus.

Alors sans doute que j'avais remplacé cette activité par les visites de maisons.

Furieuse, je cliquai de nouveau sur le fil d'actualité de Pip. Elle n'avait pas posté grand-chose récemment. Quelques articles partagés sur des artistes prometteurs, quelques instantanés familiaux – notamment le cliché d'eux trois, habillés pour le ski, que j'avais vu dans sa chambre. Elle l'avait légendé : « Meilleures vacances de toute ma vie, Black Diamonds, Niseko. » Il y avait aussi un cliché de leur trio au pied de la statue de la Liberté, et un où Kingsley, plus jeune, faisait semblant de retenir la tour penchée de Pise.

Je ne tardai pas à repérer la photo de profil de Brett, parmi les amis de Pip. Elle devait avoir été prise longtemps auparavant, car il y arborait une tête très chevelue. Il tenait un bébé dans ses bras, probablement Kingsley. Je cliquai sur sa page.

Banquier d'affaires chez Morris & West.

Eh bien, voilà qui expliquait les vacances. Les Harding pétaient dans des draps de soie.

La page de Brett était professionnelle, pas personnelle. Je n'aurais jamais imaginé que les banquiers d'affaires utilisaient Facebook pour leur travail, mais sans doute était-ce dans la droite ligne de l'existence moderne. Il avait posté des messages sur des fusions-acquisitions et autres alliances, tagué d'autres banquiers qui, en commentaire, assuraient qu'il était un gars génial qui leur avait fait gagner des montagnes d'argent. Il y avait aussi des posts sociaux, fêtes de Noël et galas de levée de fonds, montrant à l'occasion Pip en robe de bal glamour.

Je me calai de nouveau contre le dossier de mon siège.

Jusqu'alors, je n'avais rien trouvé qui m'aide à décider comment procéder avec Roger et Pip.

Je me mordis la lèvre.

Kingsley avait-il une page ?

Je le trouvai dans la liste d'amis de Brett. Sa photo de profil était un dessin au crayon d'un léopard grognant face à une proie invisible. Complexe et plus vrai que nature, il était du même style que les œuvres à la craie que j'avais vues sur le mur noir dans sa chambre.

Je cliquai sur le léopard.

Les posts de Kingsley étaient peu fréquents. Son fil d'actualité consistait surtout en photos sur lesquelles il avait été identifié par quelqu'un d'autre. En général, il avait liké ces posts, parfois les avait commentés, mais il publiait rarement quelque chose lui-même. Outre cet unique dessin, il y avait là peu d'informations utiles. Peut-être gérait-il strictement ses paramètres de confidentialité. Et puis, je tombai sur un message qu'il avait ajouté lui-même environ trois mois plus tôt, une photo de son père et lui lors d'un test-match à Melbourne. Sur la photo suivante, il était avec deux autres gars, tous en uniformes scolaires gris et bleu marine, avec cravate et blazer. J'agrandis le cliché, le scrutai attentivement. Lycée de Reading, indiquait le blason sur sa poche poitrine. L'une des écoles privées les plus chères de Sydney.

Un « Au revoir ! » guilleret m'alerta du départ de Vivian lorsqu'elle passa devant mon bureau, auquel je répondis distraitement d'un geste de la main, surprise qu'il soit déjà l'heure de rentrer. L'idée de boire un verre ne m'avait pas encore effleurée. Détective amateur, c'était peut-être une piste de reconversion professionnelle. Un sentiment proche de l'euphorie – ou du moins de l'autocongratulation – me submergea. Je devrais fêter ça, tiens. Aller voir un film avant de rentrer à la maison.

J'éteignis l'ordinateur et ramassai mes affaires. Le petit parasaurolophus me dévisageait de derrière le clavier.

— J'ai effectué des recherches bien utiles, tu n'es pas d'accord ? lui chuchotai-je.

Le néant de son regard noir sembla approuver. Je le pris dans ma paume et le déposai délicatement dans une poche de côté de mon sac à main, puis je me dirigeai vers la réception, plus heureuse que je ne l'avais été depuis pas mal de temps.

Je dis au revoir à Tahlia, qui éteignait son ordinateur. Elle parut surprise de la note joyeuse de mes adieux.

Dans la rue, mon estomac se mit à gronder, me rappelant que je n'avais rien mangé depuis mon Mars d'après déjeuner.

Quand j'atteignis la gare, j'avais décidé que ma bonne humeur et ma force de caractère renouvelée méritaient d'être célébrées. Rien de foufou, juste un verre avec un dîner avant le film.

Un seul verre.

Avant

Peter est arrivé chez ma mère à 8 heures le samedi matin, l'air plus en forme que jamais. Bizarrement, il était bronzé alors qu'on était en plein cœur de l'hiver. En plus, il s'était rasé et portait la chemise à carreaux bleue et verte qu'il adorait parce qu'elle mettait en valeur ses yeux bleus.

Ne plus vivre avec moi semblait lui réussir.

Par contraste, j'avais des poches sous les yeux à force de dormir – ou plutôt de ne pas dormir – sur le lit de la chambre d'amis, bancal et dur comme la pierre. J'avais enfilé mon pull préféré et un jean, et appliqué fond de teint et rouge à lèvres pour la première fois depuis une semaine. Malgré mes efforts, j'avais toujours l'air d'une serpillière éreintée à côté de mon mari. Sascha a sauté dans les bras de Peter comme s'ils étaient séparés depuis des mois. Et Peter – j'ai eu beau me remémorer ce moment, l'analyser dans ses moindres détails – avait l'air très heureux de retrouver son fils. Maman et papa m'auraient presque reniée pour l'adopter sur-le-champ. Pendant que je remplissais la gourde de Sascha au robinet de la cuisine, j'ai vu ma mère prendre Peter par le coude et lui chuchoter quelque chose, avant de se tourner vers moi en secouant la tête.

Au temps pour la solidarité familiale, maman.

Sascha n'était pas mieux. Après que Peter l'a embrassé et reposé au sol, il a détalé dehors, vers la voiture, a grimpé dans son siège enfant et s'est attaché. Avec à la main un de mes vieux porte-monnaie, plein à craquer de ses figurines de dinosaures préférées. Je l'ai rejoint, me suis penchée par la portière en tâchant de ne pas me vexer qu'il ne m'ait pas dit au revoir.

— À bientôt, Sasch, tu vas me manquer. Amuse-toi bien avec ton papa, d'accord ?

Il m'a décoché un grand sourire.

— Au revoir, maman. Oui. À demain.

Ses yeux étaient brillants et je l'ai vu comme l'aurait vu un inconnu : plus un bébé, mais un magnifique enfant, un peu timide, qui battait des jambes tellement il était surexcité.

— Caresse quelques dinosaures au zoo pour moi.

— Y a pas de dinosaures au zoo, maman ! Ils sont tous morts. C'est l'es-tintion, tu te rappelles ?

Je me suis frappé le front du plat de la main.

— Oui, bien sûr, je me rappelle maintenant. Qu'elle est bête cette maman, ai-je ajouté en secouant la tête, penaude.

— T'inquiète pas, maman, je vais caresser un lion pour toi. GRRRR !

J'ai éclaté de rire et refermé la portière alors qu'il continuait de rugir, formant des pattes griffues avec ses mains contre la vitre. Peter a pris congé de mes parents, puis il a gagné la voiture d'un pas tranquille. Sur un hochement de tête à mon adresse, il s'est assis au volant.

— Qui a envie d'aller au ZOO ?! a-t-il demandé.

Et il s'est tourné vers Sascha en imitant le singe.

— Moi ! Moi ! Moi !

Et mon fils s'en est allé.

Mercredi 16 juillet

2 H 33 DU MATIN

Je sortis des limbes.

J'avais encore rêvé de la maison Harding. Cette fois, on était autour de la piscine. Un Sascha bébé était perché sur les épaules d'un Kingsley adolescent, dans l'eau, et couinait de ravissement. Moi sur un transat, réchauffée par le soleil et somnolente, une margarita bien fraîche à la main. Dans ce rêve, il n'y avait que nous trois. Ni Pip, ni Brett ou Roger. Ni Peter. Ni ma mère ou mon père.

Les cigales s'appelaient. Une légère brise me berçait presque jusqu'à l'endormissement. Tout était parfait.

Je fermai les yeux en tentant de replonger dans le sommeil avant que le rêve ne s'évanouisse complètement.

Ça ne fonctionnait pas.

Je me rendormis vaguement, me réveillai, puis me rendormis, mais le rêve était perdu.

Jeudi 17 juillet

Soirée

Le jeudi venu, j'avais compulsé les comptes Facebook de Roger, Pip, Brett et Kingsley au moins une dizaine de fois. Cliqué sur les pages de leurs amis et des amis de leurs amis. Je gardais Facebook ouvert en vignette sur mon ordinateur du boulot et j'allais régulièrement pister les changements. Mon nouveau secret honteux.

Ce soir-là, j'emportai mon ordinateur portable chez moi après le travail et me posai sur le canapé avec une pizza et une bouteille de vin. Je venais de m'installer, une part de pepperoni dégoulinante à la main, un verre de vin blanc glacé sur la table basse et Facebook ouvert à l'écran, quand mon portable sonna.

Leah.

Non, je ne pouvais pas parler à ma sœur maintenant, je n'en avais pas la force. La sonnerie s'interrompit et, quelques secondes plus tard, le téléphone vibra pour m'annoncer que j'avais un nouveau message vocal. Je pris mon verre et bus une gorgée si généreuse que son amertume me tira une grimace. Puis j'avalai une gorgée plus petite, histoire de montrer qui était la patronne.

Leah.

Ce n'était pas qu'on ne s'entendait pas, non, pas vraiment. Juste, on n'avait rien en commun. Leah avait toujours été l'enfant prodige. Un visage d'ange, rien à voir avec moi, dégingandée et timide. Elle était le genre de créature extravertie, à qui l'on aurait pardonné un meurtre. À l'école, elle ne travaillait pas. Ses amis la laissaient copier leurs devoirs avec un haussement d'épaules : « C'est Leah. » Au lieu d'aller à la fac, elle avait parcouru le monde, parvenant à se dégoter des jobs de rêve un peu partout de Londres à Santiago. Elle avait rencontré des célébrités, vécu des aventures folles, fait tout ce qu'elle voulait. Elle avait vécu si longtemps au loin que j'étais déjà en couple avec Peter depuis deux ans lorsqu'elle l'a rencontré. Elle avait même raté notre mariage. Je pense qu'elle vivait à Hong Kong – ou était-ce Singapour ? – à l'époque. Elle avait vu Sascha au maximum une dizaine de fois avant qu'il meure. Elle était rentrée à la maison pour ses funérailles, mais je n'étais pas en état d'y prêter attention.

Leah était mariée depuis environ six mois avec Ellis, dont elle avait fait la connaissance deux mois auparavant. Un riche Américain. Une sorte de magnat du commerce. Ils s'étaient rencontrés dans un avion pour l'Australie où Leah s'était incrustée en première classe. Et le reste, comme on dit, je vous laisse le deviner. Mariage en grande pompe, pages des magazines. Et maintenant, pour couronner le tout, un bébé.

Je pris une autre part de pizza. L'épaisse couche d'huile dessus me donnait la nausée, mais je mordis quand même dedans. Mon téléphone sonna de nouveau.

Leah. Encore.

Emplie d'une soudaine rage, je fermai brusquement mon ordinateur et aboyai dans le combiné :

— Allô !

Sa réponse me parvint, presque timide.

— Katie ?

— Je préfère Kate, maintenant, rétorquai-je.

Les mots tombaient comme des pierres de ma bouche.

— Oui, bien sûr. Kate. Comment tu vas ? Ça fait un bail. Trop longtemps.

Je laissai le silence en suspension avant de répondre.

— Ça va.

— Tant mieux.

— Félicitations pour le bébé. Maman m'a dit.

— Ah oui, merci Katie… Kate. Écoute, je sais que ça doit être dur pour toi…

— Non, non, l'interrompis-je, sur un ton brusque qui démentait mes mots. Ne sois pas bête. Je suis très heureuse pour Ellis et toi.

— Je sais que c'était l'anniversaire, l'autre jour. Le timing… évidemment, ce n'est pas ce que je voulais. Je pensais à Sasch…

— Non, je t'assure, ça va, Leah. Super nouvelle.

— Oui, bon. C'est juste que ça va passer dans le *Herald* ce week-end. Je ne sais comment, des rumeurs sur ma grossesse ont fuité dans la presse et ils nous tannaient. Au bout du compte, Ellis leur a dit la vérité. Il est tellement heureux, je ne pouvais pas lui imposer de garder l'info sous cloche plus longtemps. Il a organisé une interview pour nous deux demain.

Leah s'efforçait de garder un ton neutre, mais ses inflexions grimpaient d'une octave à mesure qu'elle parlait, trahissant son excitation. La cause en était-elle la grossesse ou l'interview, ça, je l'ignorais. Sans doute les deux.

Je fus soudain prise d'une immense lassitude. Leah était ce qu'elle était. Pourquoi m'attendais-je à ce qu'elle change ?

Je rouvris mon portable.

— OK, j'irai lire ça, lui assurai-je, toute colère envolée.

Je tapai le nom de Pip et passai sa page en revue, pour le cas où j'aurais raté quelque chose, peut-être. Son dernier post en date, daté de 2 h 19 du matin la nuit passée – la dame était donc un oiseau de nuit – proposait un lien renvoyant à l'annonce d'une exposition Cézanne à venir.

Leah continuait à babiller au sujet de l'interview. Et elle ne voulait pas encore avoir l'air enceinte, et elle ne ferait que poser la main sur son ventre pour la photo, et qu'allait-elle porter, quelque chose qui fasse maman, et est-ce que ce serait trop, elle ne voulait pas avoir l'air vulgaire…

— J'adorerais qu'on puisse se voir, un de ces jours, dit-elle, me ramenant brusquement à notre conversation. Tu pourrais me donner des conseils sur la grossesse ? Quel type de poussette acheter, et autres réjouissances ? On pourrait comparer le nombre de fois où on doit se lever par nuit pour aller faire pipi ! Vu que tu as aussi vécu ça.

Je ne répondis rien.

— Enfin, on ne serait pas obligées de parler de ça, on pourrait juste discuter de… ben, de n'importe quoi, en fait…

Ses mots laissèrent place à un silence inconfortable et j'étais trop fatiguée pour faire l'effort à sa place. Je cliquai sur la page de Kingsley et puis me redressai. Il avait posté quelque chose. Une heure plus tôt.

— Leah, il faut que je te laisse.

— Ah, OK, Ka…

J'appuyai sur le bouton pour mettre un terme à l'appel et tournai toute mon attention vers l'ordinateur.

Kingsley avait posté une photo de deux billets posés sur un fond blanc, peut-être son bureau. La légende disait : « Sortie entre mecs » et il avait tagué son père.

Je cliquai sur la photo. C'étaient des billets pour un match de NRL lundi soir. Manly contre Parramatta. Mon cerveau se mit à tourner à fond. Je pourrais peut-être les suivre, Brett et lui ? Leur parler ? La perspective était surexcitante mais terrifiante à la fois. Que pourrais-je leur dire ? Comment leur expliquerais-je mon implication dans leur vie ?

Le post avait reçu quinze likes, dont celui de Roger. Pourquoi avait-il liké ?

Pile à cet instant, un commentaire apparut sous la photo. Pip. Les battements de mon cœur s'accélérèrent et je me penchai pour lire. « Dommage que je ne puisse pas venir aussi. Fichu cours d'informatique du lundi soir ! Et sur mon jour de congé en plus. Pourquoi je me suis inscrite à ça au fait ? Bref, je suis sûre que vous vous amuserez bien sans moi ! »

Je pris une autre part de ma pizza en train de refroidir. J'avais des fourmis dans les jambes. Il était possible que Pip assiste à un cours d'informatique. Pourtant, je n'arrivais pas à m'empêcher de trouver que ce serait bien pratique pour Roger et elle, dans le cas contraire.

Nouveau commentaire. Celui-là de Kingsley. « Dommage. Enfin, on pourra manger plus. »

Je fis tomber un morceau de pepperoni sur le clavier, que je ramassai et gobai, puis j'essuyai la sauce tomate qui salissait les touches avec mes doigts. Avant de les lécher.

Le commentaire fut rapidement liké par trois personnes. L'une d'elles était un ami de Kingsley dont j'avais épié la page la veille, la deuxième était Pip.

Et la dernière… Roger.

Je gardai l'œil rivé sur le post un peu plus longtemps, mais personne d'autre d'intéressant n'apporta de commentaire. Quoi qu'il en soit, j'en avais suffisamment. Quelque chose clochait, sans que je comprenne au juste quoi.

En tout cas, je serais là-bas lundi pour le découvrir.

PARTIE III

TROISIÈMES PORTES OUVERTES

Samedi 19 juillet

Matin

Je me réveillai le samedi avec mal à la tête, mais prête à me montrer vertueuse.

J'avais été obsédée par les Harding tout le vendredi, allant jusqu'à rechercher – en vain – des cours d'informatique qui se donnaient dans le quartier les lundis, et j'avais déjà vidé une bouteille de vin à 20 h 30. Pratiquement rien, en fait. J'avais débattu longuement avec moi-même, dix bonnes minutes, pour savoir si cela valait la peine de quitter la chaleur de mon appartement pour sortir en acheter une autre, mais la perspective de la visite du lendemain m'avait convaincue d'être forte.

Quel self-control !

Allongée que j'étais dans mon lit confortable, je ne songeai nullement que, pour la plupart des gens, descendre une bouteille de vin dans son salon tout en regardant une rediffusion de *L'Arme fatale 2* ne serait pas considéré comme une victoire. Eh ben qu'ils aillent se faire foutre ! Comme pourrait le dire Roger Murtaugh : « J'ai passé l'âge de ces conneries. »

Moi, je prenais les victoires, si petites soient-elles.

Je passai une matinée paresseuse à la maison, ayant décidé de ne pas visiter d'autres maisons. D'une certaine façon, ç'aurait été une forme de trahison. Je sortis vite fait pour acheter un petit pain œuf-bacon, un café et le *Herald*, que je posai sur le plan de travail, en le surveillant comme s'il risquait de me sauter dessus et de m'attaquer. Après un deuxième café – instantané cette fois –, je rassemblai le courage suffisant pour tourner les pages, jusqu'à tomber sur l'article qui parlait de Leah et Ellis.

Leur histoire occupait les deux tiers de la page société à la fin du journal. Sur la photo de l'heureux couple, Ellis se tenait debout derrière Leah. Il avait les bras autour d'elle, leurs mains étaient jointes sur son ventre plat.

Je n'avais pas revu Leah depuis un moment. Elle avait belle allure. Mince, mais forte. Son sourire était large et naturel, ses cheveux plus courts que la dernière fois que je l'avais vue, juste au-dessus des épaules. Ils avaient visiblement été lissés, puisque notre chevelure brune et ondulée était l'une des caractéristiques physiques que nous partagions.

Ellis avait quinze ans de plus que ma sœur. C'était un homme grand, athlétique, à la toison grise abondante. Le surdoué américain typique. Le genre à participer à des galas de charité à dix mille dollars le couvert. Qui courait des marathons pour des bonnes causes. Qui, sur son temps libre, lisait des livres aux enfants à l'hôpital. Ellis tâtait de la course automobile, un passe-temps onéreux, mais auquel on pouvait s'essayer quand on pesait quatre cent cinquante millions de dollars.

Je parcourus l'article en diagonale. On s'y extasiait sur ces personnes merveilleuses, si amoureuses, si pressées de devenir parents, etc. etc., et puis, vers la fin, je lus mon nom.

Leah, bien sûr, a traversé sa propre tragédie. Il y a dix ans, presque jour pour jour, sa sœur Katie Bauer a perdu son fils, Sascha, de la pire des manières. Leah raconte que son jeune neveu lui manque encore à ce jour, lui qui aurait eu quinze ans cette année. Ceux d'entre vous qui ont de la mémoire se souviennent peut-être de cet horrible événement qui a laissé la nation sous le choc, il y a tant d'années, quand le mari de Katie, l'auteur à succès Peter…

Je froissai la page en boule et jetai le journal dans la poubelle, le visage brûlant mais les tripes glacées.

Comment avait-elle pu leur parler de moi ? De Peter ?

De Sascha ?

Avec une fureur à peine contenue, j'attrapai manteau, sac à main et clés, puis je quittai l'appartement, en quête désespérée d'air frais.

Il faisait cinq degrés de moins dans le hall, la faute à la porte encore coincée en position ouverte. Je la poussai, surprise quand une rafale de vent la rabattit si violemment qu'elle alla percuter le mur. La vitre frémit mais tint bon. Une bourrasque me fouetta à mon tour, plus fraîche que je ne m'y attendais. Glaciale, même.

Dehors, le ciel couleur acier semblait si bas qu'il en était oppressant et des rafales glacées s'engouffraient dans mes vêtements, comme à la recherche d'une faille.

Direction nord sur la Pacific Highway, la circulation était fluide, à croire que tout le monde avait décidé de rester chez soi auprès du feu. Je conduisais de manière erratique, le chauffage à fond, mes pensées tourbillonnant et revenant sournoisement à Leah et à cet article. La rage bouillonnait en moi.

Comment osait-elle se servir de ma tragédie, de la mort de mon fils pour s'attirer la sympathie du lecteur dans ce qui n'était qu'un article futile et mièvre ? Tu parles de journalisme.

Leah et Pip, c'était bonnet blanc et blanc bonnet. Deux égoïstes. Indifférentes à la peine des autres. Elles traçaient leur chemin sans se soucier de quoi que ce soit. Tout leur venait facilement. L'argent. Le succès. Les hommes.

Et ni l'une ni l'autre ne savaient rien de la perte d'un être que l'on aimait.

Je tournai brusquement le volant à gauche et m'engageai dans une ruelle de banlieue, avant d'arrêter la voiture dans un coup de frein au ras du trottoir. Je montai le son de la radio et hurlai, les mains serrées sur le volant, les pieds battant contre le tapis de sol. Quelques sanglots m'échappèrent quand je m'affalai sur le volant. Mes orteils pulsaient. Ma rage s'évanouit et je relevai la tête pour regarder sans rien voir par la vitre. Cela dura plusieurs minutes, sur les éructations d'un rappeur qui chantait sans émotion apparente à propos de son gosse. Et puis, je redémarrai et repris l'autoroute.

Arrivée vers la maison Harding, je me garai de l'autre côté de la rue, quelques maisons plus loin, coupai le moteur et m'enveloppai plus étroitement de mon manteau. Bientôt, Roger débarqua avec son bazar signalétique, qu'il entreprit d'installer dehors. Il avait presque terminé lorsque Pip remonta l'allée carrossable. Elle lui parla de manière décontractée, sans aucune apparence d'intimité et, l'espace d'un moment, je fus déstabilisée. Puis Kingsley apparut et je compris. Ils discutèrent un peu plus longtemps avant que Pip et Kingsley ne grimpent dans un SUV noir de sport, garé dans la rue. La voiture de Pip, présumai-je. Et ils partirent.

Roger descendit l'allée, tirant son sac à roulettes derrière lui. Je restai assise dans ma voiture jusqu'à ce que deux autres véhicules arrivent. Lorsque je me dirigeai vers la maison, mon excitation grimpa en flèche, je ne sentais presque plus le froid.

L'agent immobilier se tenait derrière la porte d'entrée, sourire de bienvenue factice solidement accroché sur les lèvres.

Jusqu'à ce qu'il me voie. Quelque chose dans la position de ses épaules, dans la façon dont il se tenait, dont son sourire vacilla une fraction de seconde, m'indiqua qu'il était au courant de l'incident, maintenant.

Mon cœur se serra. Renee l'en avait-elle informé ? Ou alors, il avait simplement vu le journal ce matin, lu les inepties de Leah et fait le rapprochement.

J'envisageai de passer devant lui avec un signe de la main et un sourire, mais allez savoir pourquoi, je n'en fis rien. J'attendis qu'il ait fini de parler au couple. Quand ils s'éloignèrent enfin vers la cuisine, Roger resta un moment immobile, comme pour se préparer, avant de m'approcher, bloc-notes en main, sourire encore plus large et plus faux que d'ordinaire, mais avec un courant sous-jacent de nervosité. Il me tendit sa main libre, serra fermement la mienne sans tout à fait croiser mon regard.

— Kate. Vous êtes revenue. Ça fait plaisir de vous voir.

Donc il ne dirait rien. Je ne savais pas trop si ce comportement m'inspirait de l'admiration ou du mépris.

— Bonjour, Roger. J'espère que ça ne pose pas de problème ?

— Pas du tout. J'ai déjà vos coordonnées, ajouta-t-il en tapotant son bloc-notes, comme pour corroborer ses propos. Je vous en prie, vous pouvez y aller.

Une famille entra au moment où il terminait sa phrase et il fonça sur eux, sourire mégawatts de retour. J'en profitai pour m'échapper, montai dans la chambre de Kingsley où j'examinai de nouveau ses dessins, plus captivée que jamais par son talent. Cette fois, je pensai à sortir mon smartphone pour prendre des photos que je pourrais observer tout à loisir plus tard. Je savais que c'était dérangeant, comme attitude, mais je refoulai mes scrupules.

Tu ne fais que te documenter sur la maison. C'est tout. C'est tout à fait normal, de faire ça, pour un acquéreur potentiel.

Sauf que tu n'es pas un acquéreur potentiel, Kate.

La voix ne m'arrêta pas.

Alors que mon temps d'inspection touchait à sa fin, je redescendis, passai devant Tammy, l'étrangleuse de voyelles stylée des portes ouvertes de Turramurra. Elle aussi était revenue jeter un second coup d'œil. La pensée de cette femme, de son riche mari et de leurs enfants mutiques vivant dans la maison Harding n'était pas pour me plaire. La maison Harding n'accueillait pas n'importe qui.

Elle était spéciale.

Aujourd'hui aussi, les enfants de Tammy étaient sur ses talons, sauf que cette fois elle était accompagnée d'un homme plus âgé que je supposai être son époux. Il était tout aussi bien vêtu que sa femme, mais sérieusement en surpoids – ses boutons de chemise menaçaient de lâcher aux endroits où le tissu tendait trop fort sur son ventre, son visage était violacé. Lui aussi était silencieux. Lorsque je dépassai Tammy, elle croisa mon regard, puis détourna les yeux. Je la connaissais, cette expression.

À la porte d'entrée, Roger fit ses au revoir à quelqu'un, puis il se retourna et me vit. De nouveau, l'expression normale glissa, remplacée par celle que je venais de voir chez Tammy.

La pitié.

— Kate, comment ça s'est passé ?

Sa voix aussi était différente, les syllabes étirées. Presque condescendantes.

— Oh, bien, merci.

Roger eut l'air de vouloir dire quelque chose, à cet instant, quelque chose de vrai, mais il se ravisa.

La colère revint pétiller en moi et mes mots sortirent avec force, pour changer.

— C'est vraiment une super maison familiale, n'est-ce pas ? Vous avez des enfants, non ?

Sous son bronzage orange, il blêmit.

— Je… euh… oui, j'ai deux filles, dit-il d'un ton d'excuse, avant d'ajouter comme en guise de calumet de la paix : Mais je suis séparé de ma femme.

Il avait oublié qu'il me l'avait déjà dit.

— Je suis désolée de l'entendre, répondis-je d'un ton plat.

J'entendais tourner les rouages de son cerveau alors qu'il réfléchissait à ce qu'il pouvait dire. Il ne pouvait tout de même pas m'interroger sur ma famille à moi, si ?

Il s'éclaircit la gorge.

— On ne s'est séparés qu'il y a six mois. On essaie de s'entendre, mais Stephanie ne me rend pas la tâche facile, je dois bien l'avouer. Je m'inquiète pour… Non, peu importe. Enfin, je regrette de ne plus voir mes filles tous les jours.

Sitôt les paroles sorties, il parut prendre conscience ce qu'il venait de dire. Son visage orange vira au rouge profond et il se mit à tripoter son bloc-notes.

— Pensez-vous que vous vous remettrez avec votre femme ?

Une expression traversa ses traits. Encore une que je connaissais bien.

La peur.

Peur de moi ? Ou de sa femme ?

— Que savez-vous de Stephanie ? Qu'avez-vous entendu ? me demanda-t-il, avant d'agiter aussitôt la main, comme pour effacer sa question, comme s'il n'aurait pas dû la poser. Je veux dire… non, je ne pense pas.

Je songeai à lui lâcher la grappe, mais les mots m'échappèrent avant que j'aie eu le temps de réfléchir.

— J'essaierais de faire en sorte que ça marche, si j'étais vous, dis-je d'une voix dure. Les séparations peuvent mal finir. Vous vous rappelez ce qui m'est arrivé, je suppose ?

Sur ce, je passai la porte et le laissai bouche bée.

Lundi 21 juillet

Après-midi

Il faisait encore jour quand j'arrivai à la maison Harding. Je passai devant sans m'arrêter. Le portail était ouvert, ce qui était apparemment la norme chez les Harding. Je me garai sur une place de l'autre côté de la rue, de manière à avoir vue sur l'entrée, mais suffisamment loin pour ne pas attirer l'attention. Du moins l'espérais-je. Ma voiture jaune n'était pas géniale pour une filature discrète, mais aucun des Harding ne la connaissait, juste Roger. Avec un peu de chance, la pénombre et les tendres sentiments que lui inspirait Pip l'empêcheraient de la remarquer ce soir.

S'il se pointait.

Un SUV était garé près du portail. Peut-être celui de Pip. Je ne voyais pas la Lexus de Roger.

Je coupai mon moteur. Il était 16 h 30 passées et les cieux s'assombrissaient déjà. J'avais feint une migraine au travail après le déjeuner, redoutant de manquer Pip et Roger si j'arrivais trop tard, qu'ils soient partis, pour faire… eh bien ce qu'ils avaient prévu de faire… sans moi pour les voir. Depuis samedi, j'avais lu et relu les posts, en boucle, en quête d'autres indices. Il n'y avait pas eu d'autre commentaire sous le post original de Kingsley, alors j'avais dû me contenter du peu d'information dont je disposais déjà. Pip avait dit que son cours était le lundi *soir*. Elle n'avait pas dit *après-midi*. En plus, elle était de repos ce jour-là. Ces faits, j'espérais qu'ils signifiaient qu'elle se trouvait pour l'heure chez elle.

Maintenant, il ne me restait plus qu'à attendre.

J'étais passée prendre quelques victuailles indispensables en chemin : un sachet de Twisties au fromage format familial et un de Tim Tams. Et puis, bien sûr, un petit réconfortant : une bouteille de la meilleure vodka russe. Enfin, il ne restait que quelques centimètres du liquide transparent dans la bouteille que j'avais découverte ce matin, figurez-vous, au fond d'un sac de sport peu utilisé. J'avais décidé que c'était mieux que rien, m'étant convaincue que l'alcool était nécessaire pour me garder au chaud – et vu le froid qu'il faisait, j'étais bien contente de ma décision. Il aurait été ridicule de se geler et d'être ensuite incapable de mener à bien la tâche à accomplir.

Bref, c'était un produit de première nécessité.

La question suivante était : Brett et Kingsley étaient-ils encore à la maison ? Le coup d'envoi du match entre Parramatta et Manly était prévu pour 19 heures. Il leur fallait s'accorder au minimum une demi-heure de trajet en voiture, voire plus à l'heure de pointe. Peut-être avaient-ils prévu de dîner quelque part avant le match, dans ce cas Brett aurait quitté le travail en avance et ils seraient déjà partis depuis longtemps.

Ne pouvant pas laisser tourner la voiture, je ne tardai pas à grelotter. J'enveloppai mes genoux dans le plaid que j'avais pensé à emporter, bien contente de moi. La meilleure excuse que j'avais trouvée, c'était la surveillance du voisinage. Dans les banlieues cossues comme celle-ci, les gens avaient tendance à devenir nerveux s'ils repéraient une voiture stationnée devant leur maison. Avec un peu de chance, le soir tombant suffirait à me protéger.

Le ciel était clair, mais les ombres s'allongeaient et le soleil était déjà bas à l'horizon. J'attrapai la bouteille de vodka sur le siège passager.

C'était là, le moment.

Je pouvais faire ce qui était bien : reposer la bouteille, tourner la clé dans le démarreur et partir. Je pouvais tout arrêter maintenant, rentrer à la maison, allumer un radiateur et la télé, oublier Pip, Brett, Kingsley et Roger. Me servir un verre de vin et m'installer sur la méridienne. Ne pas m'engager sur ce chemin.

Même moi, je voyais à quel point il était fou, ce chemin.

Je pouvais choisir de ne pas l'emprunter.

Là, maintenant.

Je pris une profonde inspiration et tins un long moment le bouchon de la bouteille entre mon pouce et mon index, avant de le dévisser et de le jeter sur le siège.

Je portai le goulot à mes lèvres. Le liquide, froid d'abord, ne tarda pas à me brûler la gorge. C'était incroyablement bon et je sus aussitôt que je faisais ce qu'il fallait.

Je devais rester. Pour Kingsley.

La chaleur de l'alcool se répandit jusqu'à mes orteils glacés alors que la nuit descendait lentement. Pas un mouvement du côté de la maison Harding.

Je resserrai le plaid autour de mes cuisses et ouvris le paquet de Twisties, les choisissant d'abord un par un, m'obligeant à savourer leur bon goût de fromage et de sel. Mais bientôt, je me retrouvai à les puiser par poignées, de mes doigts couverts de leur poudre orangée.

J'attendais.

À 18 heures, il faisait complètement nuit. Les entrailles argentées du sachet de Twisties me faisaient de l'œil à la lueur des lampadaires, alors je le jetai par terre. Et déchirai celui de Tim Tams pour la peine.

Dehors, quelque chose attira mon œil. Les jambes d'une femme disparurent dans le SUV, à peine visible dans la lumière faiblarde de la rue. La portière claqua. Les feux de la voiture s'allumèrent quand le moteur démarra.

Merde.

Merde. Merde. Merde.

Elle accélérait déjà quand j'arrachai la couverture de mes genoux et tâchai de tourner ma clé malgré mes doigts engourdis par le froid.

Le temps que j'arrive à l'embranchement au bout de la rue, j'étais parfaitement éveillée, tant je redoutais de l'avoir perdue. Je regardai attentivement dans les deux directions et, ne voyant qu'une paire de feux arrière, je les suivis, le cœur au bord des lèvres. Au feu tricolore suivant, je fus soulagée de découvrir que c'était bel et bien le SUV noir de Pip.

Le feu passa au vert et elle se remit en route en douceur, avant d'accélérer. Ma Hyundai bondit dans son sillage, pour la suivre tel un chien fidèle à la poursuite de son maître. La route se vida alors que nous traversions un quartier sombre et calme en bord de brousse. Pip appuya sur l'accélérateur. Ma voiture geignit son mécontentement, mais je l'obligeai à rester à une ou deux voitures de distance. Nous continuâmes ainsi à travers des rues de banlieue qui se transformaient à l'occasion en zones commerciales bien éclairées.

Je me concentrais au maximum pour ne pas perdre Pip, qui s'avérait une sorte de folle du volant. Enfin – presque quarante minutes plus tard –, nous arrivâmes à Manly. Les eaux noires du port scintillaient sous une guirlande de lumières alors que nous approchions du terminal des ferries. Pip tourna dans une rue sombre et se gara. Je la suivis et remerciai ma bonne étoile lorsque je trouvai moi aussi un emplacement libre, minuscule, à moins d'un demi-pâté de maisons. Je descendis et me hâtai de reprendre ma filature. Elle avait traversé la rue, pris la direction de la zone piétonne. Avec soulagement, je ralentis pour trouver une allure de marche plus tranquille en m'efforçant de calmer ma respiration.

Pip était époustouflante, comme toujours.

Ses cheveux détachés en boucles brunes, elle avait enfilé une robe fourreau noire, une veste en jean et des bottes noires à très hauts talons. À côté d'elle, j'étais un laideron, mais je me félicitais d'avoir changé de tenue après le travail. Mon tailleur-pantalon noir, chemisier bleu et ballerines plates, c'était ce que j'avais de plus présentable. La chaleur de la vodka s'était depuis longtemps dissipée et je frissonnai quand un brusque courant d'air souleva le bas de ma veste. L'air sentait la mer, mais ce n'était pas une brise fraîche de l'océan, plutôt une odeur d'algues en décomposition. Je grimaçai, les mains enfoncées dans les poches de ma veste pour la plaquer sur moi alors que je filais le train de Pip.

Le vent se fit plus fort dans la zone commerciale. Des tourbillons de détritus se jetaient contre les vitres sales d'une série de magasins discount fermés et de pharmacies bon marché. Je la suivis qui dépassait plusieurs restaurants et bars à la lumière tamisée, aux portes étroitement fermées pour se protéger du vent.

Le trottoir était parsemé de chewing-gums gris écrasés et d'autres substances aplaties non identifiées. Je fis un pas de côté pour éviter une merde de chien sans doute produite par un animal d'une taille qui vous ferait passer toute envie de le croiser au coin d'un bois, puis relevai les yeux juste à temps pour voir Pip ouvrir la lourde porte de bois d'un bar à environ six mètres devant moi. Je m'arrêtai brusquement et regardai la porte se refermer lentement derrière elle.

Et maintenant ?

Je me secouai et repris mon chemin vers l'endroit où elle venait d'entrer. En arrivant à son niveau, je risquai un coup d'œil. Le nom du bar – *Bar Petit* – était écrit en travers de la vitrine, dans une police démodée, tout en boucles, toutefois il était impossible de voir à l'intérieur, à cause d'un épais rideau de velours rouge.

Merde.

Quelques devantures plus loin, je m'immobilisai et fis mine d'envoyer un SMS, le temps de décider de la marche à suivre.

Devais-je prendre le risque d'entrer ?

Et si j'entrais et que tout le monde – y compris Pip ou pire, Roger – se tournait pour me dévisager ? Pip ne se souvenait peut-être pas de moi depuis les Beaux-Arts. En fait, probablement pas. Roger, en revanche, se rappellerait.

Je me rongeai un ongle, arrachai la rognure avec mes dents et la recrachai sur le bitume.

Je n'avais pas le choix.

Je retournai vers le bar à contrecœur, poussai la porte et entrai dans l'air tiède.

Pour tomber nez à nez avec Pip Harding.

Elle se tenait trois pas devant moi, appuyée au bar. Alors que je contemplais ses cheveux, Pip s'adressait au barman, sans même se retourner pour voir ce qui provoquait la rafale de vent qui s'engouffrait avec moi. Elle éclata d'un rire sonore, en renversant la tête en arrière.

Roger n'était pas avec elle.

Merde, faut que je sorte d'ici avant qu'elle se retourne.

—Bonsoir, bienvenue au *Bar Petit*. Je peux vous aider ?

Je faillis sauter au plafond. Un homme, dans le milieu de la vingtaine, s'était matérialisé à côté de moi. Il portait une moustache aux pointes tortillées avec ironie, un piercing au nez et un gilet rose vif sur un jean noir.

—Je… euh, bafouillai-je en jetant des coups d'œil vers Pip, puis en direction du reste de la salle.

Le bar était cosy, décoré sur un thème vaguement théâtral. Des rideaux rouge vermillon étaient suspendus non seulement devant la vitrine, mais aussi partout autour, le long des murs d'une salle qui était en fait assez petite. Des canapés et des fauteuils dépareillés mais très ouvragés, tapissés de velours aux teintes profondes de vert émeraude, bordeaux, rose vif et bleu canard, parsemaient la pièce. Des boxes en demi-cercles occupaient les murs parés de rideaux. Un jazz lent jouait en fond sonore. Quelques groupes riaient et discutaient, mais l'ameublement, plein de douceur, étouffait les bruits et l'endroit était étonnamment calme. Le week-end, c'était sans doute plein à craquer. Un lundi soir venteux au milieu de l'hiver, en revanche, la clientèle était plus difficile à déplacer, ce qui me rendit quelque peu nerveuse.

Bon Dieu, et si Roger entrait là, maintenant ?

Le serveur hipster me souriait avec cet air condescendant que les jeunes gens réservent aux quadras mal fagotées.

—Je… je voudrais un verre de vin, si c'est possible.

—Certainement, madame. Souhaitez-vous vous installer au bar ou…

— Non, l'interrompis-je en me frayant de force un passage, pressée d'être moins visible. L'une des alcôves, je préférerais, si vous permettez.

Il me désigna la plus proche. Que je gagnai à la hâte et, ayant quitté ma veste, je me glissai dans l'espace à l'écart, sur le cuir frais de la banquette d'angle. L'endroit était éclairé par un lustre suspendu, réglé sur un niveau très tamisé.

Parfait.

Le hipster me tendit un classeur de cuir qui annonçait la qualité supérieure des vins listés à l'intérieur, puis il retourna essuyer ses verres derrière le comptoir. Dans l'alcôve pile en face de la mienne, un groupe de quatre femmes, dans la fin de la vingtaine, discutaient d'une manière étonnamment posée.

En faisant mine de compulser la liste des vins, j'observai Pip et le barman. Il était costaud, un peu dépenaillé et, avec sa barbe de trois jours et son tee-shirt noir, il m'évoquait davantage un bûcheron sexy qu'un homme qui gagnait sa vie en mixant des cocktails. Il avait au bas mot dix ans de moins que Pip. Je le vis se pencher vers elle, un demi-sourire aux lèvres alors qu'elle lui chuchotait quelque chose.

Tout doux, Pip, t'en as déjà un sur le feu…

Elle termina son histoire et il éclata de rire. Puis elle balaya la salle d'un regard attentif. Même si je faillis plonger sur ma banquette, je m'efforçai de rester immobile. Elle se retourna vers le barman, dit encore quelques mots et montra du doigt la dernière alcôve libre, à deux places du groupe de femmes. Parfait, de mon point de vue. J'avais tous les sièges dans mon viseur, tout en demeurant à peu près cachée si je m'asseyais sur le côté.

Je la suivis des yeux tandis qu'elle allait se glisser sur sa banquette. Elle portait son habituel rouge à lèvres, mais ce soir-là, elle avait aussi l'œil maquillé façon « smoky ». Et pourtant, Pip n'était pas vulgaire, non, juste classe. Je devais l'admettre, cette femme était aussi belle que lorsque je l'avais connue, à vingt-deux ans.

Mon sac (simili cuir noir de chez Kmart) était posé sur la banquette à côté de moi. Rempli d'objets utiles qui m'avaient sauvé les fesses à moult reprises, avec ma gueule de bois. Bonbons à la menthe, gouttes pour les yeux, shampoing sec. Lunettes de soleil, pour les journées les moins fastes. Fond de teint et anticernes. Je l'ouvris et farfouillai dedans, jusqu'à trouver un vieux bâton de rouge à lèvres. Couleur vaguement beige-transparent. Je m'en étalai sur les lèvres.

Ce qui ne fit strictement rien pour me rebooster.

Le serveur-bûcheron sexy alla apporter un verre à Pip sur un plateau d'argent. Un whisky. Sec. Ou quelque chose qui y ressemblait. « C'est offert par la maison », l'entendis-je annoncer, à quoi elle répondit : « Ky (ou peut-être Ty ?), il ne fallait pas... », et elle lui envoya un baiser.

—Avez-vous fait votre choix, madame ? me demanda le hipster.

Je parie qu'il n'appellerait jamais Pip « madame » comme si elle était une mémé. Je feuilletai les lourdes pages cartonnées. Le verre de vin blanc le moins cher coûtait quatorze dollars. Je le commandai.

Au moment où le hipster s'éloignait de mon alcôve, je découvris Roger sur le pas de la porte. Il regarda autour de lui, passa une main dans ses cheveux ébouriffés par le vent. Je m'enfonçai dans mon siège en cuir, mais il n'avait d'yeux que pour Pip. Il venait de la repérer et s'était fendu d'un large sourire.

Je ne comprenais toujours pas ce qu'elle lui trouvait. Il était plutôt bel homme, certes, mais dans un style tout en dents.

Roger traversa la salle et s'assit à côté de Pip. Un instant, il eut l'air de s'apprêter à se pencher pour l'embrasser, mais il se recula bien vite, comme s'il venait de prendre conscience de l'endroit où ils étaient.

Au bar, le hipster glissa quelque chose au bûcheron sexy, qui jeta un coup d'œil à Pip et Roger et haussa les épaules.

Tu es d'accord avec moi, hein ? Elle est trop bien pour lui...

Bûcheron-sexy déposa un verre sur le même plateau d'argent, que Hipster emporta en se dirigeant vers moi.

— Votre sauvignon blanc Bibina, madame.

Il posa l'énorme verre devant moi et je réprimai un soupir. Il contenait à peine une goutte de vin. J'en buvais davantage rien que sur le trajet entre ma cuisine et mon salon.

Quatorze dollars.

Je reportai mon attention sur Pip et Roger qui, du moins pour l'observateur lambda, pouvaient passer pour des collègues sortis boire un verre ensemble.

Moi, je voyais clair dans leur jeu.

Hipster s'avança vers eux. Roger lui parla brièvement et se retourna vers Pip.

— Un autre verre de vin, madame ? vint me demander Hipster, d'une voix d'où il parvenait presque à effacer le dégoût.

Presque, mais pas tout à fait. Je baissai les yeux. J'avais vidé mon verre sans même me rendre compte que je l'avais entamé.

— Oui, c'était délicieux, merci. Je vais prendre une bouteille du même, s'il vous plaît.

— Bien sûr. Avec un seul verre ?

— Oui. Un verre. Pour le moment, ajoutai-je.

Je ne trompais personne, pourtant je me sentais obligée d'essayer.

Alors qu'il repartait, je revins à mon observation de Pip et Roger, qui sirotait désormais à un verre sans pied de vin rouge. Et s'ils tombaient sur une connaissance ? Pip était censée se trouver quelque part à son cours d'informatique. Je fixai des yeux ses lèvres carmin alors qu'elle regardait Roger avec un petit sourire.

Ce sourire. Pip avait l'air… excitée.

Et je compris. Elle aimait ça. Mon visage s'échauffa sous l'effet de la colère. La possibilité d'être découverte l'excitait, en fait. Je serrai les poings, les ongles enfoncés dans mes paumes. Pip rit, rejeta la tête en arrière, ce qui dénuda son cou blanc. Un éclair de rage me traversa le cerveau, animé par un soudain désir de lui trancher la gorge, de voir son sang écarlate se mélanger avec le vin rouge de Roger, couler par vagues aussi fluides que les rideaux dignes de Dracula derrière elle.

Ne savait-elle pas ce qu'elle avait à la maison ? N'accordait-elle aucune valeur à sa famille ? À son mari ?

À son enfant ?

Hipster revint avec un seau à glace argenté, d'où dépassait le col d'une bouteille de vin, pareil à celui d'un cygne. À celui de Pip. Je secouai la tête pour me débarrasser de mes visions sanglantes, perturbée par la vivacité avec laquelle je les avais convoquées.

— Votre vin, madame.

Il plaça un verre devant moi et le seau à glace au centre de la table.

— Merci, parvins-je à répondre, en obligeant mon visage à reprendre une expression qui risquait moins d'effrayer le personnel.

Sur un hochement de tête, il retourna au bar, sans me verser mon vin. Je le fis moi-même, triplant la quantité qu'il m'avait servie précédemment, avant de remettre la bouteille dans le seau à glace.

Je jetai un coup d'œil à Pip et me figeai. Elle avait déplacé, sous la table, une main qu'elle avait jusque-là posée sur ses genoux et la tendait vers Roger, touchant d'abord son genou, puis faisant courir les doigts sur son jean, de plus en plus haut le long de sa cuisse, en prenant tout son temps. De nouveau, mon visage s'enflamma. Roger faisait de son mieux pour ne rien laisser paraître, mais il me semblait un peu rosé sous son bronzage.

Je me forçai à détourner les yeux, vidai mon verre de vin et m'en versai un autre avant de les regarder de nouveau. La main de Pip était désormais posée sur la braguette de Roger et elle lui parlait comme si de rien n'était. Lui, il avait l'air d'hésiter entre le bonheur et l'horreur.

Pip était plus douée que lui pour ce jeu.

Enfin, elle prit Roger en pitié et ôta sa main. Elle jeta un coup d'œil vers Bûcheron-sexy, qui essuyait nonchalamment le comptoir, et il s'empressa d'aller la rejoindre d'une manière que je trouvais un peu inconvenante.

Il prit sa commande et deux autres verres leur furent apportés, ainsi qu'une assiette de fromage. Peut-être était-elle offerte par la maison, ou peut-être l'avaient-ils commandée. En tout cas, Pip y toucha à peine et Roger n'en mangea guère plus.

Qu'est-ce que tu fais, Kate ?

Je les observais. Je prenais des notes. Je n'étais pas détective privé. J'étais juste une voyeuse. Encore. Je me versai la fin de la bouteille. Qu'est-ce que j'allais faire ? Les confronter ? Les menacer ?

Je pourrais.

Oui, sans doute que je pourrais. Pas ici, cela dit.

Je fis tourner le vin dans ma bouche. Peut-être quand ils sortiraient. Je pourrais mettre un terme à tout ça.

Pour Kingsley.

Je pourrais les suivre, les menacer de tout raconter à Brett et Kingsley s'ils n'arrêtaient pas sur-le-champ. Roger était en plein divorce, donc l'opportunité n'était pas aussi évidente de son côté, même si sa femme était avocate. Peut-être l'empêcherait-elle de voir ses enfants, si elle apprenait pour Pip et lui ? Je grimaçai. Là, j'allais trop loin. En revanche, je pouvais sous-entendre que j'irais répéter chez McQuilty qu'il avait une liaison avec une cliente. Ses patrons ne verraient pas ces coucheries d'un bon œil, sûrement.

Soudain prête à passer à l'acte, j'avalai la fin de mon vin en une gorgée. J'étais prête à les confronter. Je regardai l'environnement un peu flou autour de moi et me rendis compte que les femmes de l'alcôve d'en face étaient parties.

Si Pip et Roger n'avaient pas fini leur verre d'ici dix minutes, je m'en commanderais un autre. Au bout de neuf minutes, ils demandèrent l'addition. Moi aussi.

Bûcheron-sexy apporta une petite chemise à Pip et Roger presque sur-le-champ. Mon addition prit un peu plus longtemps à arriver. Je m'efforçai de ne pas tiquer devant le prix et fouillai mon portefeuille en quête d'une somme approchant le montant indiqué, plus quelques dollars pour le pourboire. Alors que Pip et Roger sortaient, je me levai péniblement, enfonçai les bras dans ma veste et apportai la note au bar. Je marmonnai mes remerciements et tirai la porte.

Puis, après deux pas dans le vent glacé, je m'étalai.

J'étais tombée sur les fesses. Pas sur la tête. Pourtant la tête me tournait et je tendis une main, afin de me déplacer sur le côté et de m'appuyer au rebord de la fenêtre du bar, mais j'échouai. Mes pieds n'obéissaient pas à mon cerveau, je trébuchai vers l'avant, puis vers l'arrière, et j'atterris une nouvelle fois sur le coccyx dans un bruit mat.

Une douleur vive fusa le long de mon échine et je me retrouvai sur le dos, en travers de l'entrée du bar. Je clignai des paupières sous l'effet du choc, les yeux levés vers le ciel, vers la pénombre éclairée par les lueurs de la ville.

Je me hissai sur un coude. Tout était trouble. Mais le trouble, ça me connaissait. J'y étais habituée. Ça ne comptait pas. Ce qui importait, c'était Pip et Roger et leur destination. Je m'assis. La zone commerciale était déserte, à l'exception de plusieurs adolescents accroupis à quelques boutiques de moi. Ils m'observaient, sans manifester la moindre intention de s'approcher.

Pas de bol si j'avais été vraiment blessée, grommelai-je in petto, même si en fait j'étais soulagée qu'ils restent à l'écart.

Je me remis sur pied et louchai dans les deux directions. La panique s'installa. Je ne voyais plus Pip et Roger. Peut-être s'étaient-ils engagés dans une allée vers un bar encore plus cool, plus difficile à trouver. Si tel était le cas, j'étais fichue. Je traînai la patte vers le centre de l'aire pavée jonchée de détritus, à laquelle cette soirée venteuse donnait des airs désolés. Les yeux rivés sur le terminal des ferrys, je ne vis personne hormis les adolescents, qui avaient dû décider que je ne méritais pas leur attention et s'éloignaient nonchalamment sur leurs skateboards. Je pivotai dans la direction opposée, passant outre la vrille de douleur acérée qui me remontait les lombaires.

Là.

Deux silhouettes qui disparaissaient dans un grand bâtiment, plus loin, près de la plage. Je calai mon sac à main sur mon épaule, secouai le brouillard dans mon cerveau et pressai le pas vers mon objectif, là-bas, les yeux fixés sur le dernier endroit où je les avais vus. Je savais où ils allaient. Dans le genre de lieu que je connaissais bien.

Un pub.

Et pas n'importe quel pub, plutôt une institution. Le *Northern Lights* était tristement célèbre. Un super-pub. « *Northies* », pour les intimes du coin. Installé sur trois niveaux, avec cinq restaurants et Dieu savait combien de bars, *Northies* était un temple dédié à l'alcool. Mon genre d'endroit.

Je poussai la porte et la chaleur se déversa, si humide qu'elle en était presque visible. À l'intérieur, un lourd rythme de basse pulsait, mais la vaste salle était quasi vide. Les lumières stroboscopiques arc-en-ciel ajoutaient une touche de sordide, un lundi soir. L'hôtel avait été en grande partie rénové, mais cette salle, on l'avait manifestement oubliée. Ses murs étaient marqués, son parquet crasseux et éraflé. Un bar, le long du côté droit, était géré par une jeune femme, chewing-gum et queue-de-cheval, occupée pour l'heure à tirer une bière à la pompe. Un homme, très saoul, cheveux gris, jean noir moulant et marcel blanc, titubait plus qu'il ne dansait autour de la petite estrade tout au fond de la salle. Un couple d'âge moyen était assis à une table près de la porte, buvant des cocktails bleus assortis garnis d'une petite ombrelle et se contemplant comme deux adolescents énamourés.

Et puis, il y avait Pip et Roger.

Ils se tenaient à peu près au milieu du bar, apparemment dans l'attente de leurs verres. Malgré le sol poisseux qui semblait happer mes semelles, je me dirigeai vers eux. Roger me tournait le dos. De l'autre côté, Pip avait le corps incliné vers lui, pas vers le bar.

La musique tambourinait dans mes oreilles, un « boum-boum » sourd qui me donna l'impression d'être vieille et la migraine, qui à son tour redoubla ma sensation de vieillesse. Je ralentis le pas. C'était peut-être une mauvaise idée. Je pouvais ressortir et attendre dehors qu'ils aient terminé, puis les confronter à ce moment-là. Sauf que dehors, on se les gelait, et s'ils sortaient par une autre porte ?

Alors que j'hésitais, Pip regarda par-dessus l'épaule de Roger, droit vers moi. Son regard passa sans s'arrêter, sans manifester une quelconque reconnaissance. Elle se pencha vers Roger et lui chuchota deux-trois mots à l'oreille, puis s'esclaffa. Il paya leurs verres et ils se dirigèrent vers une porte dans le coin du fond, qui menait à une autre salle.

Presque sans réfléchir, j'accélérai de nouveau le pas.

— Salut, Roger ! criai-je par-dessus la musique. Je pensais bien vous avoir reconnu.

Il se tourna et pâlit sous son bronzage. Il me sourit, mais je notai avec une joie mauvaise que ses yeux le trahissaient.

— Kate, quel plaisir de vous voir ! Vous êtes toute seule ?

— Oui, répondis-je très fort, avant de tourner les yeux vers Pip. (Elle me sourit et je me demandai si elle m'avait reconnue.) Et votre amie ? ajoutai-je en la désignant, mais en m'adressant à Roger.

Roger ouvrit la bouche pour parler, mais aucun mot n'en sortit. Ce fut Pip qui prit la parole.

— Grace, mentit-elle sans ciller.

— Bonsoir, Grace. Enchantée.

Je souris à Roger, qui avait l'air sur le point de vomir. Mais soudain je trébuchai, ce qui gâcha quelque peu le moment. Pip fronça les sourcils, puis elle se ressaisit et prit le bras de Roger.

— C'était un plaisir de vous rencontrer, euh… Kate, c'est ça ? fit-elle. Nous allions nous asseoir dans un endroit plus calme. Bonne soirée.

Et elle se retourna, j'étais congédiée.

Roger me toucha le bras. L'espace d'un instant, je crus qu'il était inquiet pour moi.

Ne te fais pas de souci pour moi, avais-je envie de lui hurler au visage. *C'est toi qui es dans le pétrin. T'es un menteur. Un homme adultère. C'est Pip et toi, le problème.*

Et Kingsley. Le garçon innocent que vous vous apprêtez à briser tous les deux.

Au lieu de quoi, je me contentai de sourire de cette manière que j'espérais énigmatique et les regardai s'éloigner. Je commandai une vodka double à la barmaid qui s'ennuyait. Il s'avéra que 19 h 39, un lundi soir, c'était « happy hour », croyez-le ou pas. D'où le gars ivre qui dansait, tournait et virevoltait comme s'il était seul au monde. Je l'enviais, en fait. Il avait dépassé le stade de la pudeur et des scrupules. Je posai les coudes sur le bar et bus ma vodka. À la moitié, la serveuse s'approcha de moi. L'happy hour se terminait dans cinq minutes, est-ce que j'en voulais une autre ?

Oui.

Oui, tout à fait.

Je la bus avec avidité. Roger avait-il dit à Pip qui j'étais ? Allait-elle se souvenir de moi ?

Avait-elle encore posé la main sur son entrejambe ?

De plus en plus chauffée par la vodka, je me pris à regretter de ne pas en avoir dit plus. De ne pas m'être vraiment confrontée à eux. De n'avoir pas dit à Pip d'arrêter de détruire son mariage. Ni hurlé sur Roger parce qu'il brisait une famille aimante.

Mon regard suivit de nouveau les stroboscopes jusqu'à la piste de danse. Le type saoul avait succombé à la léthargie. Il était assis sur l'unique siège de ce côté-là de la salle et dormait, le menton sur le torse. Il avait l'air plus petit. Triste et seul.

Je me levai, mon tabouret de bar vacilla sur deux pieds, avant de se réinstaller sur les quatre. Je vidai le reste de ma vodka et reposai le verre avec un soin exagéré. Je tanguai, me rattrapai au bord du bar. La barmaid m'observait avec curiosité, mais je lui souris quand même.

— Merci pour les verres, bredouillai-je.

OK, ils étaient où au fait?

Ah oui, la porte du fond, sans doute partis se bécoter ou se tripoter. Je me dirigeai vers ladite porte d'un pas rapide, en plaçant un pied précisément devant l'autre au prix d'une intense concentration. Et même ainsi, je tombai contre la porte et l'ouvris à la volée, avec une force telle que je fusai dans l'autre pièce comme une flèche. Je parvins à poser les mains sur une table et à me rattraper juste avant de heurter le sol. *Concentre-toi, Kate.*

Seules personnes présentes, Pip et Roger étaient assis à une table pour deux dans un coin éloigné. Par chance, les tables étant rapprochées, je pus m'y appuyer pour progresser tant bien que mal vers ma destination. Même saoule, je comprenais que Pip et Roger avaient dû choisir cet endroit parce que personne de leur connaissance ne le fréquentait.

Du moins, le pensaient-ils.

Ils me regardèrent approcher. L'expression de Roger était quelque part entre l'inquiétude et la nausée. Celle de Pip tenait désormais de la pitié, plutôt que du mépris, et si j'avais été un peu plus sobre j'aurais compris ce que cela signifiait.

Je me remis à hurler à leur attention, mais cette fois, dans la salle paisible, mes mots parurent encore plus sonores.

— Re-bonjour !

Ni Pip ni Roger ne répondirent.

Je m'immobilisai et plissai fort les paupières, sans les quitter des yeux mais tentant de garder la scène nette.

— Je veux vous parler, à tous les deux. Les amoureux. Roger et… c'est quoi, votre nom, déjà ? (Je marquai une pause pour ménager mes effets.) Grace, c'est ça ? (J'agitai une main triomphale.) Ou est-ce que ce serait pas Philippa, voire Pip, par hasard ? (Je crus poser la main sur une chaise à proximité, ratai ma cible et manquai de tomber.) C'est Pip Harding, pas vrai ? Je te connais. On a fait les Beaux-Arts ensemble. Tu t'appelais Pip Reeves à l'époque. Pip la belle. Pip la parfaite.

Elle me contemplait, sans se départir de son calme.

— Tu te souviens pas de moi, hein ? enchaînai-je.

Délicatement, elle posa fourchette et couteau sur son assiette de roquette, avant de me sourire de ses lèvres vermillon. Un sourire qui ne montrait pas ses dents.

— Bien sûr que je me souviens de toi. On t'appelait Katie, à l'époque, non ? On a partagé beaucoup de nos cours en première année. Natures mortes, je crois, et sculpture avec l'atroce professeur Fordham. Quel vieil obsédé ! (Elle grimaça.) Tu ne parlais pas beaucoup. Mais évidemment, que je me souviens de toi, reprit-elle avec un petit rire. Je ne t'ai pas remise tout de suite, on ne peut pas se souvenir de tout le monde ; mais une fois que Roger m'a dit ton nom, ça m'est revenu. Bon, évidemment, on a tous… changé, pas vrai ?

— J'ai grossi, tu veux dire.

Roger se leva, ses couverts tombèrent sur son assiette avec un bruit de vaisselle et sa chaise grinça sur le sol.

— Kate, je pense que vous avez un peu trop bu. Voulez-vous que je vous commande un taxi ? Ou un peu d'eau ou…

— Je ne veux pas d'eau. Je veux vous parler à tous les deux.

J'agitai la main vers eux, puis baissai la voix jusqu'à un chuchotement exagéré :

— Je sais ce que vous faites.

Roger regarda Pip, dont l'expression ne révélait rien.

— T'es forte, Pip Harding, continuai-je, mais on ne me la fait pas, à moi. Je vous ai vus. Je vous ai vus ensemble. Je veux que vous arrêtiez. Vous devez arrêter ça. Rompre. Pour préserver Kingsley et Brett.

Roger sursauta.

— Kate, comment connaissez-vous Kingsley et Brett ?

— Je les connais, c'est tout ! hurlai-je en agitant de nouveau les mains. Peu importe comment. Vous devez mettre un terme à ce… ce truc que vous faites. Ce n'est pas juste. Ce n'est pas bien. (Je baissai la voix, lui instillai une bonne dose de vertu, histoire qu'ils y croient aussi.) La famille, c'est tout, vous savez ? Pip, tu dois penser à ta famille. Ne détruis pas ce que tu as.

Elle se leva, avec sur le visage un masque de pitié.

Cette putain de pitié.

— Katie… Kate, je sais que ce doit être dur pour toi, vu ce qui est arrivé à ton fils…

Un froid immense m'envahit.

— Quoi ? je rétorquai doucement.

Pip jeta un coup d'œil à Roger et puis ils me refirent le coup de l'expression.

— J'en ai entendu parler aux informations, dit-elle. Je me souvenais de toi après les Beaux-Arts, alors ça m'a vraiment touchée. C'était véritablement horrible, ce qu'a fait ton mari. Je suis absolument navrée.

Je la dévisageai, soudain dessaoulée.

— Je suis désolée pour ton garçon, poursuivait-elle. Pour… Sascha, je crois qu'il s'appelait ?

— Ne prononce pas son nom.

Tout à coup, elle eut l'air perplexe.

— Je vous interdis, tous les deux… adultères… de prononcer le nom de mon fils. Jamais.

Pip et Roger détruisaient la famille Harding. Pip détruisait son mariage, elle déchirait la vie de Kingsley, et pour quoi ? Pour une liaison ? Je ne voulais pas l'entendre prononcer le nom de mon fils. C'était comme un blasphème. Et même si je m'étais calmée à la mention de Sascha, j'étais encore assez saoule pour agir sur le coup de ma colère.

Je m'avançai d'un pas.

— Arrêtez de me regarder comme ça !

— Kate, on vous regarde normalement, tenta Roger.

Il me parlait comme si j'étais un cheval capricieux.

— Je ne suis pas folle !

— On ne pense pas que vous êtes folle, bien sûr que non, répliqua-t-il sur un ton qui exprimait exactement le contraire.

Alors Pip s'avança vers moi, avec sur les lèvres un sourire, ce sempiternel sourire de pitié qui me faisait enrager.

— Kate, personne ne sous-entend que tu es folle. Je me souviens vraiment de toi. Tu étais toujours la fille gentille, celle qui faisait tout bien. Je te connais. Tu ne ferais pas de mal à une mouche.

Elle me connaissait ?

Pip Harding croyait me connaître ?

Je rivai mes yeux à ses lèvres rouges, les lèvres avec lesquelles elle avait embrassé un autre homme que son mari. Et allez savoir qui d'autre. Je voulais faire mal à Pip pour la déchirure qu'elle allait infliger à sa famille. Je voulais la punir, comme j'avais été punie, moi. Le rouge emplit ma vision, se fondit devant mes yeux troubles et je lançai le bras, ou du moins j'essayai. Je plongeai en avant et puis titubai.

Roger apparut telle une créature sortie d'un cauchemar pour se saisir de moi. Il me rata et je tombai, battant des bras, me cognai fort contre la table, envoyai valser assiettes et couverts. Je fermai les yeux et tentai de me raccrocher à une table, au lieu de quoi je sentis quelque chose de plus mou et de plus chaud – d'humain – sous ma main. Et qui disparut ensuite.

J'entendis un grognement. Émanait-il de moi ?

Non. Pas de moi.

Je tentai de me rasseoir, mais l'épuisement et un goût de bile familier me submergèrent. Je rouvris les yeux et m'efforçai de faire le point. Je me découvris comme une enfant au milieu d'une forêt de pieds de tables et de chaises.

— Pip, ça va ?

La voix de Roger était inquiète.

De nouveau les grognements, plus sonores cette fois.

Oh, bon Dieu. Qu'est-ce que j'ai fait ?

Je me redressai, le coccyx douloureux, et m'adossai à un pied de table. Besoin de mon lit. Besoin de dormir pour que ça passe.

— Mon poignet. Je pense qu'il est cassé.

La voix de Pip n'était qu'un murmure.

Ses paroles finirent par pénétrer le brouillard de mon cerveau. Elle était assise sur une chaise du restaurant, à soutenir son bras. Roger à son côté. Je gémis, m'efforçai de trouver une manière d'excuse. La salle se mit à tournoyer et je fermai les yeux.

— Là-bas. C'est elle, dit une voix de femme.

— OK, on prend le relais.

Un homme, cette fois.

— Vous vous sentez bien ? demanda-t-il, mais je gardai les paupières closes à cause de la nausée et de la honte.

J'entendis Roger expliquer mon comportement de son point de vue, mais avec une gentillesse que je ne méritais pas.

Puis ce fut un autre homme encore qui parla.

— Doug, tu peux rester avec le couple et appeler les urgences pour qu'ils soient examinés, s'il te plaît ? Je vais conduire cette dame dehors. Ça aidera peut-être à la dessaouler.

Le ton qu'il employait, sans jugement, décupla mon malaise. Deux mains fraîches passèrent sous mes aisselles et me relevèrent. Je hoquetai alors qu'une douleur vive me lacérait le dos.

— Tout va bien ? s'enquit l'homme.

Je hochai la tête et il posa mon bras sur son épaule, puis entreprit de m'emmener, moitié en marchant, moitié en me traînant. J'essayai d'ouvrir les yeux, mais le vertige menaçait, alors je les refermai.

— Attention à la marche, dit-il et je m'appuyai un peu plus sur lui pour descendre des marches.

L'air froid m'enveloppa, tellement agréable – encore plus à propos qu'un verre de vodka. L'homme avait dû trouver une porte qui menait directement dehors. Encore deux marches à descendre, une dizaine de pas et nous nous arrêtâmes de nouveau.

— On va vous trouver un siège.

L'air froid me vivifia suffisamment pour que j'ouvre les yeux, que j'inspire et expire profondément. Mon bras était toujours drapé autour de son cou et, quand je baissai les yeux, je vis son pantalon bleu marine, l'arme dans son holster, les bottes noires brillantes.

Un policier.

La panique s'installa. Je me levai et tentai de me libérer, de m'éloigner… Trop tard.

Je me pliai en deux et vomis sur ses bottes.

Prends garde à ce que tu souhaites

Prends garde à ce que tu souhaites.

Qu'est-ce que Peter entendait par là ? J'avais passé des heures – des jours – à me les repasser, ces mots. À l'époque, j'avais supposé qu'il n'entendait guère plus que me prévenir ainsi qu'il allait me manquer, que je regretterais de l'avoir quitté parce que je me sentirais seule. Que « nous » me manquerait : nous trois, l'unité familiale qu'il vénérait tant. Que je reviendrais vers lui en rampant. Que je ne pourrais pas vivre sans lui.

Je ne pouvais pas deviner ce qu'il entendait vraiment par là.

Ou si ?

Rien n'aurait pu m'alerter sur ses intentions.

Ou si ?

Et deux semaines plus tard, quand il était venu récupérer Sascha chez ma mère, qu'il avait levé une main en guise d'au revoir et démarré avec mon bébé dans le siège arrière ?

Non, toujours pas.

Pas un regard. Pas un geste, pas une hésitation, pas une lueur dans l'œil qui ait pu suggérer ce qu'il allait faire un peu plus de vingt-quatre heures après.

Pourtant, je savais ce que pensaient les gens. Ce qu'ils disaient derrière mon dos.

Comment se peut-il qu'elle n'ait rien vu ?

Plus tard, j'avais lu des articles sur des affaires semblables, j'étais devenue obsédée par ça, et j'en avais aussi discuté avec le Dr Evans. Dans la plupart des cas, il y avait des signes avant-coureurs. Une escalade dans la violence domestique. Une colère palpable chez le mari contrarié. Des menaces. Mais avec Peter, je n'avais réellement eu aucun indice. Sauf cette unique phrase.

Prends garde à ce que tu souhaites.

Je l'avais tournée et retournée dans mon cerveau plus d'un million de fois.

Peut-être que Peter n'avait pas prémédité ce geste. Peut-être qu'il ne pensait à rien de spécial quand il avait lancé cette phrase, ce jour-là, sur le terrain de jeu de la crèche, et que j'ai trop lu sur ces choses-là depuis.

Je ne le saurai jamais, bien sûr. Il est trop tard maintenant.

Avant

Deux officiers de police sur le pas de ma porte.

Le soleil presque sur l'horizon, qui les entourait de sa lueur si rougeoyante qu'elle en était irréelle. Un homme, une femme. Tous les deux en pantalon bleu marine et chemise bleu ciel, leur casquette caractéristique à la main. Pistolet au holster, épaisse ceinture noire et bottillons polis jusqu'à briller. L'officier mâle, peut-être cinquante ans, moustache poivre et sel et petit ventre. La femme, jeune, sans doute fraîchement émoulue de l'académie de police, à la voir. Ni l'un ni l'autre ne portait de veste.

Ma première pensée : *Vous devez avoir super froid.*

Plus tard, je me questionnerais là-dessus. Ma naïveté. Ma stupidité. Pourquoi je n'étais pas plus inquiète, pourquoi il ne m'était même pas venu à l'esprit de me demander ce qu'ils faisaient à ma porte à 17 h 15, un dimanche après-midi, le premier vrai jour de froid de cet hiver-là. Pourquoi n'avais-je pas remarqué la résolution dans leur mâchoire, l'extrême netteté de leur uniforme, leurs mains maladroitement jointes sur la casquette devant eux, comme pour se protéger de moi. De ce qu'ils s'apprêtaient à m'annoncer.

Jusqu'à ce moment-là, j'avais passé une super journée.

J'avais fait des courses toute la matinée, pris mon déjeuner dans un café, vu un film et puis étais allée courir aux jardins botaniques. Je rentrais juste de mon footing, j'avais encore mon vieux débardeur et mon survêtement, les cheveux attachés et le visage rouge. J'avais couru cinq kilomètres, ce qui m'avait bien réchauffée, mais à ce moment-là le faible soleil d'hiver avait presque disparu. J'ai frissonné. Peter devait ramener Sascha à 18 heures, puis je retournerais chez ma mère. Dans une main, je serrais un verre d'eau du robinet à moitié bu, l'autre main appuyée au montant de la porte.

C'est l'officier homme qui a parlé. Je ne me rappelle pas ses mots. Je sais qu'il a demandé si j'étais bien Katie Bauer et s'ils pouvaient entrer. Je les ai précédés à l'étage, puis dans la cuisine. Il m'a dit gentiment : « Vous devriez peut-être vous asseoir », mais je me rappelle avoir dit : « Non, qu'est-ce qu'il y a ? Dites-moi. » Et soudain, j'ai été terrifiée. La femme a froncé les sourcils, me regardant comme si elle s'attendait soit à ce que j'attaque, soit à ce que je hurle, ou que je me fasse du mal. Avec le recul, n'importe laquelle de ces réactions aurait été compréhensible, pour elle.

Je ne me souviens pas de tout ce qu'ils ont dit ensuite.

En revanche, je me rappelle avoir lâché mon verre, l'avoir entendu exploser sur le sol carrelé. Je me rappelle avoir regardé la flaque d'eau comme s'il s'agissait d'une énigme que je n'arrivais pas à résoudre. Je me rappelle la femme officier qui a cherché et trouvé une balayette et une pelle, qui a maladroitement épongé l'eau pendant que l'officier homme continuait de parler. Je me rappelle avoir pensé, à moitié engourdie, que même dans la police, c'était la femme qui se tapait les corvées. Je me rappelle qu'il parlait, parlait encore. Tant de mots, que je n'entendais pas pour la plupart.

Mais j'en ai entendu certains. J'ai entendu : « Votre mari et votre fils ont eu un accident. »

Accident.

Sauf que ça n'en était pas un, et ça, la police le savait déjà. Et quand j'ai regardé dans les yeux du policier, je l'ai su aussi.

J'ai entendu : « Terriblement désolé » et j'ai entendu : « Mort ».

Puis tout a été noir et les policiers n'étaient plus là. Je me suis ensevelie sous la couette. Je me rappelle ma mère perchée au bord du lit, ses yeux bleus fixés sur le mur sans le voir.

Je ne me rappelle pas avoir pleuré. Je me rappelle m'être recroquevillée, muette et vide, les mains sur mon ventre.

Une enveloppe.

Une coquille.

Ils m'ont expliqué les détails plus tard. Des détails.

Comme si j'avais besoin de connaître les détails.

Lundi 21 juillet

Soirée

Je me redressai et, la gorge brûlante, je me confondis en excuses.

— Ne vous en faites pas, me répondit le policier.

Sans prêter attention au vomi qui avait éclaboussé ses bottes, il m'emmena un peu plus loin du bar, jusqu'à un banc au milieu de la zone commerciale. Je m'assis et baissai la tête entre mes genoux. Lui se tenait planté devant moi, à contempler ses chaussures couvertes de vomi.

— On a un peu trop bu ce soir, hein ? demanda-t-il, sans avoir l'air gêné d'être plein de vomi, sans parler de la puanteur.

Je répondis par un grognement, et ce fut à ce moment-là que la nausée monta vraiment. Je me relevai et regardai frénétiquement autour de moi. Juste derrière le banc, un arbre rabougri poussait dans un carré de terre poussiéreuse. Soudain, une main se matérialisa devant mes yeux, avec des mouchoirs blancs propres, ce que j'avais vu de plus merveilleux de toute la soirée.

— Merci, dis-je en m'essuyant, avant de cracher ma salive au goût atroce dedans et d'en faire une boule dans ma paume poisseuse. Vous avez du courage, de venir mettre les mains devant ma bouche.

Je fus surprise de l'entendre rire légèrement.

Je relevai la tête et le dévisageai. Il avait l'air dans la fin de la trentaine, bronzé, le visage rond et de larges pommettes. Il se rasait le crâne, peut-être pour camoufler un début de calvitie, je n'aurais su le dire. Il était asiatique, japonais peut-être, et doté d'intenses yeux noirs, étonnamment perçants. Pourtant, malgré la sévérité de son visage, il paraissait gentil. Il était un peu plus grand que moi et apparemment robuste, même si l'impression était peut-être faussée par le poids de son uniforme de patrouille. Je ne pus m'empêcher de ciller à la vue de cet uniforme. Non que j'aie quoi que ce soit contre la police. Je trouvais même que je méritais de me faire embarquer pour ce que j'avais fait à Pip. Seulement, ils étaient là lors du pire jour de toute ma vie. Et malgré leur douceur, ce jour-là et lors de tous mes contacts avec eux dans les semaines qui s'étaient ensuivies, la simple vue d'un officier en uniforme me rendait malade.

— Quel est votre nom ? me demanda celui-ci.

Je lui répondis d'une petite voix, toujours face au pauvre arbuste mal en point.

— Kate Webb, vous dites ?

Je hochai la tête, sans me retourner. Il marqua une pause, sans doute le temps de noter mon nom pour le procès-verbal qu'il remplirait lorsqu'il me ramènerait avec lui au poste.

— Est-ce que vous êtes venue ici en voiture ce soir, madame Webb ?

Nouveau hochement de tête de ma part.

— Bon, vous ne rentrerez pas en voiture, assena-t-il sur un ton désabusé auquel je ne me serais pas attendu de la part d'un officier de police. Où habitez-vous ?

— Artarmon.

— Écoutez, je termine mon service dans une minute. Le poste de police est juste à côté, Doug peut donc y rentrer à pied sans moi. Que diriez-vous si je vous reconduisais chez vous ? Vous pourriez prendre un taxi pour venir récupérer votre véhicule demain.

Je me tournai vers lui, avant de baisser aussitôt les yeux afin d'apaiser le nouveau haut-le-cœur qui m'avait assaillie.

— Je ne suis pas en état d'arrestation ?

— Non. Enfin, je ne pense pas. Je vais aller vérifier auprès de Doug et des personnes que vous avez… avec qui vous parliez, mais je suis sûr qu'on va trouver un arrangement.

Je fus submergée par une vague de soulagement.

— Asseyez-vous tranquillement. Quand je vais revenir, il me faudra des détails. Votre numéro de téléphone, votre adresse, ce genre de choses. Que je devrai noter. (Il me tendit une autre liasse de mouchoirs et me raccompagna près du banc pour m'y asseoir.) Ne bougez pas, OK ?

Je parvins à le regarder dans les yeux. Il avait l'air inquiet et quelque chose s'égaya en moi. Il marqua un temps, puis parut décider quelque chose et s'éloigna.

Au bout d'une minute ou deux, je jetai un coup d'œil dans la direction qu'il avait prise. Pip et Roger étaient dehors, près du pub, et discutaient avec les deux policiers. Le poignet de Pip était bandé, mais je ne voyais aucun ambulancier. Comme sur un signal, ils tournèrent les yeux vers moi. Ils étaient trop loin pour que je les entende, toutefois je vis Pip parler avec emphase, puis secouer la tête, et mon cœur se serra. Voilà, c'était décidé, j'allais être arrêtée. J'essayai de prendre mon air le plus pitoyable possible, ce qui n'était pas bien compliqué vu comme j'étais débraillée et couverte de vomi. Roger sortit son portefeuille et, l'espace d'un instant, je fus horrifiée. Il les payait ? Pourquoi ? Puis je compris qu'il leur donnait sa carte professionnelle, probablement pour qu'ils notent son adresse. Ensuite, Roger s'entretint avec le gentil policier au regard intense et tous les deux jetèrent un coup d'œil dans ma direction. L'officier les salua d'un signe de tête et il revint vers moi.

— Bon, c'est votre jour de chance, me dit-il. La femme était assez furax, elle poussait pour engager des poursuites contre vous, mais l'homme l'a persuadée de n'en rien faire.

— Vraiment ? Roger a fait ça ?

J'avais dû mal le juger. Sous tout ce bronzage, peut-être que c'était en fait une âme sensible.

— Ouaip. Comme je le disais, c'est votre jour de chance. M'enfin, ne vous emballez pas trop. Ils vont aller au poste demain pour déposer une ordonnance restrictive.

— Ah.

Une ordonnance restrictive.

La honte m'envahit. Qu'étais-je devenue ? D'abord une harceleuse, et maintenant une ordonnance restrictive. Encore heureux que mes séances d'espionnage n'aient pas été découvertes, sinon j'aurais vraiment été dans la merde.

— Qu'est-ce que ça signifie ? demandai-je, les yeux levés vers l'officier.

— Ça signifie que vous allez devoir vous tenir bien loin d'eux, de tous les deux.

Je baissai de nouveau les yeux vers ses bottes.

Rester loin de Pip et Roger.

Oh, mon Dieu. La maison Harding.

Ça voulait dire que je ne pouvais pas y retourner.

Le policier s'éclaircit la gorge.

— Écoutez, normalement je ne transmets pas ce genre de messages, mais l'homme a bien insisté pour que vous vous teniez loin du reste de la famille aussi.

Je ne mouftai pas.

— Vous voyez pourquoi ? Vous avez menacé leur famille ?

— Quoi ? répliquai-je en relevant les yeux vers lui, choquée. Bon Dieu, non ! Tout le contraire.

Il haussa un sourcil et attendit.

— Ils... Ces deux-là, ils ont une liaison.

Il ne parut pas plus étonné que ça. Sans doute qu'il en avait vu d'autres.

— J'essayais de les amener à rompre, poursuivis-je à contrecœur. Pip... la femme... son mari et son fils... Je ne voulais pas qu'ils souffrent. J'ai cru que je pouvais... arranger les choses, je crois...

— Qu'est-ce que vous en avez à faire, de ces gens-là ? Ce sont vos amis ?

— Non. Pas vraiment. Ils ne me connaissent même pas.

— Pourquoi alors ?

Je réfléchis une seconde, bien en peine de m'expliquer. Je revis la photo de tous les trois à la neige. La famille parfaite. Les yeux de Brett, si doux, et Kingsley qui n'était encore guère qu'un enfant, qui ne méritait pas de voir son monde s'effondrer à cause d'un divorce. Et combien c'était affreux, ce que Pip et Roger infligeaient à la famille Harding.

Les Harding, ils étaient différents. Uniques en leur genre. Faits pour être ensemble.

Mais Pip et Roger gâchaient tout.

— C'est juste... pas bien.

Voilà tout ce que je parvins à sortir.

— Oui, ben c'est peut-être pas bien, je n'approuve pas l'adultère, mais ça ne vous regarde pas, d'accord ?

— D'accord.

Il me fixa des yeux un moment et je restai assise, mal à l'aise, sous son regard scrutateur, avec l'impression qu'il en voyait trop.

— Bon, allez, Kate Webb. Je vous ramène chez vous.

— Merci, officier. C'est très gentil de votre part.

Je me levai, passai mon sac sur une épaule en regardant Roger enlacer Pip. Elle soutenait son poignet bandé de son autre main. Une vague simultanée de colère et de honte me balaya. Colère face à leur proximité ; honte d'avoir ainsi blessé quelqu'un.

Et puis, une autre pensée me frappa.

Pip allait devoir donner des explications à Brett et Kingsley : comment s'était-elle foulé le poignet à un cours d'informatique ? Je ne pus réprimer le sourire qui se dessina sur mes lèvres.

Hâte de voir comment elle va s'en tirer.

Pile à cet instant, Pip et Roger se tournèrent tous les deux vers moi. Elle écarquilla les yeux en me voyant sourire. Roger fronça les sourcils. Je baissai la tête et me mordis la lèvre.

Qu'est-ce qui cloche chez moi ? Je n'ai donc pas causé assez de dégâts ?

Le policier avait raison. Je devais me tenir loin des Harding. Et de Roger.

Je leur adressai un dernier regard et vis Roger lever une main pour la poser sur la joue de Pip. Il plongea dans ses yeux et lui dit que tout irait bien – du moins cela y ressembla-t-il – et je sentis remonter ma saine colère.

Oui, tout ira bien, Roger, mais pas pour Pip et toi.

Je vais m'en assurer.

J'allais garder un œil sur Pip Harding et au premier signe qu'elle faisait du mal à son enfant, j'agirais. Je ne savais pas encore comment mais, en me rappelant son long cou blanc et ma vision du rideau de sang, j'espérai, pour son bien à elle, qu'elle ne détruirait pas sa famille parfaite.

Alors que le policier me guidait vers sa voiture de patrouille, je préparais déjà mon prochain plan d'action.

La voiture était confortable, il y faisait chaud et le policier avait baissé le sifflement des parasites sur la radio, qui n'était plus qu'un murmure. Je posai la tête contre la vitre, toujours nauséeuse mais les tripes vides. Une fente de l'aération sur le côté m'envoyait un léger vent au visage. Sans tarder, le bercement commença à m'endormir.

Quand je me réveillai, l'officier s'engageait dans ma rue. À moitié endormie, je lui désignai le bâtiment et il se gara pile devant (sur un stationnement interdit, profitant des privilèges de sa fonction) et coupa le moteur. Nous restâmes assis sans rien dire pendant quelques secondes, éclairés seulement par les lumières du hall de l'immeuble, puis il se tourna vers moi et son regard était si ouvert qu'il me parut soudain beaucoup plus jeune.

— Bon, on est arrivés. Vous vous sentez un peu mieux ?

À ma grande surprise, oui. Peut-être grâce à ma petite sieste, en tout cas ma nausée avait reflué et je me sentais redevenue quasiment humaine.

— Oui, en fait, répondis-je. Merci de m'avoir raccompagnée. Je suis vraiment mortifiée de ce qui s'est passé. Je ne sais pas ce qui m'a pris.

Ce n'était qu'en partie vrai, mais je me sentais obligée de dire ce genre de chose. Je crus entrapercevoir les dents du policier – un sourire ? – sans en être certaine. Il se pencha vers moi et son visage s'en trouva mieux éclairé. Ses yeux étaient pailletés de bleu et de vert. J'avais le sentiment que cet homme en voyait plus que ce que j'étais disposée à lui révéler.

À lui ou à quiconque.

— Bref, en tant que représentant de la loi, je vous conseille de garder vos distances avec ces deux-là. Je vous contacterai s'ils portent plainte, mais il est plus probable qu'ils s'en tiennent à une ordonnance restrictive. Alors vous ne les approchez plus, OK ? (Il attendit que j'opine du chef.) Tenez. Prenez ça et ça, ajouta-t-il en me rendant mes clés puis, entre les deux sièges, la page arrachée d'un carnet (ligné), sur laquelle il griffonna avec un stylo trouvé entre les deux sièges. C'est mon numéro. Si vous avez besoin de quoi que ce soit, vous m'appelez, d'accord ? N'allez pas faire de bêtises.

Il sourit pour atténuer la sécheresse de ses propos.

— Euh, d'accord, merci, répondis-je, ne sachant trop quelles étaient ses motivations. Et encore merci de m'avoir raccompagnée à la maison. J'apprécie vraiment.

— Pas de problème. Ça va aller pour récupérer votre voiture demain ?

— Oui, oui. Je passerai la prendre en partant au travail.

— Ça va vous faire un détour ?

— Ah oui, c'est sûr que Manly n'est pas sur le chemin de North Sydney, répondis-je avec un gloussement. Mais je survivrai. Et ce n'est pas très grave si j'arrive en retard au boulot, Imperial Estate saura tourner sans moi pendant une heure ou deux.

De façon inhabituelle chez moi, la conversation me venait facilement.

Je descendis de voiture, fourrai la feuille de carnet dans mon sac à main et me relevai. Juste avant de fermer la portière, une idée me vint et je me penchai pour regarder le policier.

— Je ne vous ai pas demandé votre nom.

— Et donc vous me le demandez, là ?

— Oui.

— Agent principal Rik McBride. Appelez-moi Rik.

— OK, Rik. C'était un plaisir de vous rencontrer, en dépit des circonstances.

Il sourit et des fossettes apparurent. Ce qui lui donna un air encore plus jeune et moi, je rougis comme une adolescente avant de lui rendre son sourire, oubliant les événements honteux de la nuit comme un manteau que l'on enlève par une belle journée. J'inspirai l'air nocturne et me dirigeai vers mon immeuble, étonnée et amusée par l'étrange sensation de légèreté dans ma poitrine. Je me tournai et agitai la main depuis la porte, Rik démarra.

Peut-être après tout que me saouler comme une cochonne, harceler une vieille connaissance et son agent immobilier d'amant, manquer de me faire arrêter et vomir sur un policier, ça m'allait bien.

Qui l'eût cru ?

Mardi 22 juillet

Matin

Ma bonne humeur m'avait abandonnée quand je me réveillai à 2 h 37 après Le Rêve.

Cette fois, j'y étais sur le fond limoneux d'un lac obscur, avec des algues qui me chatouillaient le visage. Je nageais vers la surface, mais la lumière trouble du soleil ne se rapprochait jamais. Je me réveillai en hurlant, la tête cognant et pensant à quel point je préférais mes rêves récents de la maison Harding à ce cauchemar récurrent. Après, je dormis par intermittence et finis par me lever de bonne heure et prendre un taxi jusqu'à Manly avant que les horodateurs se mettent en marche.

J'arrivai discrètement au bureau juste avant 10 heures. Et mon activité principale fut de batailler pour me concentrer sur le travail, plus dans le but de tenir à distance les souvenirs de la veille que par un quelconque sens du devoir.

Je ne voulais pas penser à ce que j'avais fait et à ce que ma conduite disait de moi.

Alors je n'y pensai pas.

Évitement. Dérobade. Appelez ça comme vous voulez. Des années de pratique m'avaient rendue experte en la matière.

Juste avant midi, mes réflexions quant à ce que j'allais prendre pour le déjeuner – un curry rouge thaï ou un burger-frites – furent interrompues par la sonnerie de mon téléphone. « Numéro inconnu ». En temps normal, je n'aurais pas répondu à ce genre d'appel, mais ce jour-là n'était pas un jour normal. Ce jour-là, je risquais de faire l'objet d'une ordonnance restrictive. Voire pire.

La bouche sèche, je décrochai.

— Allô ? dis-je doucement, presque dans un souffle.

— Kate Webb ? demanda une voix d'homme.

— Oui.

— Rik McBride à l'appareil. Le policier d'hier soir, expliqua-t-il, comme si je risquais d'avoir oublié l'épisode de mon échappée alcoolisée.

La voix de Rik sonnait officielle, mais pas forcément officielle genre « tu vas en taule ». Qu'est-ce que cela signifiait ?

— Allô, répétai-je, faute de savoir quoi dire d'autre.

Je fis pivoter mon fauteuil vers le mur du fond de mon bureau, me penchai en avant pour poser les coudes sur mes cuisses et sentis un tiraillement dans le bas du dos.

— Écoutez, Kate, c'est un coup de fil officiel, mais j'ai de bonnes nouvelles, se dépêcha-t-il de reprendre, comme s'il avait perçu ma peur.

— Oui ? lançai-je à l'attention du sol, d'une voix étouffée.

— Oui, le couple impliqué dans votre altercation de la nuit dernière, c'est-à-dire… euh… (Il dut vérifier dans ses papiers.) Madame Harding et monsieur Bailey… Ils ont bien pris contact avec un avocat pour évaluer la possibilité d'obtenir une IE, une injonction d'éloignement contre vous.

Je déglutis, mais ne parlai pas. C'était ça, sa bonne nouvelle ?

— Cependant, ajouta-t-il tandis que je relâchai mon souffle, après avoir découvert qu'ils devraient tous les deux comparaître devant la cour afin d'obtenir cette IE, ils ont changé d'avis. (Je l'entendais presque sourire.) Ils ne semblent guère enclins à dévoiler leur relation de manière aussi publique.

— Et donc qu'est-ce que ça signifie ? parvins-je à demander d'une voix rauque.

— Ça signifie que vous êtes tirée d'affaire, madame Webb.

Je pris une profonde inspiration et me redressai, absolument pas préparée à la question qui suivit.

— Alors, que diriez-vous de déjeuner avec moi, histoire de fêter ça ?

Mardi 22 juillet

Heure du déjeuner

J'adressai un large sourire à Tahlia en passant devant l'accueil.

À quoi elle répondit par un haussement de sourcil, à croire qu'elle savait où j'allais et avec qui, ce qui était bien sûr impossible. Encore un coup de ma mauvaise conscience.

J'avais bredouillé un « OK » à la proposition de Rik. Il m'avait expliqué qu'il sortait d'un rendez-vous avec des avocats à North Sydney pour une autre affaire et qu'il avait le temps de manger un morceau rapidement avant de rentrer au poste. Il avait nommé un café que je connaissais et, alors que je parcourais à pied les deux pâtés d'immeubles pour l'y rejoindre, je tâchai de déterminer si j'étais excitée de le voir ou juste carrément terrifiée.

Rik était assis près de la vitrine ouverte. Il me vit arriver et agita la main. Il portait toujours son uniforme, et avait posé sa casquette au bout de la table. Dès que je fus assise, il me passa un menu avec un sourire.

— Kate. Vous avez l'air en meilleure forme cet après-midi.

— Merci, répondis-je, mal à l'aise.

Je n'aurais pas dû venir.

Qu'est-ce qui m'avait donné à penser que déjeuner avec le policier qui m'avait presque arrêtée pour ivresse et trouble à l'ordre public puisse être une bonne idée ?

— Ne vous en faites pas, pour hier soir, continua-t-il, comme s'il lisait dans mon esprit. Ça arrive même aux meilleurs de temps en temps.

— Eh bien, dans ce cas je dois être la meilleure des meilleures.

Ma réplique était sortie avant que je puisse l'en empêcher.

Rik y répondit par un autre large sourire.

— J'admire votre honnêteté. Alors, qu'est-ce que vous prendrez ?

— Oh, mon Dieu, je vais être obligée de craquer pour un roulé œufs et bacon. Ils sont excellents ici.

— Alors deux. C'est moi qui régale.

Et avant que j'aie le temps de protester, il était parti au comptoir commander. Il me désigna les boissons et je lui mimai « Coca Light » sans un son, ce qu'il comprit tout de même.

On se mit à discuter de la circulation à Sydney et de mon boulot sans intérêt, sujet qu'il fit pourtant mine de trouver intéressant. Les roulés ne tardèrent pas à arriver et, comme d'habitude, ils étaient exquis. La bouche pleine, Rik me fit une imitation très convaincante d'un dealer de drogue qu'il avait arrêté quelques semaines plus tôt et je lui demandai s'il l'avait lui aussi invité à déjeuner ou s'il ne mangeait qu'avec les gens qu'il n'arrêtait pas, au bout du compte. Ensuite, je lui racontai comment j'avais enfin acheté un café à celle qui était ma patronne depuis huit ans, pour me rendre compte un peu tard qu'elle n'avait jamais aimé le café.

— Et c'est la meilleure amie de ma mère !

— Aïe ! Ça doit être sympa pour vous, commenta-t-il en secouant la tête. Mes parents vivent au Japon, du coup leurs ingérences me sont épargnées.

Sur quoi, on parla de son dernier voyage à Sapporo, où vivaient désormais sa mère japonaise et son père australien de naissance. La conversation était fluide, sans mention des Harding ou de Roger. Profiter de la compagnie d'un homme amusant et agréable me suffisait. J'avais oublié ce qu'on pouvait en retirer.

— N'oubliez pas ce que je vous ai dit au téléphone, Kate, me dit Rik lorsqu'on quitta le café. Vous restez loin de ces deux-là, OK ? D'après mon expérience, ces situations ne se finissent jamais bien. Si vous ne gardez pas vos distances.

Je ne répondis rien.

— Vous vous pensez peut-être dans votre bon droit, ajouta-t-il avec plus de douceur, mais pour ce qui concerne la loi, vous devez lâcher l'affaire.

Il avait raison, évidemment. N'empêche, une image de la maison Harding apparut à mon esprit. Cette maison si parfaite. Et Kingsley. Le fils parfait. Je n'étais pas sûre de pouvoir suivre le conseil de Rik. Je savais néanmoins que je devais réagir d'une manière ou d'une autre.

Je m'éclaircis la gorge.

— Bien sûr, Rik. Je ne les embêterai plus, vous pouvez compter sur moi.

Mardi 22 juillet

Soir

Sitôt que j'appuyai sur le bouton « Envoi », je sus que c'était stupide.

Vraiment stupide.

Le visage de Rik apparut à mon esprit et son expression était… déçue. Je me mordis la lèvre, sentis le goût du vin rouge.

Je n'aurais pas dû.

Trop tard maintenant, Kate.

Je refermai l'ordinateur portable et me rallongeai sur la méridienne.

Enfin, c'était la faute de Rik, au fond. Il m'avait dit de rester loin de Pip et de Roger. Alors je restais loin. Je faisais ce qu'il m'avait demandé.

Non ?

Ne réveille pas le chat qui dort, Kate.

Ça avait commencé à mon retour au bureau. J'avais entamé la conception d'une brochure pour une résidence à Artarmon, vraiment à côté de chez moi, en m'efforçant de mettre toute autre pensée de côté. Il me fallait juste finir ma journée de travail sans penser ni à mon déjeuner avec Rik, ni aux Harding, ni au poignet blessé de Pip ou à moi en train de vomir sur un officier de police. Je lisais le baratin sur la maison d'Artarmon. Pas mal, sur le papier. Cuisine et salle de bains neuves. Deux chambres avec placards aménagés neufs. Pourtant, je savais qu'ils auraient du mal à en obtenir le prix qu'ils demandaient, car les fenêtres donnaient sur la quatre-voies. Les propriétaires seraient obligés de baisser d'au moins cent mille dollars. En plus, ronchonnai-je, elle avait des murs décorés. Dans les deux chambres. Or plus personne ne voulait de murs décorés. Surtout des murs décorés comme ça, avec une peinture qui avait l'air tachée. Patinés, je crois que ça s'appelait. Vraiment, ils auraient mieux fait de les repeindre en blanc immaculé, leurs murs.

Secouant la tête, je passai à une maison dans le style années 1970, à Chatswood, et triai les meilleures photos parmi une sélection assez chiche, pour les insérer à notre document.

Le texto me parvint juste après 15 heures.

J'étais en train de photoshoper un vase style rococo hideux de la maison de Chatswood – pourquoi le photographe ne l'avait pas retiré, aucune idée –, quand mon téléphone vibra. Je l'ouvris et mon sang ne fit qu'un tour. Un message de Roger Bailey.

> Kate, je suis conscient que vous avez vos problèmes. Cependant, je dois vous annoncer que vous ne serez plus autorisée à assister aucune porte ouverte organisée par McQuilty Immobilier. Ceci inclut la maison de Highfields. Si vous vous présentez à une visite, à l'avenir, l'agent assermenté appellera la police. Je suis désolé. Prenez soin de vous. Roger Bailey.

Une vague de chaleur m'envahit aussitôt. Et de honte à l'idée que Roger ait pu prononcer mon nom lors d'une réunion mensuelle chez McQuilty. Ou peut-être avait-il envoyé ma photo par mail à ses collègues avec le mot « INTERDITE DE VISITES » écrit en gros dessus. Vivian risquait d'en entendre parler via son réseau d'agents immobiliers. S'il en existait un.

Au moins, il ne pourrait pas leur expliquer pourquoi j'étais interdite. Il ne pouvait tout de même pas évoquer sa liaison avec Pip.

Pendant un instant, je fus tentée de répondre à Roger par texto, histoire de lui faire le coup de la menace, moi aussi… mais la pensée de Rik et de sa désapprobation m'en empêcha.

Pour le moment.

Et puis, je compris enfin la véritable portée des propos de Roger. Il m'avait bannie des portes ouvertes de McQuilty. Et, plus important, de la maison Harding.

J'essayai de me remettre au travail, mais ma concentration était anéantie. Je ne faisais plus que ruminer ma situation. Bannie de la maison Harding. Avertie par un policier de garder mes distances avec les Harding et Roger. Voilà qui ne me laissait plus tellement de solutions.

Cependant, il restait encore quelques bricoles que je pouvais faire. En ligne.

Techniquement parlant, je garderais mes distances. Et je ne briserais pas la promesse faite à Rik. Garder un œil sur Pip et Roger en ligne, ça ne comptait pas, sûrement. Ça me permettait juste de garder un œil sur leur vie sans leur faire de mal.

Où était le problème ?

Je retournai sur Facebook, Instagram et LinkedIn, explorai de nouveau les comptes de leurs amis Facebook, le site de l'école de Kingsley et les newsletters en ligne, le site de McQuilty, de la galerie d'art branchée de Pip et celui, professionnel, de Brett.

Mais comme toujours, fouiner en ligne n'apportait guère de soulagement au bout du compte. Alors j'allai un peu plus loin. Je créai un profil Facebook et j'envoyai un message privé à Brett. Rien de trop détaillé, juste une ligne.

Votre femme a une liaison avec votre agent immobilier.

Jeudi 24 juillet

Soirée

Je me traînai dans le hall de mon immeuble. Les derniers deux jours avaient été sacrément longs.

Après que j'avais envoyé mon message à Brett le mardi, il m'avait contactée pour en savoir plus. Pas immédiatement. Deux heures après mon envoi, j'avais vu qu'il l'avait lu, mais il n'avait pas répondu. J'avais passé une nuit blanche, à me lever toutes les deux heures pour vérifier mes notifications. Le mercredi, j'étais allée au travail dans un état catastrophique. Et toujours sans réponse. Je n'arrivais pas à comprendre pourquoi. Peut-être avait-il effacé le message en riant, pensant qu'il s'agissait d'une farce idiote ou quelque chose comme ça. Ou bien l'œuvre d'un ami ou d'un collègue jaloux, à lui ou à Pip, voire à Roger.

Lorsque je m'étais réveillée le jeudi matin, la bouche sèche et la tête douloureuse, et m'étais levée d'un pas hésitant pour aller vérifier sur Facebook, elle était là. Sa réponse. Un simple message d'une ligne.

Qui êtes-vous ? De quoi parlez-vous ?

Deux questions simples. Directes. Pourtant, derrière les mots je crus détecter autre chose.

La panique.

Soupçonnait-il déjà Pip avant ?

Je ne savais pas trop si je devais répondre. Je lui avais donné tout ce dont il avait besoin en matière d'information. S'il surveillait Pip, désormais, il le verrait par lui-même. C'était à lui d'agir maintenant. Observer son visage quand elle lui répondrait, voir si ses yeux déviaient des siens quand elle dirait : « Non, de quoi tu parles, chéri ? » avec un petit rire, juste un tout petit peu trop haut perché.

N'empêche que toute la journée, au boulot, je tâchai de décider si je devais répondre.

Et si oui, pour dire quoi ?

De retour à la maison, je me versai un verre de vin et l'emportai sur mon balcon, avec l'espoir que l'air frais me donne de l'inspiration. Les voitures se succédaient dans un sifflement sur l'autoroute, quelque part où je ne les voyais pas, telle la vieille aiguille d'un tourne-disque accrochant son sillon. Dans les appartements d'en face, de l'autre côté de la rue, la lumière était allumée. Le verre niché entre mes paumes, mon manteau encore sur le dos, je m'assis sur la vieille chaise en fer forgé rouillé – récupérée de chez mes parents – et contemplai le bleu vacillant familier des écrans de télévision, certains synchrones. Directement en face de chez moi, un jeune couple se disputait en faisant la vaisselle sous la lumière crue d'un néon. Dans l'appartement du dessous, une vieille dame était assise dans un fauteuil, immobile, la tête tombée sur la poitrine.

Je me pris à me demander ce que faisaient les Harding, en ce moment.

Peut-être prenaient-ils l'apéritif au bord de la piscine. Je pariais qu'ils avaient allumé leurs chaufferettes à gaz pour se tenir bien au chaud. Ou alors ils étaient autour de la table du dîner, et riaient de leur journée tout en mangeant une salade de quinoa que Pip avait préparée au débotté. Peut-être Brett avait-il cuit des steaks au barbecue.

Observait-il Pip, à l'affût des signes de sa trahison ? Ou avait-il décrété que mon message était ridicule ?

Je reportai les yeux sur la cuisine très éclairée du jeune couple. La femme était seule à présent. Les épaules basses, elle pleurait devant ses assiettes sales.

Je me levai et retournai à l'intérieur, où j'envoyai un autre message d'une ligne à Brett.

Je suis un ami. Parlez avec votre femme.

Cette fois, il ne mit que dix minutes avant de répondre.

Je vais le faire.

Je cessai de retenir mon souffle et me mordis la lèvre. Avais-je agi comme il le fallait ?

Vendredi 25 juillet

Soirée

Le prochain train pour Hornsby devait arriver dans neuf minutes. Après avoir bataillé contre la foule de l'after-work au *Finnegan's*, pub irlandais où j'avais éclusé trois vodkas-tonic, j'étais prête à rentrer à la maison.

Ayant fouillé partout dans mon sac en quête de monnaie, je louchai sur les boutons d'un distributeur et finis avec un paquet de chips au vinaigre, quand celles que je visais, à la base, c'était oignon-fromage. Bon. Je m'assis sur un siège glacial au bout d'une rangée et les dévorai, léchai le sel sur mes doigts puis fourrai le sachet vide dans mon sac. Il devait y avoir deux douzaines de personnes environ sur le quai. Lorsqu'il ne resta plus qu'une minute à attendre, je me levai et m'éloignai encore un peu plus, vers l'endroit où je savais que le train serait moins bondé. La triste sagesse de la banlieusarde.

Une rafale s'engouffra dans la station souterraine, le souffle de l'air se mêla aux claquements métalliques d'un train à l'approche, de plus en plus bruyants, et puis il émergea du tunnel obscur.

Les portes s'ouvrirent dans un chuintement. Personne ne descendant de la voiture la plus proche, je montai mais ne pris pas la peine de chercher un siège : je n'avais que quatre arrêts. Sur le quai, un groupe d'adolescents passa d'un pas lent, en se bousculant et en riant. Les filles étaient habillées en uniformes assortis – short en jean moulant et tee-shirt (avec chair de poule) – et les garçons en jean et chemise à carreaux. Malgré leur tenue décontractée, c'étaient manifestement des enfants de riches, habitués à une vie de privilèges et d'aubaines.

Une fille éclata d'un rire si tonitruant qu'elle en renifla. Les autres la huèrent gentiment, hululèrent gaiement. À côté d'elle se tenait un garçon. Grand, à la chevelure familière. Non, ça ne pouvait pas… si ? Là. Avec elle. Je tâchai de faire la mise au point.

Mais si. Non ?

« Éloignez-vous des portes », annonça la voix robotique, suivie d'un bip alors que les portes commençaient à se refermer.

Je descendis du train, regagnai le quai.

Kingsley.

Je remontai l'escalator derrière eux.

Les yeux fixés sur la nuque de Kingsley dans la queue du McDo, je notai la façon dont ses cheveux bouclaient à la base de son cou, exactement comme ceux de Sascha.

— Eh, Taj, prends-moi un Bic Mac, mec, steuplait, lança l'un des gars, visage constellé de vilains boutons d'acné.

Il était adossé contre le mur, les bras passés autour d'une petite blonde – en fait, quatre des filles étaient des petites blondes – qui s'appuyait contre lui.

— Viens te le prendre toi-même, radin, répondit le garçon devant Kingsley.

Il se tourna et adressa à Kingsley un signe de la tête, du genre « Non, mais tu le crois, ce mec ? ».

— Kings, mon pote, tu m'en prends un, d'accord ?

Kingsley pivota vers le boutonneux. J'en profitai pour contempler son profil. Il avait la peau étonnamment lisse pour un adolescent. En revanche j'étais assez proche pour distinguer un léger duvet sur son menton. Il avait l'air si jeune.

— Ouais, d'accord Gus. Mais tu me le devras.

— T'es le meilleur, frérot. Bien sûr que je te devrai ça.

— Et toi, Caitlin ?

— Oh, merci, Kings, répondit la blondinette du boutonneux, dont le sourire révéla un large trou entre des dents de devant. Ouais, peut-être des nuggets.

— OK.

Le gars devant Kingsley secoua la tête.

— T'es vraiment trop con, mec.

Kingsley haussa les épaules.

La queue progressa et ils se retrouvèrent tous à commander en même temps. Je n'arrivais pas à détacher les yeux de Kingsley. Le premier garçon termina, s'éloigna. Un « Suivant ! » sonore me ramena brusquement à la réalité. Je m'approchai du comptoir, à côté de Kingsley désormais. Sans vraiment savoir ce que je faisais, je commandai quelque chose, uniquement focalisée sur lui qui s'écartait du comptoir pour aller attendre avec ses amis. Je jetai un coup d'œil à son visage quand il passa près de moi. Geste qu'il remarqua et il fronça les sourcils. Je baissai le regard et restai à quelques mètres en retrait pendant que j'attendais ma commande, à écouter leur conversation. Kingsley était plus réservé que les autres, il ne prit pas part à la discussion quand il s'agit de décider où ils iraient ensuite. Les garçons prônaient une fête chez Donno. Les filles préféraient retourner chez Caitlin, parce que ses parents étaient absents. Et puis, Kingsley se tourna vers moi. Je détournai les yeux.

— On se connaît ?

Il s'était placé devant moi, pour me parler d'une voix douce. Il était plus grand que je le pensais, au point de m'obliger à lever les yeux vers lui. Et quels yeux il avait ! D'un bleu plus clair que ceux de sa mère, ils devaient faire tourner les têtes partout où il allait.

— Je… quoi ?

— Vous me regardez ?

— Je… non, répondis-je, faute de savoir quoi dire.

— Vous êtes une amie de mes parents ?

— Je… Non. Enfin si, plus ou moins.

Il sourit, l'air désolé juste comme il fallait, et un petit morceau de mon cœur se détacha, qui navigua à travers mon corps pour venir se loger dans ma gorge. La beauté de cet enfant ! Invincible. Il se pensait à l'abri de tout ce que je pourrais lui dire, n'imaginait pas que je puisse le blesser.

— Alors c'est quoi ? Oui ou non ?

Il me regardait, les sourcils froncés par la consternation, mais pas vraiment inquiet. Peut-être n'avait-il jamais eu de raison de s'inquiéter de quoi que ce soit auparavant.

— Qu'est-ce que vous voulez ? Pourquoi vous me regardez ?

— Je… comme tu l'as dit, j'ai connu ta mère.

— Dans ce cas, pourquoi vous êtes pas juste venue me dire bonjour ?

— Je… Je suis timide.

Comment est-ce que je faisais pour paraître aussi nunuche ?

— C'est idiot de ma part, poursuivis-je sans contrôler le débit de mes mots. En fait, j'ai connu ta mère il y a des années, ça, c'est vrai. Mais il y a autre chose.

Le malaise que je vis poindre dans ses yeux, c'était trop pour moi. Il avait eu l'air sûr de lui, devant ses amis, mais peut-être que c'était juste un rôle. Un masque porté par un adolescent plus vulnérable qu'en apparence. J'étais allée trop loin. Je ne pouvais pas lui faire ça.

—Enfin, tout compte fait, ce ne sont pas mes affaires.

C'est un peu trop tard pour ça, Kate.

—Écoute, parles-en avec ton père, terminai-je d'une petite voix. Il a quelque chose à te dire.

—Je croyais que vous connaissiez ma mère, objecta-t-il, une lueur soudain méfiante – et autre chose que je ne parvins pas à déchiffrer – dans les yeux. Et maintenant, vous dites que je dois parler avec mon père. Vous le connaissez aussi ?

—Non, je veux dire… Non. Mais il faut que tu lui parles, d'accord ? (Prise de panique, je compris tout à coup ce que j'étais en train de faire.) Il faut que j'y aille. Mais parle avec ton père. C'est un homme bien, oui ?

Il hésita, puis opina du chef.

—OK, alors parle-lui. Demande-lui.

Je m'efforçai de prendre un ton autoritaire, sachant que j'y parvenais très mal. Puis je me faufilai entre les tables pour m'éclipser aussi vite que possible.

—Attendez !

Je n'en fis rien, évidemment.

Dehors, je tournai brusquement à l'angle de la rue. Je ne pris pas la peine d'aller à la gare, je me dirigeai tout droit vers la Pacific Highway, à un pâté d'immeubles de là. Et je hélai le premier taxi que je vis, dans lequel je sautai. Le chauffeur me regarda de travers. Pas étonnant, j'étais blême et un peu saoule.

Je lui donnai mon adresse et posai la nuque contre l'appuie-tête en cuir. J'avais encore le menu du McDo à la main. Je le laissai tomber par terre.

Qu'est-ce que j'ai fait ?

Au temps pour les injonctions de Rik de ne pas parler avec la famille.

Tu es une idiote, Kate. Une idiote.

PARTIE IV

QUATRIÈMES PORTES OUVERTES

Samedi 26 juillet

Matin

J'appelai ma mère pour voir si je pouvais emprunter la voiture de mon père. Je lui fourguai une histoire comme quoi je voulais m'acheter chez IKEA une lampe sur pied et une table basse qui ne rentraient pas dans ma Hyundai. Une excuse plutôt crédible. Ma mère conduisait un coupé BMW, la prunelle de ses yeux. La voiture de mon père était un break Commodore. Pratique et sans intérêt. Et parfois bien utile.

Utile à deux choses, et deux choses uniquement. La première, l'emmener au golf, et la seconde, emmener ses deux précieux teckels – Fritz et Frieda – dans un parc fermé pour chiens à quelques banlieues de chez eux. Ne me demandez pas pourquoi. Ils n'étaient guère sociables, ces chiens, mais papa aimait bien discuter avec d'autres maîtres pendant que Fritz et Frieda aboyaient non-stop sur tous leurs congénères sans exception.

Maman fut tellement ravie de mon nouveau désir d'aménagement intérieur qu'elle sauta de joie à l'idée que j'emprunte la Commodore, même si c'était la voiture de papa. Il était au golf (surprise, surprise) mais serait rentré pour 11 h 30. Et pourquoi est-ce que je ne passerais pas déjeuner de bonne heure avant de me rendre à IKEA ? J'acceptai, précisant que je devrais partir à

12 h 30 maxi pour éviter la foule de l'après-midi. Excuse moins crédible, vu qu'il y avait du monde toute la journée à IKEA, mais nécessaire puisque je devais être aux portes ouvertes chez les Harding à 13 heures.

Ma mère avala l'hameçon.

Papa était dans le double garage lorsque j'arrivai. Quand Fritz et Frieda me virent descendre de ma voiture, ils se ruèrent dehors, bondissant sur leurs petites pattes tant et si bien que leurs oreilles battaient de haut en bas à chaque pas, jusqu'à mes chevilles comme s'ils avaient l'intention de me mordiller. Au dernier moment, ils s'adoucirent sans pour autant renoncer à aboyer.

— Fritzy ! Frieda ! Non ! Laissez Katie tranquille !

Les aboiements ne fléchirent pas d'un iota. Fritz et Frieda ne faisaient jamais rien de ce que leur ordonnait papa.

— Désolé, Katie, ils sont un peu excités parce que je viens juste de rentrer.

Essoufflé et rouge, mon père se pencha et attrapa les chiens par leur collier, les tenant écartés comme s'il s'agissait d'animaux sauvages.

— C'est bon. Comment vas-tu ? lui demandai-je en me penchant au-dessus de son corps plié en deux pour lui poser une bise maladroite que la joue, qu'il avait froide et un peu moite.

— Bien, bien, chérie. Et toi ? Tu as l'air en forme, dut-il presque crier par-dessus les aboiements. Vas-y, rentre, je vais calmer ces deux-là avant que les voisins ne se plaignent. Bev et Jeff ont encore menacé d'aller à la mairie, tu le crois, ça ?

Je répondis par un son compatissant et le laissai à ses affaires, pas mécontente de m'éloigner des jappements suraigus des bestiaux. À la place de Bev et Jeff, je les aurais sans doute empoisonnées depuis longtemps, ces deux nuisances. Papa devrait s'estimer heureux.

Contrairement à la plupart des gens d'un certain âge, qui prenaient une maison plus petite une fois que leurs enfants avaient quitté le nid, maman et papa avaient acheté cette monstruosité il y avait cinq ans, à Bella Vista Lakes, au nord-ouest de Sydney. Six chambres, quatre salles de bains, séjour ouvert. La propriété incluait même son propre parcours de golf. Bon, le green se trouvait à une certaine distance en voiture parce qu'il fallait contourner le lac, mais ça avait titillé leur côté snob, entre verres au club-house et galas de charité sur le balcon avec vue sur le dix-huit trous.

— Maman ?

Mon appel résonna sur le sol carrelé et rebondit contre les murs nus.

— Ici, chérie. Je suis dans la zone de plein air.

— Ça s'appelle un jardin, marmonnai-je.

Mes talons claquaient sur la céramique alors que je traversai le living et la cuisine, qui faisait à peu près la taille de mon appartement tout entier.

Une demi-douzaine de clubs, soigneusement alignés sur la pelouse, scintillaient au soleil. Et ma mère était penchée dessus, un club dans une main et une brosse à récurer dans l'autre. Vêtue d'un polo et d'un bermuda beige, elle était couverte de mousse de savon jusqu'aux coudes. Elle leva brièvement les yeux, visage rougi et moucheté de savon aussi, et reposa délicatement le club dans l'herbe.

— Coucou Katie… enfin, Kate, je veux dire. Je lavais mes clubs de golf.

— Oui, je vois ça.

Elle tira un nouveau club de son sac.

— Le fer 7, dit-elle en l'agitant avec tendresse. Celui-ci, je l'utilise tout le temps. Regarde-moi dans quel état il est.

(Elle secoua la tête, puis se redressa, une main dans le dos, et utilisa le fer 7 comme une canne tandis qu'elle parlait.) J'allais mettre mon sac à clubs dans la voiture pour la journée spéciale femmes de demain quand j'ai vu à quel point ils étaient sales. Betty Davidson – tu connais Betty, la secrétaire du club, son fils était un an au-dessus de toi à l'école… Bref, Betty, c'est tout à fait le genre à balancer des commentaires sur les clubs sales. Et devine avec qui je joue en quadruplette demain ? (Elle haussa les sourcils d'un air entendu.) Betty.

Punaise.

— Maman, je ne pense pas que je vais pouvoir rester déjeuner. Faut vraiment que je file à IKEA.

— Ah. Oui, bien sûr, Kate. Je pensais juste réchauffer une soupe petits pois-jambon, mais non, d'accord. Je ne l'ai pas encore sortie du frigo. Tu es sûre que tu ne veux pas que je t'en réchauffe un bol au micro-ondes ?

Elle secoua les mains pour en faire tomber la mousse, mais les bulles étaient si épaisses qu'on aurait dit qu'elle portait des gants en fourrure blanche. Et elle se dirigea vers la maison.

— Non, maman, merci. Ça va aller, vraiment. Il faut juste que je file. (Elle s'arrêta et me contempla.) Je vais récupérer les clés auprès de papa. Je te ramènerai la voiture demain. Ou peut-être lundi ?

— Oui, je vais rentrer avec toi, répondit-elle.

Sur quoi, elle se ressaisit et se précipita à l'intérieur, les bras toujours tendus. Alors que je la suivais, elle me lança par-dessus son épaule :

— Alors, c'est quel genre de lampe ? Quelque chose de suédois, moderne ? Un de ces modèles de couleur vive ? J'en ai vu une dans le nouveau *Home Beautiful*. Turquoise, je crois. Ou bien sarcelle ? Je confonds les deux.

À ce stade, elle était à l'évier de la cuisine, à passer de l'eau sur une mousse qui semblait hydrophobe.

—Hum. Non, elle est normale. Blanche.

—Ah, fit-elle, l'air déçu, avant que son expression ne se transforme, signe d'un changement de sujet. Tu as vu l'article sur Leah et Ellis dans le *Herald*?

Je hochai sèchement la tête et détournai les yeux. Je n'avais pas envie de parler de ça maintenant. Ni jamais.

—Écoute, Katie…

—Kate.

—Pardon. Tu connais Leah, elle ne pensait pas à mal. Elle est juste un peu… irréfléchie, tu sais?

—Oh oui, je sais.

Son visage s'adoucit.

—Je lui ai dit, tu sais, que si elle voulait se rapprocher de toi– et c'est le cas, surtout avec la venue du bébé –, eh bien qu'elle devait se mettre à ta place.

Je dus me mordre la lèvre. Ma mère n'était pas la personne sur terre qui maniait le mieux l'empathie. Ni même le tact. C'était d'elle que Leah tenait ce trait.

—Accorde-lui une seconde chance… Kate. Tu n'as pas d'autre sœur.

Voilà ce que j'avais entendu toute ma vie. La nécessité de répondre me fut heureusement épargnée par le bruit d'une porte qui claquait. Et la voix de mon père monta du garage.

—Barb? Tu es là? Katie est ici. Elle t'a trouvée?

—Oui, Keith. Elle m'a trouvée.

Mon père entra dans le salon en chaussettes longues. Fritz et Frieda trottaient sur ses talons. Ils étaient – Dieu merci – plus calmes et moins bruyants dans la maison.

— Papa, je peux avoir tes clés de voiture ?

Il s'immobilisa et me regarda, sourcils haussés.

— Quoi ? Pourquoi est-ce que tu veux mes clés ? Qu'est-il arrivé à ta voiture ?

— Oh, Kate, je n'ai pas encore expliqué à ton père. Il était au golf. (Ma mère attrapa un torchon pour s'essuyer les bras tout en s'adressant à papa.) Keith, Kate a besoin de ta voiture. Elle la ramènera demain. Tu pourras prendre la mienne si tu as besoin. Elle veut acheter du joli mobilier dans ce très grand magasin suédois, tu sais, IKEA ? Judy et John y sont allés, il y a un mois ou deux, ils en sont revenus avec tout un tas d'étagères, tu te rappelles ? Et puis d'autres bricoles. C'était tellement bon marché ! Pas plus que quelques centaines de dollars le tout. On devrait peut-êtr…

— Maman.

Elle se tut. Ma mère avait tendance à parler à papa comme s'il était un enfant, ce qui m'agaçait prodigieusement, même s'il m'arrivait de la comprendre un peu parfois. Mon père pouvait être distrait à un point que c'en était irritant.

— Pardon, il faut vraiment que j'y aille.

— Oui, bien sûr. Je te raccompagne. Les clés sont sur la voiture, Keith ?

L'air toujours perplexe, mon père opina cependant du chef. Il se pencha, gratta chacun des chiens derrière les oreilles, puis se redressa.

— Couché, leur intima-t-il, d'une voix pas du tout autoritaire.

En conséquence de quoi, les chiens s'en allèrent vers la salle télé pour s'allonger sur le tapis au soleil. Mon père les suivit d'un regard adorateur, avant de se retourner vers nous. Les humains qui peuplaient sa vie n'occupaient pas dans son cœur la place que tenaient ces teckels.

— À plus tard, Katie, dit-il en passant devant nous, l'air déjà ailleurs. Faut que j'aille prendre une douche.

Pendant que je grimpais dans la Commodore, ma mère appuyait sur le bouton pour actionner la porte à enroulement. Soudain, elle apparut à la vitre côté passager.

— Bonne chance, chérie. Bon, je file réchauffer la soupe pour ton père. Les Lindsay viennent jouer au bridge plus tard et il faut encore que je nettoie les vitres. J'ai dit à ton père…

— Maman ! Désolée, mais il faut vraiment que j'y aille.

Elle parut surprise d'être interrompue, c'était pourtant récurrent. Ma mère et mon père m'aimaient. Je le savais. En revanche, les aimer en retour n'était pas toujours facile. Ils étaient tellement autocentrés. En plus, par comparaison avec Leah, je m'étais toujours sentie comme une source de déception pour eux. Hormis peut-être quand j'avais eu un mari célèbre et un magnifique enfant qu'ils pouvaient gâter.

Maintenant qu'ils étaient tous les deux partis, je n'avais plus rien à offrir à mes parents que Fritz et Frieda ne puissent leur donner.

— J'adorerais venir chez toi voir comme rendent tes achats, continua maman, presque timidement.

— Bien sûr, répondis-je, concoctant déjà une excuse pour expliquer pourquoi je n'aurais pas de nouvelle lampe et de table basse. Tu veux mes clés de voiture ?

— Oh non, ça va aller, dit-elle en s'écartant de l'auto. À bientôt, Kate. Fais attention à toi.

Je jetai un coup d'œil à la pendule du tableau de bord : 12 h 13. Quarante-cinq minutes pour arriver chez les Harding. Ça devrait me laisser largement le temps. J'appuyai sur le bouton du démarreur.

Le moment était venu de voir ce qui avait éclos des mots que j'avais semés.

Recroquevillée, casquette et lunettes noires, j'étais assise dans la voiture de mon père, avec la maison Harding de l'autre côté de la route. Une sorte de détective privé dans un nanar.

Quand la Lexus de Roger apparut dans mon rétroviseur, je me baissai encore un peu plus en priant Dieu qu'il ne me reconnaisse pas à travers la vitre. Il se gara juste au-delà de l'allée et puis sortit, franchit le portail en tirant sa valise à roulettes derrière lui, comme si la maison Harding était un aéroport.

Une corneille croassa dans le silence suburbain. Qu'est-ce qui se passait à l'intérieur ?

Pouvais-je prendre le risque d'aller jeter un autre coup d'œil à pied ?

Avant que j'aie eu le temps de réfléchir, j'étais descendue de voiture et je traversais la route. Et je passais le portail. Cette fois, je me déplaçai vers les buissons plantés le long de l'allée carrossable. Je ne pouvais pas risquer que qui que ce soit me voie. Je m'approchai donc subrepticement de la maison, cachée derrière les arbres qui masquaient la grille, mes pas étouffés par les feuilles humides du jardin.

Sitôt que je pus entrevoir la porte d'entrée, je m'accroupis derrière un gros buisson. Roger atteignait les marches. La porte s'ouvrit, à croire que quelqu'un l'avait vu arriver. Roger marqua une hésitation, légère, pas assez pour qu'on la remarque à moins de l'observer attentivement. Je ne sais pas si l'impression venait de mon imagination, mais il avait tout du type qui court à sa perte.

Mais c'était peut-être juste mon imagination.

Pip descendit les marches extérieures. Elle était en jean, tee-shirt blanc et blazer bleu marine, chaussures basses.

La quintessence du chic décontracté. Je voyais le bandage à son poignet qui dépassait de sous la manche de sa veste.

C'est moi qui ai fait ça.

Pip s'immobilisa au pied des marches. Une silhouette se déplaça à l'intérieur de la maison, et se mua en une personne au niveau de la porte.

Brett.

Il baissa les yeux sur Pip et Roger. Son expression semblait tendue, sa bouche crispée. Des cernes noirs soulignaient ses yeux pleins de douceur.

Et ça, était-ce aussi mon œuvre ?

La culpabilité rejoignit la honte. Mais bon, que savais-je de Brett ? Peut-être les cernes étaient-ils le résultat d'une semaine chargée au travail. Brett avait assorti son jean d'une chemise et de chaussures noires. Apparemment, les Harding sortaient déjeuner. Ils s'étaient attardés. Ils auraient déjà dû être partis, à cette heure : les visites commençaient bientôt.

Mes jambes me brûlaient à cause de la station accroupie prolongée, alors je me baissai doucement à terre, grimaçant lorsque j'entrai en contact avec les feuilles détrempées en dessous. Je continuai d'observer à travers le feuillage, hypnotisée par la scène en cours.

Tous les trois se tenaient face à face. Un au-dessus, deux en dessous. Puis Roger dit quelque chose que je supposai être une forme de salutation générale. À quoi Brett opina du chef et Pip sourit de manière plus naturelle. Elle paraissait la seule à ne pas être concernée par la situation. Par contraste, Roger portait une main à son casque de cheveux, mal à l'aise, tandis que Brett dansait d'un pied sur l'autre. Pip se tourna et sourit à son mari, lui fit signe de descendre se poster à côté d'elle. Il descendit les marches d'un pas raide tandis qu'elle continuait de parler. Quand il s'arrêta, elle lui prit le bras et s'appuya un peu contre lui. Cette femme paraissait n'avoir rien à cacher du tout. Le seul moyen pour Brett de croire que Pip et Roger avaient une liaison, c'était d'observer Roger.

Car Roger n'était pas un bon menteur. Étrange pour un agent immobilier. Il avait certes un sourire plaqué sur le visage, mais son langage corporel le dénonçait. Il dévisagea Brett trop longtemps, avant de détourner les yeux, comme s'il venait de s'apercevoir qu'il se comportait bizarrement, puis de reporter son attention sur Pip.

Et au moment où la situation ne pouvait pas être plus inconfortable, Kingsley arriva dans l'encadrement de la porte.

Roger, regardant au-delà de Brett et Pip, agita la main pour le saluer.

À quoi Kingsley répondit de la même manière, l'air quelque peu morose. Je le contemplai, lui, puis son père, en me demandant s'ils avaient eu la petite conversation que j'espérais.

Brett lui avait-il dit ?

Kingsley dépassa ses parents et attrapa son vélo, appuyé contre un pilier. Il lança une jambe par-dessus la selle et s'engagea sur l'allée. Je reculai aussitôt, en espérant être assez bien cachée. Kingsley continua à pédaler jusqu'à franchir le portail. Et je relâchai le souffle que j'avais retenu.

Brett et Pip contournèrent le parterre de roses pour gagner leur voiture et, tandis que Brett grimpait côté conducteur, Pip ouvrait sa portière et puis jetait un coup d'œil à Roger par-dessus le toit de la voiture. Elle le regarda longuement avant de monter. Je ne la voyais que de dos, mais j'aurais parié qu'elle lui avait adressé une œillade, rien qu'à voir l'expression médusée de Roger.

Brett démarra et je plongeai encore un peu plus dans le bosquet lorsqu'ils passèrent. Pile au moment où j'allais sortir la tête pour voir où était Roger, il se matérialisa à côté de moi, panneaux à la main pour lancer la journée portes ouvertes. J'avais presque pitié de lui. Il avait peut-être eu les yeux plus gros que le ventre avec Pip Harding.

Il ne tarda pas à revenir et, marchant à reculons tout en observant la maison, il avait troqué son sourire contre un froncement de sourcils soucieux. Je le regardai entrer, puis comptai lentement jusqu'à soixante, avant de retraverser le jardin en direction de la route. Juste avant le portail, je passai sur l'allée carrossable, essuyant les feuilles collées à mes habits et mes cheveux. Je m'immobilisai en voyant un homme et une femme qui me dévisageaient, bouche bée.

— Oh, pardon si je vous ai fait peur, me hâtai-je de leur dire. Vous êtes là pour la visite ? Entrez, entrez, allez-y, continuai-je quand ils opinèrent du chef. Je terminais le jardinage.

Je tendis le bras dans un geste de bienvenue.

Le couple avança, non sans prendre soin de passer bien loin de moi. De toute évidence, ils ne croyaient pas que je sois ni la jardinière, ni la propriétaire, et ne souhaitaient pas non plus engager la conversation avec moi, de peur d'attraper une maladie contagieuse.

Alors je fichai le camp de là avant que quelqu'un n'appelle la police. Encore une fois.

Samedi 26 juillet

15 H 13

Kate. Je sais que vous étiez aux portes ouvertes chez les Harding aujourd'hui. Ceci est mon dernier avertissement. Si je vous revois, JE PRÉVIENS LA POLICE. Roger

Samedi 26 juillet

22 H 11

Putain de Roger. Pour qui il se prend, d'ailleurs ? C'est pas mon patron.

La musique des années 1980, impétueuse, me dictait mon humeur. *We're Not Gonna Take It* se termina et moi, je continuai de tournoyer à travers l'appartement, en rage. Et puis les premières mesures de *What About Me ?* retentirent et mes épaules s'affaissèrent. Je posai mon verre de vin sur le plan de travail, beaucoup trop fort. Je fus surprise par la légèreté soudaine, par les éclats qui scintillaient dans ma paume. J'avais encore le pied du verre dans la main, sans le reste. Des bris de verre jonchaient le sol et le plan de travail.

Et merde ! Putain de verre. Et putain de plan de travail en granit.

Je cillai, le temps de décider de la marche à suivre, puis jetai le pied du verre dans l'évier où il rebondit, sans un bruit à cause du rugissement des guitares.

Du vin, voilà ce qu'il me faut. Et un nouveau verre.

Je me frayai un chemin, sur la pointe des pieds, parmi les morceaux de verre au sol de la cuisine, en chaussettes, et me dégotai un autre verre. L'ayant rempli de rouge, je retournai au salon tout aussi précautionneusement, en emportant la bouteille pour faire bonne mesure. Le vin gicla quand je m'affalai sur les coussins.

— Putain !

Je me renversai sur un côté, blessée par quelque chose de pointu dans la fesse gauche.

— Putain de bordel de merde !

Le dinosaure de Kingsley. Comment s'est-il retrouvé dans la poche arrière de mon jean ?

Les chanteurs de Moving Pictures continuaient de geindre et je me joignis à eux, les yeux plantés dans ceux du dinosaure. Son œil vide me fit penser aux autres souvenirs que j'avais collectés. Je ne les avais pas regardés depuis une éternité. Je filai jusqu'à ma chambre d'un pas maladroit et sortis la boîte à chaussures de l'armoire, puis la rapportai au salon. Assise par terre, je posai la boîte sur la table basse près de mon vin.

Et j'entrepris de sortir les objets, en tâchant de me rappeler dans quelle maison je les avais pris. La plupart se mélangeaient, série floue de demeures familiales de banlieue, plaisantes, nettoyées de fond en comble comme si leur vie en dépendait avant d'être ouvertes à la vue de tous.

Le plus gros souvenir que contenait ma boîte était la couverture arrachée à un magazine *New Idea*, qui montrait une starlette blonde de série télé et le titre d'un article promettant tous les derniers ragots sur la relation de Kim Kardashian avec Kanye West. Il y avait d'autres morceaux de papier : listes de courses demandant du pain, du lait et – dans un cas très spécifiquement – quatre boîtes d'huîtres fumées. Il y avait des capsules de bouteilles de bière, des briquets, des boîtes d'allumettes, des stylos, un médiator, quelques vis, une mini balle rebondissante, un menu à emporter du *Shanghai Palace*, un restaurant chinois, une poignée de boutons, une bougie d'anniversaire en forme de « 21 » à moitié fondue, des piles et une carte à jouer usée – le quatre de cœur. Rien qui ne présente guère de valeur, rien qui ne manquerait à personne.

Pour la plupart.

Jusqu'à... une petite cuillère ternie et tordue.

Oh, celle-là je m'en souvenais ! J'avais failli la laisser, en me demandant si elle n'avait pas trop de valeur pour que je la chipe. Elle venait d'une maison magnifique, propriété d'une personne décédée. Une demeure aussi peu stylée que possible, tout en chintz et tapis à fleurs, et une odeur de vieille-dame-avec-trop-de-chats. L'odeur de la tristesse. Au bout du compte, j'avais décrété qu'elle ne manquerait à personne, cette cuillère. Je l'avais gardée un temps sur ma table de chevet, mais ça me bouleversait trop de la voir tous les jours et de me rappeler que la maison était sur le point d'être vendue et les affaires de la vieille dame jetées.

Ensuite, je sortis un cheval Lego marron et j'installai le désinvolte étalon sur la table basse à côté de la cuillère et du dinosaure de Kingsley. Cette maison-là aussi, je me la rappelais. Un panier de basket accroché au mur au-dessus de la porte du garage et la taille des enfants marquée au crayon sur le cadre de la porte de la buanderie... mais la famille avait déménagé et, le jour de la visite, elle exhibait ses lits deux places tendus de draps blancs, immaculés. J'avais trouvé le cheval sur une étagère tout en haut d'un placard encastré. Je n'avais aucune idée de la façon dont il avait survécu au grand ménage frénétique et j'avais considéré cet oubli comme le signe qu'il était destiné à me revenir. Que je devais le préserver. Il avait été abandonné par cette famille.

Oublié.

Je tendis une main tremblante vers les petits objets.

Mes précieux souvenirs.

Une partie de moi savait – bien sûr que je savais – que mes souvenirs n'étaient que de la camelote, mais une autre partie comprenait qu'ils étaient beaucoup plus que cela. Ils me rappelaient que chaque maison – chaque famille – était spéciale. Se promener à l'intérieur de la maison d'une famille, c'était spécial. Voir un foyer et y prendre une petite chose pour se le rappeler, ça m'offrait le cadeau d'y appartenir un peu. Rien qu'un moment.

Parfois les maisons me racontaient beaucoup ; dans d'autres, il ne restait pas grand-chose de leur personnalité. Quoi qu'il en soit, j'emportais toujours un mémento. Certains étaient bien, d'autres pas. Et certains – je lorgnai le dinosaure de Kingsley – étaient parfaits.

Alors que Cyndi Lauper roucoulait quelque chose sur le fait de tomber et de se rattraper, mes yeux se brouillèrent de larmes. Je fixai le verre de vin, comme pour le convaincre de venir jusqu'à ma main, trop fatiguée ne serait-ce que pour l'attraper mais assoiffée de l'oubli qu'il m'offrait. À la place, je m'allongeai sur le canapé, fermai les yeux et sombrai.

Dimanche 27 juillet

Matin

Un bourdonnement m'éveilla.

J'étais désorientée, allongée sur le canapé avec le cou tordu, jambes courbatues après mes danses échevelées. Par chance pour mes voisins, le CD de la veille n'était pas programmé en mode répétition. Je poussai un grognement en comprenant que le bourdonnement, c'était en fait celui de l'interphone.

Je me dirigeai péniblement vers le combiné au mur près de la porte, sur la pointe de mes pieds en chaussettes et prenant garde au terrain miné par les éclats de verre quasi invisibles.

— Allô, croassai-je en portant l'appareil à mon oreille.

Un coup d'œil à la pendule au mur de la cuisine m'apprit qu'il était 9 h 32.

— Kate ?

Rik.

Merde, Rik était en bas.

Je me frottai les cheveux et réprimai un bâillement. Roger avait dû lui apprendre que je m'étais introduite sur la propriété des Harding pendant les portes ouvertes, en dépit de l'interdiction qui me visait.

— Oui.

— C'est Rik McBride. J'espère qu'il n'est pas trop tôt pour vous ?

— Non, non, mentis-je.

D'un regard autour de moi, je pris la mesure du champ de bataille : le verre partout par terre, les bouteilles de vin vides.

— Je peux monter ?

Merde.

— Euh, oui, bien sûr. Pas de problème. Montez. Accordez-moi juste quelques minutes si je ne vous ouvre pas tout de suite. Je viens de me réveiller.

— OK, pas de problème.

Je lui ouvris l'accès au bâtiment, surprise qu'il soit verrouillé pour une fois. Enfin, peut-être était-il ouvert et Rik n'avait-il sonné à l'interphone que par politesse. Cela dit, s'il était vraiment poli, il aurait pu appeler en amont. Il avait mon numéro. Je reposai l'appareil, en me demandant si j'allais vomir.

Ça va aller, Kate, contente-toi de t'activer.

Oui, je me porterais comme un charme, comme dirait ma mère, une fois que j'aurais bu un peu d'eau. Au bout d'un long moment bien utilisé en jurons répétés, je me rendis à l'évier, toujours sur la pointe des pieds, ouvris l'eau froide et me penchai. Je me baignai le visage, puis formai une coupe avec mes paumes pour boire à grandes goulées, comme si je venais de traverser le désert – encore une expression de ma mère. Je me relevai, haletante. *Merde.* L'effort de boire m'avait épuisée. J'attrapai la pelle et le balai dans le placard sous l'évier puis, accroupie, des pulsations dans le crâne, j'entrepris de balayer frénétiquement les tessons de verre dans la pelle. Au bout de dix secondes, je pris conscience qu'il me faudrait toute la journée pour ramasser chaque petit morceau – il y en avait partout, putain –, alors je changeai de tactique et me concentrai sur les morceaux les plus gros. Rik porterait des chaussures, en toute logique. Ce qui me rappela que je devrais en faire autant. En trois grandes enjambées par-dessus le verre brisé, je gagnai la chambre et enfilai une paire de ballerines. En ressortant, je m'arrêtai devant le miroir et faillis être obligée d'y regarder à deux fois.

Mes cheveux étaient dans tous les sens, mon visage rougi, mes yeux bouffis et mes lèvres bordeaux foncé, résultat du vin de la veille. Oh, bon Dieu ! J'attachai mes cheveux dans une queue-de-cheval bordélique. Je m'humectai les lèvres et frottai les taches d'un doigt, jusqu'à ce qu'elles soient un peu moins visibles.

Je dévisageai mon reflet de nouveau, en pensant à Rik qui attendait dans le couloir.

Non, ça ne ferait pas l'affaire. Malgré les martèlements sous mon crâne, il fallait que je fasse quelque chose pour mon apparence. Et vite. Je commençai par me brosser les dents, vu que ma bouche me faisait l'effet d'une éponge usagée. Le résultat fut tellement agréable que je décidai de me laver le visage et échangeai mon survêtement contre un pantalon de yoga et un pull en coton. J'appliquai du fond de teint, fis tomber quelques gouttes de collyre dans mes yeux injectés de sang et jugeai que ça devrait faire la blague.

Je balayai encore quelques tessons de verre et, à toute vitesse, jetai les bouteilles et d'autres détritus à la poubelle. (Grimace : Rik entendrait peut-être le bruit caractéristique depuis le couloir.) Je me débarrassai aussi des oranges que ma mère avait apportées lors de sa dernière visite, désormais couvertes d'une couche de moisi blanc, ainsi que des tulipes, qui puaient autant qu'une mare à canards et tombaient si bas que leurs fleurs fanées pendouillaient sur le plan de travail.

Sur un dernier coup d'œil à la ronde, je me rendis compte que mes souvenirs étaient encore étalés sur la table basse.

Hors de question que Rik les voie.

Je me précipitai et les ramassai par poignées, pour les jeter dans leur carton.

— Désolée, dinosaure, marmonnai-je en le fourrant avec le reste, avant de poser le couvercle sur le tout.

Mon estomac continuait de baratter, mais je ravalai ma nausée, en espérant qu'elle resterait où elle était. Je pris une profonde inspiration pour me requinquer et ouvris la porte. Rik était nonchalamment adossé au mur d'en face. Cette fois, il ne portait pas son uniforme de policier. Est-ce que ça voulait dire qu'il était ici pour un motif personnel ?

Bien sûr que non. Quel motif personnel pourrait-il avoir avec moi ?

— Bonjour, Kate, dit-il en se redressant.

Il m'avait semblé plus mince, perdu dans la masse de son uniforme et tous ses accessoires. Il était en jean noir, un vieux tee-shirt Hunters & Collectors et chaussures noires. Il était bien. Super beau, en fait. Peut-être que, contrairement à moi, Rik était du matin. Même si, à une époque – avant l'incident –, j'aimais me lever alors qu'il faisait encore nuit et sortir courir. Une douleur, un besoin de redevenir cette personne monta dans mon plexus solaire, une drôle de mélancolie pour une personne que je me rappelai à peine avoir été.

— Vous auriez pu appeler avant de venir, maugréai-je. Et vous n'êtes pas un peu trop jeune pour connaître Hunters & Collectors ?

Le ton grognon de ma voix le fit sourire et ses fossettes apparurent.

— J'ai appelé. Mais comme vous n'avez pas répondu, j'ai décidé de venir quand même. Et je ne suis pas si jeune que ça, ajouta-t-il, l'air presque fier de cet état de fait. J'aurai quarante ans dans quelques mois.

— Vous voulez entrer ? lui demandai-je en m'écartant.

— Oui, avec plaisir.

Je reculai encore pour lui faire de la place dans mon étroite entrée. Il se contorsionna légèrement pour passer et je sentis son après-rasage et aussi, en dessous, l'odeur fraîche de son savon.

Je refermai la porte et le suivis à l'intérieur, moment où je me rendis compte que mon appartement empestait. Rien que la puanteur habituelle de l'alcool, du renfermé et des sandwichs toastés au fromage de la veille. Pendant que j'ouvrais la porte du balcon, Rik resta planté au centre de la pièce en regardant attentivement autour de lui.

— Sympa, lâcha-t-il, sans grand enthousiasme cependant.

Je n'allais pas l'en blâmer.

Que faisait-il ici ? Avait-il d'autres nouvelles de Roger ou Pip ? Voire des deux ? Est-ce que j'allais avoir des problèmes pour être allée aux portes ouvertes d'hier ? Est-ce qu'il m'avait – cette pensée me glaça – suivie ? Au prix d'un véritable effort, je mis de côté ces réflexions et recouvrai enfin mes bonnes manières.

— Est-ce que je peux vous proposer un thé, un café ou peut-être un verre d'eau ?

— Oh, eh bien, oui, peut-être un verre d'eau, si ça ne vous dérange pas, répondit-il.

À présent, il avait l'air un peu nerveux lui aussi, à se tenir planté là, mal à l'aise, à côté de la méridienne.

— Bien sûr, pas de problème. Asseyez-vous, je vous en prie. Je vais nous chercher de l'eau.

Rik s'installa devant la boîte à chaussures et je me maudis de ne pas l'avoir rapportée dans la chambre. Quand je revins au salon avec l'eau, il reluquait le carton. Je lui tendis un verre et posai le mien sur la table basse.

— Je vais débarrasser ça, annonçai-je d'une voix détachée, en me penchant pour attraper la boîte à deux mains.

Ce dut être le mouvement de trop, hélas, car je sentis la bile dans ma bouche avant d'avoir eu le temps de me redresser.

— Euuurk.

Je lâchai la boîte et courus aux toilettes, dont je claquai la porte derrière moi.

Après coup, je me sentis beaucoup mieux, sauf que je n'osais plus ressortir. Pas tout de suite, du moins, l'humiliation était trop vive et trop brûlante. Je me figurais Rik dans mon séjour, qui m'écoutait vomir. Encore. Peut-être que, si je restais enfermée assez longtemps là-dedans, il s'en irait.

— Kate ?

J'entendis mon nom, d'un ton doux, juste derrière la porte.

Oh merde.

— Tout va bien, j'arrive dans une minute.

— OK.

Je laissai retomber ma tête et essuyai la bave de mes lèvres avec le papier toilette.

Il est temps d'affronter la tempête, Kate.

Je me remis debout et remontai la lunette des WC. Papier jeté dans la cuvette, je tirai de nouveau la chasse. Je regardai l'eau tourbillonner et tout aspirer, avec un sentiment proche de l'envie. Oui, je venais de descendre encore d'un cran : j'enviais le papier toilette, maintenant. Je me lavai les mains et retournai au salon.

Où je trouvai Rik en train de farfouiller parmi le contenu épars de ma boîte à souvenirs.

— Pourquoi vous ne vous asseyez pas, Kate ? suggéra-t-il. Je peux ramasser le bazar à votre place.

— Ce n'est pas du bazar ! hurlai-je en me ruant sur lui pour lui arracher ce que je pouvais des mains.

Je redressai la boîte et entrepris de remettre soigneusement chaque objet à l'intérieur : un bouchon de bouteille, un crayon, un briquet orange. Alors que je défroissais un ticket de caisse contre la table basse, je me rendis compte que Rik s'était tu. Je levai les yeux et découvris qu'il m'observait.

— Qu'est-ce que c'est que tout ça, Kate ?

Le ton était perplexe, évidemment. Mais aussi inquiet. J'ignorais pourquoi, pourtant son inquiétude empirait encore la situation.

Je baissai les yeux vers ce que j'avais dans les mains. Des morceaux de papier, des vis et des piles, des trucs qu'on jetterait à la poubelle, pour la plupart. Les détritus de la vie d'autres personnes. En les regardant maintenant, je les voyais plus sales, plus vieux. Et pourtant, je les avais trouvés, gardés. Je les avais cherchés, même.

Aimés.

Je fus prise d'une envie de tout rassembler dans la boîte et de la balancer par la fenêtre. De prendre une douche pour laver les traces de la vie des autres sur mon corps. Une autre partie de moi, au contraire, voulait tout remballer soigneusement et veiller dessus comme le trésor que c'était.

— Mon Dieu, murmurai-je en m'appuyant contre la porte, détournant les yeux de mon secret, ma honte à présent révélée. Vous n'étiez pas censé voir ça.

Rik ne répondit rien. Je n'osais pas le regarder. Alors je fixai un point, au-dessus de la méridienne, sur le mur vide. Celui où je n'avais jamais pris la peine d'accrocher aucune image. Je me concentrais sur cet espace blanc, maintenant, en quête d'un mensonge, d'une explication qui ne me ferait pas passer pour une cinglée ou pour une paumée qui n'avait pas de vie. Mais c'était trop dur.

C'est le moment d'avouer la vérité, Kate.

J'avais les mains moites, alors je les essuyai sur mon pantalon. Résignée à tout raconter, je me mordis l'intérieur de la joue et me lançai :

— Je vais aux journées portes ouvertes. Quand les maisons sont en vente, vous voyez ? Et dans chacune, je prends un objet. Quelque chose pour… me souvenir de la maison, en quelque sorte. Juste une bricole. Rien de valeur.

Je débitai ma tirade d'une voix dénuée d'émotion, puis attendis, les yeux toujours rivés sur le mur d'en face.

— Waouh, vous êtes allée à beaucoup de portes ouvertes.

Je perçus la touche impossible à manquer d'un sourire dans sa voix, qui me fit poser les yeux sur lui.

— Oui, répondis-je avec un haussement d'épaules.

— Pourquoi vous faites ça ?

— Je ne sais pas. Je le fais, c'est tout. Ça me paraît normal. Même si, maintenant que je vois tout ça à travers vos yeux, j'ai l'impression que c'est un peu moins normal.

Rik ne réagit pas à cette remarque, pourtant le regard qu'il m'adressa suggérait qu'il n'était pas révulsé par ma confession. Il se dirigea vers le balcon et regarda dehors, comme pour me donner la place de continuer à parler à mon rythme.

— La première fois, c'était dans une jolie maison de Warrawee. J'avais trouvé une petite voiture miniature qui dépassait de sous un lit d'enfant. Vous vous rappelez ces voitures Majorette ? Une petite décapotable rouge, c'était. Sasch – quelqu'un que j'ai connu – avait eu exactement la même. Je l'ai glissée dans ma poche, histoire de me souvenir de cet endroit. J'ai deux autres boîtes de trucs au fond de mon armoire.

Je me mordis la lèvre, ne sachant trop quoi dire, maintenant que j'avais entièrement confessé mon secret honteux.

Rik se tourna face à moi, l'air sérieux. Je me trompais peut-être. Si ça se trouve il était dégoûté. Je me préparai au pire.

— Kate, il faut que je sois honnête avec vous.

Et voilà.

— Je sais qui vous êtes. Je sais ce qui vous est arrivé, à vous, votre mari et votre fils. Je le sais depuis la première fois que je vous ai vue et je n'en ai rien dit.

Sa mâchoire se crispa, comme s'il devait s'endurcir pour parler. De nouveau mon estomac vrilla, mais pas à cause d'une réaction physique, cette fois. Je ne parvenais plus à respirer.

— J'étais jeune, à l'époque, une nouvelle recrue. J'avais été posté dans les quartiers ouest et j'étais dans les forces de police depuis à peu près dix mois. J'étais là, cet après-midi-là. À la jetée. (Il marqua une pause.) J'ai aidé à sortir votre mari et votre fils du port de Sydney.

Avant

— Katie ! Par ici ! Juste quelques questions.

Les flashs des appareils photo me brûlaient les yeux. Et ce malgré les lunettes de soleil.

— Madame Bauer ! Comment vous sentez-vous ?

— Katie ! Katie ! Pensez-vous que l'enquête révélera quelque chose de nouveau ?

J'étais flanquée de maman et papa, leurs mains sous mes bras étaient la seule chose qui me tenait debout alors qu'ils m'aidaient à traverser la meute des journalistes.

Il y a onze mois, une semaine et trois jours, mon fils mourait.

Sascha aurait dû avoir plus de six ans aujourd'hui. Son absence me faisait encore régulièrement l'effet d'un coup de poing en plein ventre. Chaque matin, je me réveillais dans un bref instant d'inconscience, d'ignorance bénie, avant que la réalité ne s'abatte. Je souffrais encore de l'absence de mon garçon, son odeur me manquait, le contact de ses petits bras maigrichons autour de mon cou, de ses boucles si douces qui me chatouillaient la joue.

Mais il était parti.

Six jours durant, après l'incident, les photographes ont rôdé devant l'immeuble. Je dormais dans le lit de Sascha, enroulée, serrée dans sa couette, à fixer sans les voir les dinosaures en peluche alignés sur sa commode. Les camionnettes des médias grouillaient dans la rue comme des hyènes encerclent un gnou blessé. Tous les jours, mes parents affrontaient la horde, évitant caméras et micros pour m'apporter à manger et vérifier que je restais accrochée à ma santé mentale précaire. Plus tard, ils m'ont ramenée chez eux, c'était plus facile, à les croire. Les reporters nous y ont suivis, ont campé devant la maison Pymble jusqu'à ce qu'enfin, vu que je ne quittais pas les lieux, ils renoncent et que l'histoire retombe. Pour eux, ce n'était plus une histoire, s'ils n'avaient pas de visage à montrer à l'écran.

La presse s'est trouvé d'autres tragédies à exploiter… pardon, à traiter. À un moment donné, j'ai pris conscience que je ne trouverais jamais le courage de vivre de nouveau à l'appartement. Je l'ai vendu, vite et pas cher, pour acheter celui d'Artarmon. Je ne me rappelais pas grand-chose de cette époque. La sœur taciturne de Peter, que je connaissais à peine – je ne l'avais rencontrée qu'une fois, à l'occasion de notre mariage –, est venue de Melbourne et a emporté quelques-unes de ses affaires. Le reste, je l'ai donné à des œuvres caritatives. J'ai gardé la plupart des affaires de Sascha, en revanche, et maman m'a aidée à les mettre en cartons pour les stocker dans son garage. Je ne pouvais pas les jeter, mais je ne me voyais pas non plus les affronter tous les jours. Ma mère m'a trouvé le boulot chez Imperial Real Estate. La vie a continué. Enfin, sur le papier.

Pourtant aujourd'hui, onze mois plus tard, la presse était de retour.

Je ne pouvais pas me tenir à l'écart de l'enquête médico-légale sur la mort de mon mari et de mon fils. Ne me demandez pas pourquoi, il fallait que j'entende un inconnu décrire et définir ce qui s'était passé ce jour-là. Je ne sais pas trop pourquoi c'était important puisque, comme le veut le cliché, rien ne me ramènerait Sascha. N'empêche, il fallait que j'y sois.

Pour mon fils.

J'ai évité les micros qu'on me fourrait sous le nez. Une journaliste, macabre avec son épaisse couche de maquillage spéciale caméras, m'a bloqué le passage. Ses longs ongles agrippaient un micro et ses lèvres rouge vif formaient des mots que je ne parvenais pas à déchiffrer. Ses yeux étaient sans émotion. J'ai baissé la tête et foncé, comme quand on marche dans une tempête de neige.

Elle ne fait que son boulot.

Je me figurais déjà à quoi je ressemblerais à la télé, plus tard ce soir : une mère en deuil. Une victime traquée. Je plaquai un masque sans expression sur mon visage, juste pour ne pas leur donner ce qu'ils attendaient.

Je le savais, ce qu'ils voulaient.

Mes larmes, ma rage. Ma haine. Ils voulaient tout ça à la télé. Ils voulaient le diffuser aux infos de 20 heures, un reportage pour que les gens compatissent en touillant leurs spaghettis bolognaise tout en remerciant Dieu que leur famille, à eux, soit normale, leurs enfants en vie et en pleine santé. Qu'ils ne soient pas cette pauvre femme brisée à l'écran.

J'ai refermé les yeux et me suis laissé guider par mes parents. Les flashs se sont éteints et ma mère a murmuré :

— Monte, monte les marches, Katie.

J'ai retiré mes lunettes noires et vu, au-devant, le grand escalier qui menait au bâtiment insipide des années 1970 abritant la cour du coroner d'État. On a emprunté le couloir et abouti dans une vaste pièce. J'avais les os lourds et les extrémités engourdies. La salle était pleine de monde. J'ai fermé les paupières et écouté le bourdonnement de la foule. Au bout d'un moment, les murmures ont fait place au silence.

— Les défunts étaient Peter Ian Bauer et son fils, Sascha Jackson Bauer. Cause de la mort pour les deux cas : noyade.

Les mots m'ont brusquement tirée de ma catalepsie.

J'ai levé les yeux vers le coroner. Il ressemblait à un gentil dentiste de famille ou un voisin à qui on fait signe par-dessus la haie. Il n'aurait pas déparé devant le barbecue, à faire griller des saucisses à une fête des écoles. Sa seule caractéristique distinctive était une voix profonde et autoritaire qu'il savait utiliser pour faire son petit effet.

— Peter Bauer était le conducteur du véhicule au moment où il a plongé de la jetée dans le port de Sydney, au niveau de Balmain. Peter et son fils unique, Sascha, étaient à l'intérieur du véhicule et ils se sont noyés quand l'habitacle s'est rempli d'eau. Les experts médico-légaux nous ont indiqué que, Dieu merci, la mort a été rapide pour tous les deux.

Il a prononcé sa dernière phrase d'une voix plus douce, puis m'a jeté un coup d'œil avant de poursuivre :

— Peter Bauer a volontairement lancé le véhicule par-dessus la jetée, ce jour-là. J'en ai acquis la certitude grâce à l'enquête approfondie menée par les forces de police de Nouvelle-Galles du Sud. Ce que je suppose, c'est qu'il a agi ainsi pour mettre un terme à ses jours et à ceux de son fils de cinq ans, Sascha. Les experts ont établi clairement que le véhicule a accéléré en approchant de l'eau. Peter Bauer n'avait pas de maladie existante qui puisse nous permettre d'attribuer ce comportement à un réflexe involontaire ou une crise de quelque sorte que ce soit. Lors de l'autopsie, nous n'avons pas non plus trouvé de preuves qui soutiendraient une telle conclusion. De plus, le témoignage de sa femme, Katie, suggère que l'état d'esprit de monsieur Bauer pouvait être instable au moment de l'incident. Bien que son mari n'ait jamais annoncé de manière explicite à Katie Bauer qu'il avait l'intention de faire du mal à Sascha, il apparaît – avec le recul, il faut bien le préciser – que Peter pouvait être dépressif, voire suicidaire après avoir appris qu'elle prévoyait de le quitter, ce dont il avait pu déduire que la situation allait limiter ses contacts avec l'enfant dans un futur prévisible.

Recul. Explicite. Faire du mal.

Il s'est raclé la gorge et a continué.

—Au moment où le véhicule est entré dans l'eau, Sascha Bauer était attaché dans un siège enfant sur la banquette arrière de la voiture, côté gauche. Selon sa mère, Sascha était assez grand pour défaire sa ceinture et il apparaît qu'il a tenté de le faire, car la ceinture était détachée. De plus, Sascha était un excellent nageur, ayant pris des cours depuis son plus jeune âge. Cependant, les investigations indiquent que l'habitable s'est rempli d'eau très rapidement, nous parlons peut-être de quelques minutes, autrement dit l'enfant n'a eu aucune possibilité de se libérer et de nager jusqu'à la surface.

Aucune possibilité.

J'ai baissé les yeux et vu le sang qui coulait sur mes poignets. Mes poings étaient serrés, mes ongles mal taillés enfoncés dans la chair de mes paumes.

—Je passerai donc maintenant à mes recommandations. Je n'en ai qu'une. Je recommande au gouvernement de Nouvelle-Galles du Sud et aux conseils locaux de Sydney de travailler de concert à revoir l'approche des véhicules sur toutes les jetées du port de Sydney, en vue de restreindre l'accès des véhicules à l'eau, et ce via des moyens appropriés tels que des barrières et des bittes d'amarrage.

Il a déplacé les papiers sur son bureau avant de reprendre.

— Pour ce qui est de Peter Bauer, il était peut-être suicidaire. Sa femme l'avait quitté et l'énorme succès de son premier roman était devenu de l'histoire ancienne avec son incapacité à produire un autre livre. Cependant, nous ne saurons jamais comment il s'est retrouvé dans des dispositions aussi sombres. Si sombres qu'elles l'auront conduit à commettre à la fois un filicide et un suicide. Peter Bauer était un homme éduqué, un père aimant et un mari dévoué. S'il avait pu trouver de l'aide ou du réconfort, dans les moments qui ont conduit à l'incident, peut-être cette tragédie aurait-elle pu être évitée. Encore une fois, nous ne le saurons jamais.

Son regard sérieux s'est posé sur moi.

— Au nom de l'équipe médico-légale, je présente mes sincères condoléances à la famille des défunts. En particulier à Katie Bauer qui, sans avoir commis la moindre faute, a perdu, en un même jour terrible, un mari et un fils. Nul ne devrait avoir à supporter pareille perte et certainement pas dans des circonstances aussi bouleversantes. Nos condoléances s'étendent aussi aux grands-parents de l'enfant et à tous ceux qui pleureront les défunts et regretteront leur décès. Je déclare cette enquête close.

Dimanche 27 juillet

Matin

Je fixai sur Rik un regard vide.

— Voir cette voiture soulevée de l'eau… Ça a été le pire jour de ma vie, dit-il. Alors j'imagine ce que ça a dû être pour vous.

Il passa une main sur son crâne chauve et je vis qu'elle tremblait.

— Je ne me souviens pas de vous, répliquai-je, avec l'impression que ces mots étaient épais en bouche.

— On ne s'est pas rencontrés. Pas personnellement. Enfin, j'étais… là le jour J, mais j'étais en poste intra-muros, dans les quartiers ouest, et je n'étais qu'un bleu.

— Vous avez vu Sascha quand ils l'ont sorti de l'eau ?

Ma voix était un souffle : je ne voulais pas savoir, pourtant je me sentais comme obligée de poser la question.

Il avait blêmi, son expression était malheureuse, à croire que lui aussi, il se sentait soudain faible.

— Je… Oui.

Je tombai plus que je m'assis, l'esprit rivé sur mon petit garçon extrait du port, si froid. Sans vie.

Rik se percha timidement au bout de la méridienne.

— J'ai su que c'était vous dès que je vous ai vue au *Northies*. Pardon de n'avoir rien dit plus tôt. Je voulais vous en parler au déjeuner, l'autre jour, mais je n'ai pas pu. Je… je n'étais pas sûr que vous voudriez l'entendre. (Il se racla la gorge.) Kate, je ne sais pas non plus si vous voudrez entendre ce que je vais vous dire maintenant. (Le regard qu'il posait sur moi était un étrange mélange de gentillesse et… d'autre chose.) Je ne vous connais pas bien, reprit-il. Mais je vous apprécie. Vous êtes drôle, pleine de vie et honnête. Et résiliente. Mais… j'ai l'impression que vous auriez peut-être besoin d'un peu plus de soutien, là. Qu'il se passe un peu trop de choses dans votre vie. Je veux dire, ce qui vous est arrivé, c'est la pire des tragédies… Je ne peux imaginer combien vous avez souffert. Le fait que vous soyez encore là est une preuve de votre force. Pourtant, on dirait que les temps sont durs pour vous en ce moment. Je suis inquiet pour votre bien-être.

Mon « bien-être » ? Il était inquiet pour mon « bien-être » ? Je détournai les yeux, car cette pensée aurait pu me donner envie d'éclater de rire. Au lieu de quoi, je revins sur son regard scrutateur.

— S'il vous plaît, partez.

La fermeté de ma propre voix m'étonna.

Rik continua de me regarder, mais désormais son regard intelligent était voilé par le doute. Cependant, il n'insista pas.

— Bien sûr. Mais Kate, s'il vous plaît, contactez-moi si vous avez besoin de quoi que ce soit. Même si c'est juste d'une oreille à qui parler.

Il hésita, puis gagna la porte et sortit de son propre chef. J'étais seule.

Avant

Je suis ressortie du tribunal, accrochée au bras de mon père. Les médias, massés dans l'allée, ont levé la tête tels des suricates dès qu'ils m'ont aperçue. Cependant, ils étaient plus sur la retenue qu'à mon arrivée et nous les avons traversés sans peine. Et quand nous avons tourné à l'angle de la rue, ils nous ont simplement laissé partir. Je ne sais pas pourquoi. Peut-être une autre mère en deuil était-elle attendue, qu'ils projetaient d'accoster plutôt que moi.

Au bout d'un demi-pâté d'immeubles, ma mère a pris la parole.

— Katie, entrons nous asseoir là un petit moment.

Je n'avais pas remarqué le salon de thé sur notre droite, avec les clients qui faisaient la queue à l'intérieur ou discutaient à des tables installées sur le chemin piétonnier. Ma mère avait le visage rougi et elle regardait mon père, dont la peau blême était couverte d'un voile de sueur.

— Oui. D'accord. Pardon, ai-je répondu, en me demandant quand – si – je ressentirais de nouveau des émotions un jour.

Nous avons choisi une table à l'extérieur et je me suis laissé tomber sur un siège, affalée en avant pour examiner mes paumes et les fines lignes rouge-marron qui marquaient mes avant-bras.

Comme Jésus sur la croix.

Quand ma mère a vu le sang, un air de dégoût est passé discrètement sur son visage. Elle a tiré un mouchoir d'une poche et l'a lâché sur la table pour moi.

— Je vais nous chercher des cafés, a-t-elle annoncé sans autre commentaire, et filé en droite ligne vers l'intérieur.

J'ai pris le mouchoir. C'était un vieux de papa. Maman en gardait toujours un dans son sac. Je m'en servais pour nettoyer Sascha quand il s'était barbouillé de glace ou de gâteau au chocolat, les fois où on prenait un quatre-heures en ville. Et lui, il essayait de repousser ma main en pleurnichant, jusqu'à ce que je souffle sur ses joues toutes douces et qu'il se mette à glousser.

Un sanglot m'a échappé et j'ai serré les dents : mieux valait m'en tenir à pas d'émotions. Ne rien éprouver, c'était infiniment préférable aux souvenirs.

Je me suis léché la paume et, avec le mouchoir, j'ai frotté jusqu'à ce qu'elle soit propre. Papa s'est assis à côté de moi dans un grognement qui m'a poussée à lever les yeux. Lui, il avait les mains croisées sur la table devant lui, les yeux cerclés de rouge.

Est-ce qu'il pleurait au tribunal ? Je n'avais pas remarqué.

— Katie, il faut que j'aille aux toilettes, a-t-il annoncé d'une voix chevrotante en tournant la tête vers moi. Ça va aller si je te laisse toute seule une minute ?

J'ai hoché la tête et il a attendu une seconde ou deux de plus, comme pour se persuader que ça irait, puis il s'est levé et éloigné d'un pas mal assuré.

Je me suis mise à regarder les voitures passer à toute allure, avec leurs conducteurs ignorant mon chagrin. Je ne parvenais pas à me figurer une existence aussi insouciante. Le luxe de la normalité.

— Excusez-moi ?

Une matrone, la soixantaine, s'approchait de la table. Elle avait les yeux brillants et sa poitrine généreuse était couverte d'un gilet incrusté de pierreries rose layette – les strass éparpillés sur son décolleté scintillaient comme des étoiles. Une vague de lavande flottait autour d'elle.

La lavande, c'est censé être apaisant. Pour moi, ça avait toujours évoqué la mort.

— Vous êtes la pauvre dame de l'enquête, c'est ça ? Celle qui a perdu son fils. Et son mari ?

Comme je ne mouftais pas, elle a pris mon silence pour un assentiment et a continué à déblatérer sur un ton qui ne parvenait pas à masquer une joie macabre, alors même que ses yeux étaient emplis de larmes.

— Mon amie Di et moi, on assiste parfois aux conclusions des enquêtes criminelles, vous voyez. Disons qu'on pourrait appeler ça un passe-temps. On était là aujourd'hui, d'ailleurs Di est juste là-bas, elle finit son thé.

Elle a tendu la main et j'ai suivi la direction montrée par son doigt, jusqu'à une seconde femme pas loin, qui me faisait signe avec l'air ravi de quelqu'un qui vient de repérer une célébrité. Elle avait un tout petit morceau de gâteau logé à la commissure des lèvres.

— Et je lui ai dit : « Di, c'est la pauvre dame de l'enquête, je vais aller lui dire combien on est désolées. » (Une grosse larme, une seule, a dégouliné sur sa joue pour atterrir sur la table.) Quelle terrible tragédie ! « Honnêtement, j'ai dit à Di, je ne sais pas comment je pourrais continuer à vivre si quelque chose de pareil m'arrivait. Perdre son enfant… » (Elle a laissé le mot en suspens.) Tué par son propre père. Ça donne à réfléchir sur ce que vous auriez peut-être pu faire pour l'empêcher. Je veux dire…

— PARTEZ !

Ma mère est apparue devant moi, brandissant un numéro de table en métal planté sur un support. La femme la fixa de ses yeux encore plus ronds.

— Comment osez-vous ? a continué maman, la bouche tordue, enlaidie par la colère. Vous partez immédiatement ou je vous flanque ça autour du cou.

Elle agitait son numéro de table tout près du visage de la femme. La fouineuse a reculé, terrifiée et vexée à parts égales.

— Je présentais juste mes condoléances à cette pauvre femme…

— Pas du tout, espèce de vampire ! Non, vous la jugiez ! Alors vous pouvez aller vous faire foutre !

J'ai écarquillé les yeux. C'était la première fois que j'entendais ma mère utiliser le « mot en f », comme elle l'appelait.

Di, une dame tout aussi plantureuse avec des nichons encore plus énormes, s'est dépêchée de se porter au secours de son amie. Le bout de gâteau avait disparu de ses lèvres, mais elle avait des miettes partout sur la poitrine et son visage avait rougi pendant la scène où elle se trouvait impliquée. Di a passé un sac à main à la femme aux strass, l'a attrapée par le bras et l'a pratiquement traînée au loin. J'ai suivi des yeux les deux femmes qui se hâtaient de descendre la rue, têtes l'une contre l'autre, en se retournant vers nous à l'occasion, avec un mélange de joie et d'horreur. Cette histoire animerait leurs dîners pendant des années, me suis-je dit, toujours incapable de réveiller mes sentiments, dans un sens ou dans l'autre.

Ma mère aussi les a regardées s'en aller, avant de se tourner vers moi.

— Ce n'est pas ta faute, Katie, a-t-elle dit avec férocité, puis elle s'est affalée sur une chaise, en lâchant le numéro de table dans un bruit métallique. Pas du tout.

Pourtant, je savais que cette femme avait raison. C'était ma faute.

C'était ma faute si mon fils était mort.

Dimanche 27 juillet

Après-midi

Je passai le reste de la journée à broyer du noir à la maison, à comater entre le lit, la méridienne et le frigo. Je n'arrivais pas à analyser mes sentiments – mes sentiments concernant ce que m'avait avoué Rik et ce que cet aveu m'inspirait. Et je ne cessais de l'imaginer portant le petit corps pâle de Sascha dans ses bras. Froid, mouillé, sans vie. Pourtant, je n'avais pas envie de boire. Au contraire, la pensée de l'alcool m'écœurait. Me dégoûtait presque autant que les détritus étalés sur ma table basse.

En début de soirée, je ramassai la boîte et y refourrai tout, sans prendre la peine de remettre le couvercle. Je la pris, dans le dessein de porter le tout à la benne et de m'en débarrasser une bonne fois pour toutes. Mais au moment où je saisissais la poignée de la porte, quelque chose me retint.

Je n'avais peut-être pas besoin de jeter ça tout de suite. Pas encore.

Je baissai les yeux. Le dinosaure de Kingsley était allongé sur le flanc, en travers d'une vieille liste de courses, son œil vide rivé sur moi, accusateur.

Après tout, elle ne tenait pas beaucoup de place, cette boîte. Pas besoin de la jeter là, tout de suite, à la seconde. Je la posai près de la porte. Pour l'instant.

Je pris le dinosaure.

Et quand j'allai me coucher, de bonne heure ce soir-là, épuisée, je le contemplai sur ma table de chevet. Et je dormis comme une masse.

Lundi 28 juillet

Matin

J'appelai au boulot pour me faire porter pâle. Et exceptionnellement, ce n'était pas à cause d'une gueule de bois. J'avais dormi douze heures d'affilée. Pour la première fois depuis des mois, je m'étais réveillée… plutôt en forme. Quand je me regardai dans le miroir, mon visage me sembla moins bouffi, les habituels cernes noirs sous mes yeux légèrement moins visibles.

Mais bon, je me fis quand même porter pâle.

J'avais d'autres projets en tête.

À 9 heures, j'étais assise dans la voiture de mon père devant la maison Harding. Dans quel espoir ? Je n'en savais rien. Je m'étais attendue à ce que Pip et Brett soient au travail, mais le portail était ouvert et la voiture de Pip garée dans la rue. Alors peut-être était-elle seule à la maison ? Roger ne serait quand même pas là un lundi matin. Même si, en y réfléchissant, il ne fallait pas exclure la possibilité d'un petit rendez-vous galant en journée, pendant que Brett travaillait. Je jetai un coup d'œil suspicieux aux alentours, redoutant soudain de le voir apparaître à ma vitre.

Rien. Et merci, putain.

Un vent tempétueux soulevait feuilles et poussière de haut en bas de la rue. Le soleil brillait, malgré une journée froide. J'avais appelé mes parents, plus tôt, parlé brièvement avec ma mère qui rentrait tout juste de sa promenade habituelle aux aurores. Je lui avais raconté que la lampe était en rupture de stock et qu'ils en recevraient d'autres plus tard dans la journée, alors est-ce que je pouvais garder la voiture de papa jusqu'à demain ?

— Demain, pas de souci. (Je l'entendais tout juste avec les chiens.) Je donne leur petit déjeuner à Fritz et Frieda. Couché, vous deux ! Ton père est parti à une compétition en quatre trous de bonne heure aujourd'hui. David Brunhill est passé le prendre, donc ça n'a pas posé de problème. Et moi, demain je serai au tennis jusqu'à 18 heures, mais tu pourrais venir la déposer après, si tu veux ?

— OK. Merci, maman.

Et j'avais raccroché avant qu'on s'embarque sur d'autres sujets que je ne souhaitais pas aborder : le travail, la boisson, Leah, les bébés. La liste était longue.

Et voilà comment je me retrouvais là. Garée face au portail d'entrée, sur une place qui me permettait de voir en partie l'allée.

Je grignotai une pomme, attitude doublement vertueuse puisque je mangeais un fruit tout en n'ayant pas la gueule de bois. Pile au moment où je décidais que j'allais devoir reprendre le risque de gagner le bosquet, Pip apparut. En tenue de sport : legging long et débardeur, le tout noir. Sa queue-de-cheval était secouée par le vent et lui fouettait le visage, en guise de châtiment d'une certaine façon. Je la vis enfoncer des écouteurs dans ses oreilles et s'en aller en courant. Je mangeai une banane. Quarante minutes plus tard elle revenait, visage un peu plus rouge mais toujours sacrément belle. Elle ralentit jusqu'à marcher et disparut sur l'allée carrossable. Et je songeai que c'était très relaxant, d'être assise dans la voiture bien au chaud.

Je me réveillai en sursaut.

13 h 51.

Merde.

J'avais dormi presque deux heures.

Pip taillait les rosiers le long de l'allée, à peine à une dizaine de mètres d'où j'étais assise. Elle s'était changée, portant désormais un jean ample et un pull gris, des gants de jardinage. Mon estomac gronda, assez fort pour être entendu jusqu'à Artarmon, et je retins mon souffle tant que Pip ne se fut pas éloignée. Elle s'en retourna, poussant une brouette qu'elle laissa près du portail. Là, elle entreprit de rabattre les plantes le long de la clôture. Je m'enfonçai dans mon siège, aussi bas que possible, mais elle ne semblait pas avoir la moindre conscience de ma présence. Quoique occupée à des tâches banales, Pip exsudait une grâce naturelle, et même ses vieux habits étaient stylés.

Malgré ma faim, je dus me rendormir un peu, car je me réveillai de nouveau dans un sursaut quand la voiture de Brett s'engagea dans l'allée. Je farfouillai en quête de mon téléphone.

15 h 35.

Tu es une idiote, Kate. Une idiote.

Pip s'arrêta de tailler et sourit à Brett sur son passage. Sourire qu'il ne lui rendit pas. Sa bouche formait une ligne pincée. Je perdis la Mercedes de vue dans l'allée carrossable. Je regardai attentivement la maison, comme pour inciter Brett à sortir, tout en le redoutant. Je sursautai lorsqu'il apparut et se dirigea vers Pip d'un pas raide, veste de costume ouverte et battant ses flancs, si bien que je vis la chemise tendue sur son ventre. Le vent relevait les rares cheveux de Brett en une touffe comique, cependant le regard glacial qu'il portait sur sa femme était tout sauf drôle. Pip porta une main à sa hanche et s'essuya le front du revers de l'autre. Elle parut sur le point de dire quelque chose, avant de s'en abstenir en avisant l'attitude de son mari : elle se tut et relâcha mollement les deux mains contre ses flancs. Son poignet était toujours bandé. Brett s'approcha, très près, au point qu'il avait le visage tout contre le sien, comme le font les boxeurs avant un round. Ma peau se hérissa.

Allez, Pip, tu vois pas qu'il est en colère? Fiche le camp. Maintenant.

Brett agrippa le bras de sa femme et l'attira plus près encore tandis qu'elle essayait de reculer. La rage déformait son visage.

J'avais voulu que Pip et Roger rompent. Je n'avais pas souhaité ça. Et si j'avais peut-être rêvé de faire du mal à Pip moi-même – en fait, à ma grande honte, je lui avais effectivement fait du mal, m'avouai-je dans un sursaut –, je ne voulais certainement pas que Brett lui en fasse. Je me penchai vers ma vitre ouverte, mais le vent emportait leurs paroles, bien qu'ils soient seulement à quelques mètres de moi.

Soudain, la voix de Brett grimpa et il hurla en la secouant :

— Qui d'autre est au courant ?

Pip ne répondit pas. Elle cilla, mais semblait plus surprise qu'effrayée. Elle lui mit même une main sur le bras et s'adressa à son mari avec calme.

Merde.

Qu'est-ce qu'elle faisait ? Brett pourrait-il la frapper ?

Pendant mes séances avec le Dr Evans, nous avions discuté en longueur du type de personnes qui en blessent – voire en assassinent – d'autres. Dans mon cas, le sujet était souvent revenu sur le tapis. On avait listé les psychopathes, les sociopathes, les sadiques, ceux qui souffraient d'une ou plusieurs maladies mentales, ainsi que les gens intrinsèquement mauvais. On avait essayé de classer Peter dans l'une de ces catégories, sans y parvenir avec certitude. Peter était intimidant, certes. Il avait tendance à vouloir tout contrôler, assurément. Avec le recul, c'était peut-être un psychopathe. Toutefois, il avait rarement été violent avec moi. Je n'avais eu aucun signe avant-coureur de ce qu'il projetait. Et ce constat me tourmentait – constamment, comme une dent infectée ou un ulcère de l'estomac –, cette idée que j'avais été mariée avec un homme capable de commettre ce qu'il avait commis. Que j'avais ignoré quel genre d'homme il était vraiment. Que je n'avais pas su l'arrêter. Sauf qu'à ce stade, c'était trop tard.

Je ne connaissais pas assez bien Brett pour le classer dans une catégorie. Il était peut-être juste extrêmement en colère. Mais la rage – la rage, pure – eh bien, c'était tout aussi létal que n'importe quelle maladie mentale.

Avais-je, bêtement, sans réfléchir, mis Pip et Kingsley en danger ?

Je serrai les poings, puis pris conscience que je tenais encore mon téléphone. Je baissai dessus un regard trouble. Je ne pouvais pas rester assise là sans rien faire. Fallait-il appeler la police ? Ou bien est-ce que les alerter empirerait encore la situation ?

Rik.

Je pouvais appeler Rik. Il saurait quoi faire. Mes doigts restèrent en suspens au-dessus du clavier, incertains.

Brett se tut. Il tenait toujours Pip par le bras, mais elle se dégagea. Elle jeta un regard autour d'elle et lui fit signe de la suivre à l'intérieur. À mi-chemin dans l'allée, elle se retourna vers lui, une expression de supplique sur le visage.

Oh, Pip, il est trop tard pour ça.

Un éclair, un mouvement dans un rétroviseur détourna mon regard de la dispute qui se déroulait sous mes yeux. Kingsley arrivait, à vélo le long du trottoir, en direction de ses parents.

Merde.

Pas encore. Kingsley n'avait pas besoin d'assister à ça. Je reportai mon attention sur les Harding, mais ils étaient complètement pris dans leur propre scène.

Si Pip ne pouvait pas protéger son fils, ni même se protéger elle d'ailleurs, alors je le ferais.

J'enfilai ma casquette et mes lunettes de soleil et sortis de voiture. Je ne regardai pas en direction de la maison Harding. Je partis au trot dès que je fus hors de leur vue, pour me diriger vers Kingsley.

Au départ, son regard glissa sur moi – pas étonnant, il n'avait aucune raison de s'intéresser à une drôle de bonne femme grassouillette qui courait en agitant ses bourrelets le long de la contre-allée. Mais il regarda à deux fois, le mouvement de ses jambes commença à ralentir et, enfin, je vis son expression changer – reconnaissance, d'abord, puis colère – et il s'immobilisa. Il portait un blazer bleu marine et un pantalon gris, sa cravate un peu relâchée. Sur le dos, il avait un sac fourni par l'école, lourd apparemment, mais qu'il semblait porter avec facilité.

— Vous ! lança-t-il, accusateur.

Je m'arrêtai, pantelante, une main à la poitrine.

C'est pas le moment de faire une crise cardiaque, Kate.

— Je...

— Qu'est-ce que vous faites là ? Vous me suivez ?

— Je... Non, il faut que je te parle.

—C'est aussi ce que vous avez dit l'autre soir. (Il plissa les paupières, l'air suspicieux, puis il regarda brièvement vers sa maison.) Vous êtes allée voir mes parents ?

—Non. Je voulais…

Ses yeux bleus lançaient des éclairs.

—Dans ce cas, partez, cracha-t-il. Je m'en fous de ce que vous avez à dire. Tout le monde s'en fout. Partez et restez loin de nous. Laissez ma famille tranquille.

Son animosité me fit l'effet d'un choc. On était censés être amis. Et là, tout partait salement en vrille.

—Quoi ?

—J'ai parlé de vous à ma mère.

Sa mère ?

Oh, merde.

Je lui avais dit de parler à Brett. Pas à Pip.

—Je lui ai répété ce que vous m'aviez dit. Elle m'a expliqué qu'elle savait qui vous étiez. Que vous la connaissiez de l'époque où vous étiez toutes les deux aux Beaux-Arts. (Il me dévisageait toujours, paupières plissées.) Elle a dit que vous étiez une pauvre dame triste et solitaire, jalouse de nous. Que vous vouliez une famille comme la nôtre pour remplacer la vôtre. Et elle a dit aussi que vous aviez des « problèmes de santé mentale », conclut-il en dessinant des guillemets avec ses doigts sur les derniers mots. Maman m'a demandé de garder mes distances et de l'appeler si je vous revoyais.

Je n'arrivais plus à respirer.

Des problèmes de santé mentale.

Il entreprit de me contourner sur son vélo.

—Je vais lui dire que vous êtes là. Vous feriez mieux de partir.

—Non ! le rappelai-je en le suivant. N'y va pas !

— Je vais me gêner ! lança-t-il par-dessus son épaule.

Je trébuchai derrière lui, le souffle coupé par ses paroles. Elles étaient tellement… vraies, putain !

Kingsley avait presque atteint le portail lorsque Brett en émergea. Il avait dû nous entendre. J'hésitai et restai une seconde immobile, à essayer de recouvrer mon souffle. Alors que Kingsley arrivait à hauteur de son père et pivotait pour tendre vers moi un index accusateur, je bifurquai vers ma voiture, dans un sprint plus rapide que je n'en avais réussi depuis des années. J'ouvris la portière conducteur à la volée au moment où Kingsley essayait de dépasser son père. Pip n'était plus dans l'allée.

En claquant ma portière, je vis Brett attraper Kingsley par le bras. Il semblait l'interroger de près et agitait le bras dans ma direction. Kingsley secoua la tête et tenta de se libérer. Puis l'adolescent tourna vers moi un bref regard. Au départ, je ne sus mettre le doigt sur l'expression que j'y vis. Aussitôt, il se détourna de Brett et de moi.

Je démarrai et pris la fuite. Et soudain, je reconnus ce que je venais de voir dans les yeux de Kingsley.

De la peur.

Pourquoi Kingsley a-t-il aussi peur de Brett ?

Mardi 29 juillet

4 H 43 DU MATIN

Je claquais des dents, si fort que je craignais de finir par en fissurer l'émail.

Tellement froid, putain.

J'ouvris la bouche et l'eau salée afflua. Je toussai, j'étouffai, battant des jambes et des bras. Mais quelque chose me retenait, quelque chose de lourd qui m'attirait vers le fond. J'ouvris les yeux, tout était sombre : des formes se cabraient devant moi d'une façon qui n'avait aucun sens. L'eau avait un goût de saumure, vaguement de station d'épuration. J'avais mal aux bras, pourtant je n'arrêtais pas de remuer, je tentais de nager vers le haut et mes ongles griffaient quelque chose de doux mais d'impossible à déchirer à cinquante centimètres devant moi. Je renonçai à tirer dessus et tâchai de pousser, d'appuyer au lieu de tirer dessus. Pas mieux. J'étais coincée.

Plus rien n'existait que le besoin de respirer. Je portai les mains à ma tête, les sentis trembler, de terreur ou à cause de l'eau glacée, je ne savais pas. Les bulles d'eau remontaient dans mes narines et je sanglotai, en aspirant encore plus dans ma bouche. Des étoiles explosèrent devant mes yeux. Je n'y arriverais pas. C'était trop tard. J'ouvris la bouche, essayai de crier, de hurler, de supplier qu'on vienne m'aider.

— Maman !

Je sursautai, ce mot était sorti comme le glapissement de douleur d'un animal blessé.

Mon cœur cognait follement et mon corps tout entier était moite de sueur. J'entrouvris les yeux. Mon lit. Mon appartement. Tout allait bien. Tout était normal. Je tentai de calmer mon cœur.

Respire profondément, Kate. Le Rêve. C'était juste ce putain de Rêve.

Sauf que cette fois, il était différent. Ce n'était pas mon rêve habituel. Pas seulement moi en train de me noyer sous une étendue d'eau quelle qu'elle soit. C'était lui. Mon garçon. Ce rêve, c'était celui du jour de sa mort. Du jour où Sascha avait eu besoin de moi.

Du jour où je n'avais pas été là.

Je me mis à sangloter. À pleurer à chaudes larmes. Comme je ne l'avais plus fait depuis le mois de sa mort.

Tout était ma faute.

Mercredi 30 juillet

1 H 22 DU MATIN

« Salut, Rik. C'est Kate. Désolée de vous appeler aussi tard. Vous dormez, sans doute. Je... euh... je voulais juste m'excuser pour l'autre jour. J'étais... bouleversée. Mais vous devez le savoir. Je... hum, je me suis dit que peut-être on pourrait se voir, un de ces jours. Peut-être pas tout de suite, par contre, j'essaie de recoller les morceaux de ma vie, là. Je n'ai pas bu un verre depuis... (Rire.) Eh bien, ce n'est que le deuxième soir... et on n'est pas encore le matin. (Nouveau rire.) Mais c'est un début, pas vrai ? Bref, je vous rappellerai d'ici une semaine ou deux. (Pause.) J'espère que vous décrocherez. Bye. »

Mercredi 30 juillet

Soirée

La soirée était claire et froide. Quand j'arrivai à la maison, mes respirations étaient de petits nuages dans le noir et mon nez coulait. Je sortis de voiture et gagnai l'immeuble, mi-marchant mi-courant sur une allée éclairée par des lampadaires faiblards, aussi peu préparée que toujours aux rares nuits glaciales de Sydney.

— Salut, Katie.

Une silhouette émergea de la pénombre. Les battements de mon cœur montèrent en flèche, avant que je comprenne qui était là.

Leah.

Ma sœur se tenait près de l'entrée du bâtiment. Sous les pâles lumières de sécurité, je distinguais à peine son visage, ses traits plus anguleux que ce qu'avait montré sa photo dans le journal. Elle avait de nouveau les cheveux comme les miens, revenus à leurs vagues naturelles et légèrement hors de contrôle. En revanche, le sourire de Leah, toujours prêt, il manquait. Elle frissonnait de la tête aux pieds et elle serrait son grand sac à main contre son ventre.

— Le bébé est parti.

Sa voix était plate. Je ne voyais pas ses yeux.

— Quoi ? Parti ? Comment ça, parti ?

— Tombé, voilà. J'ai fait une fausse couche. Je ne suis plus enceinte.

Un froid familier me saisit le bout des doigts, pour remonter le long de mes bras et se répandre dans tout mon corps.

Parti.

— Monte.

Je passai devant elle et déverrouillai la porte. On resta silencieuses dans l'ascenseur et Leah ne cessa pas de trembler.

Une fois à l'intérieur, ma sœur gagna la cuisine, comme dans une sorte de brouillard, et s'arrêta près du plan de travail. Elle ne me regardait pas. Le sac toujours fermement plaqué contre son ventre, elle se mit à parler.

— Vendredi, j'ai su que quelque chose n'allait pas. J'avais eu de légers saignements pendant la journée, mais dans tous les livres, ils disent que ça peut être normal, alors j'ai tâché de ne pas me faire de souci. Et puis, c'est devenu de plus en plus marqué et, quand je suis allée aux toilettes, j'ai perdu beaucoup de sang. Et j'ai eu des crampes et… d'autres trucs. (Elle se tut pour reprendre son souffle.) Ellis m'a emmenée à l'hôpital vers 1 heure du matin. Ils m'ont dit que j'étais en train de faire une fausse couche et m'ont renvoyée à la maison le lendemain matin.

Elle pivota et ouvrit le frigo, sortit une brique de lait de la porte et la fixa du regard, avant de la reposer.

— Donc voilà, le bébé est… parti, continua-t-elle d'un ton monocorde. J'ai encore des saignements. Des douleurs. Mais il est parti, je le sens. Je ne sais pas de façon certaine si c'était un « il », mais c'est comme ça qu'on le désignait. On l'appelait Jack, en fait. C'était son nom. Jack.

Enfin, elle me regarda. Ses yeux étaient vides d'expression. Je me rappelai quel effet ça faisait.

— Tu es la première personne à qui je le dis, reprit-elle en fermant la porte du frigo, avant de passer au salon, où elle s'assit. Je n'ai pas eu le courage de l'annoncer à maman. Elle m'a appelée hier, mais Ellis l'a expédiée.

Je déglutis. Je savais combien notre mère était surexcitée à la perspective d'avoir un autre petit-enfant. Elle y avait sans doute renoncé depuis des années. Et puis voilà que Leah, si peu maternelle, était tombée enceinte.

Et maintenant, ça.

Je me mordis la cuticule de l'index, arrachai un morceau de peau.

Pourquoi Leah venait-elle me voir, moi ?

Maman saurait quoi dire. Pourquoi ne pas aller vers elle ? Ou vers une amie. Leah avait des tas d'amies, la plupart étaient des mondaines ou des célébrités, mais n'empêche. C'étaient ses amies. Nous, on se parlait à peine.

— Tu devrais être chez toi auprès d'Ellis. Te reposer.

— Je ne peux pas aller chez moi, Katie. Je ne fais que penser au bébé.

Ça, au moins, je le comprenais. La dernière chose dont ma sœur avait envie, c'était de penser.

Elle s'assit plus droite. Le regard qu'elle posait sur moi avait changé, ses yeux étaient énormes, inquisiteurs, et je compris qu'elle n'attendait peut-être pas de compassion de ma part. Sa voix, quand elle reprit, était une supplique.

— Qu'est-ce que je vais faire maintenant ? Je ne sais pas à qui parler d'autre.

Je m'assis dans un bruit mat à côté de ma petite sœur. Cette fois, ce fut moi qui ne la regardai pas dans les yeux lorsque je pris la parole.

— Ils vont te dire que le temps apaisera ta douleur. Ils vont te dire que tu es jeune, que tu auras un autre enfant et que les souvenirs de celui-ci s'estomperont au fil des années. Que tu finiras, peu à peu, par aller mieux. Que ton enfant te manquera toujours, mais que le chagrin qui emplit chaque instant, en ce moment, qui te consume, ne durera pas toujours. Que tu peux être heureuse.

Je croisai enfin son regard vide, je le retins.

— Ils ont raison, Leah, ajoutai-je avec férocité. S'il te plaît, débrouille-toi pour qu'ils aient raison. Ne finis pas comme moi.

Quand mon fils est mort

J'étais au multiplex, assise dans la salle sombre d'un cinéma avec une dizaine d'inconnus, à rigoler de quelque bêtise proférée par Ashton Kutcher.

Bien sûr, je ne sais pas avec exactitude à quel moment mon fils est mort. Mais j'ai calculé que c'était à peu près à la moitié du film. Ce matin-là, je m'étais acheté des chaussettes de running et un collier avec un pendentif licorne, une fantaisie à dix dollars que Sascha allait adorer, je le savais. J'avais pris un café et un panini dans l'un de mes cafés préférés tout en lisant le journal.

Et puis je m'étais acheté une place pour le premier film que j'avais vu depuis des mois. Une comédie romantique qui ne m'obligerait pas à réfléchir. Et dont j'avais apprécié chaque minute.

Pendant que mon fils mourait. Sans que je sois à ses côtés.

Vendredi 1er août

Soirée

J'enfilai mes baskets et partis marcher pour la première fois depuis… eh bien, je ne me rappelais pas à quand remontait ma dernière sortie à pied, pour le plaisir ou l'exercice. Des mois. Cependant, si j'étais honnête, ma décision de faire de l'exercice était uniquement motivée par mon incapacité à affronter le ménage de l'appartement. Encore. Je n'avais jamais été une folle du nettoyage, mais ces derniers jours j'avais usé de tous les dérivatifs possibles et imaginables pour m'empêcher de boire.

Jusqu'à présent, ça avait fonctionné.

Certes, ça ne faisait que cinq jours – là, c'était mon sixième –, mais ces journées d'abstinence constituaient quand même un record pour moi. Du moins depuis la mort de Sascha. J'avais réussi à tenir un jour ou deux, jusqu'alors, oui, mais pas cinq. Cinq jours. En vérité, c'était triste. La fierté que j'éprouvais pour une chose que la plupart des gens réussissaient à peu près toute l'année.

Le pire, c'était le début de soirée. C'était là que j'étais la plus vulnérable, juste après le travail. Mon horaire habituel pour boire. Alors je récurais la douche, je pliais mon linge ou même, comme hier, j'allais jusqu'à nettoyer mon four encrassé. Tellement bien qu'à présent, on voyait à travers la vitre et que l'appartement tout entier puait les produits ménagers, de quoi me donner la nausée.

Mais plus que toutes ces choses-là, je consultais Facebook, allant jusqu'à rafraîchir la page toutes les trente secondes.

Que se passait-il chez les Harding ?

Ne pas savoir me tuait. Comment étais-je devenue aussi impliquée dans leur vie, et aussi vite ? Aussi complètement ? Même quand j'étais sobre, ils étaient toujours dans mes pensées.

Surtout Kingsley. Il avait été tellement méprisant, quand je lui étais tombée dessus devant chez eux. Il ne savait donc pas que je ne faisais que veiller sur lui ?

Qu'essayer de le protéger ?

Leah non plus n'était jamais loin de mes pensées. Après mon petit discours mercredi soir, j'avais utilisé son téléphone pour appeler Ellis. Il était fou d'inquiétude et m'avait annoncé qu'il venait immédiatement. Quand il avait sonné à l'interphone, Leah s'était avancée vers lui comme dans un brouillard, dans l'état où elle avait été en arrivant, à croire qu'elle ne savait où aller ni quoi faire d'elle.

Je devais l'appeler et prendre de ses nouvelles, j'en étais bien consciente.

Je me demandais si elle en avait parlé aux parents, à présent.

Je pensais à Rik aussi. J'avais envie de le rappeler pour lui annoncer que je ne buvais pas. Souvent, j'affichais sa fiche de contact sur mon téléphone, sans trouver assez de courage pour appuyer sur le bouton et me lancer. Je craignais de passer pour une pauvre cloche, à l'appeler alors que j'avais seulement réussi à me passer de bibine pendant quelques jours. Cinq jours sans alcool, ça ne valait pas d'être fêté. Et pourtant, si, quand même.

Et même ça, c'était ironique. Comment fêter le fait de ne pas boire sans boire un verre ?

Comment compatir, comment socialiser, comment traverser un putain de vendredi soir sans un verre ?

Seulement, j'avais peur de l'appeler aussi. Elle remontait à loin, la dernière fois où j'avais rencontré un homme qui me plaisait. Je me rappelais tout juste la sensation, alors je ne vous parle même pas de la manière de réagir. Et s'il ne s'était montré gentil avec moi que par pitié ?

Mais il y avait plus que ça. Rik avait été avec Sascha, il l'avait tenu, quand moi je n'avais pas pu. Et je n'arrivais pas à déterminer l'effet que ça me faisait.

Voilà pourquoi je me retrouvais dehors, à marcher le long de la rue principale d'Artarmon, tellement plongée dans mes pensées que je n'avais pas remarqué le pub avant de me tenir pile devant. Les portes étaient closes, mais j'entendais des rires étouffés. J'imaginais la chaleur, à l'intérieur, l'odeur familière de la bière éventée. À contrecœur, je tournai les talons.

Quand je rentrai à la maison, je transpirais malgré le froid. Je montai par l'escalier, toujours dans l'esprit de booster ma santé, et c'est pantelante que je cherchai mes clés. Une fois dedans, j'allai directement au frigo. Je ne m'en rendis compte qu'au bout de dix bonnes secondes à rester plantée devant : par réflexe, je cherchais une boisson contenant de l'alcool. Avec une détermination qui me surprit moi-même, je refermai la porte.

À la place, je mis la bouilloire à chauffer et jetai un sachet de thé dans un mug. Sans honte aucune, je me servais du chocolat comme substitut au vin : au supermarché, j'en avais acheté une boîte à moitié prix, des fourrés, en récompense pour mon abstinence. J'allais devenir encore plus grosse, mais j'avais trop besoin de quelque chose pour remplacer l'alcool.

Un vice à la fois, Kate.

En attendant que l'eau bouille, j'emportai les chocolats au salon, rallumai mon ordinateur portable passé en veille et ouvris Facebook. Je tapai « Kingsley Harding » sans même y réfléchir vraiment, l'esprit à moitié concentré sur le choix entre un chocolat fourré fraise ou bien menthe.

Mais je découvris alors ce qu'il avait posté et j'oubliai tout des vertus d'un chocolat par rapport à l'autre.

La confiance. Quand elle disparaît, que reste-t-il ?

C'était tout. Le post avait recueilli quatre-vingt-sept likes et plusieurs commentaires, la plupart du genre :

Ça va, frérot ?

Un certain Max Garrett, un camarade de classe, avait écrit :

Tu parles de moi ? Tu fais chier à cause du truc en cours de science la semaine dernière ?

C'était le seul commentaire auquel Kingsley avait répondu.

Non, bien sûr que non, mon pote. Pas de soucis entre nous. C'est mes darons. Jamais vu mon père aussi furax. J'aurais sans doute rien dû poster. À lundi… si je survis au week-end. Ah ah.

J'étais sûre que quelque chose se cachait derrière l'apparente légèreté des mots. J'avais peut-être eu tort de m'en mêler.

Si Brett s'en prenait à Pip, Kingsley risquait d'intervenir. Et Brett pourrait lui faire du mal.

Pip ne pourrait pas protéger son fils. Pas plus que je n'avais pu protéger Sascha.

Putain. Tout est ma faute.

Je refermai l'ordinateur, en me demandant si Kingsley avait des amis pour le soutenir. Il m'avait paru populaire, quand je l'avais vu en compagnie de ses camarades au McDo. Et sur le mur de sa chambre, il avait écrit à la craie, pour ne pas l'oublier, la date de la fête d'anniversaire des seize ans d'un ami, à laquelle il prévoyait manifestement d'aller.

Attends, Kate. Le mur de la chambre de Kingsley.

Je n'y avais pas exactement vu que des cartoons type Snoopy. Je fronçai les sourcils au souvenir des têtes alignées qu'il avait dessinées. Dont une de monstre. Maintenant que j'y réfléchissais, il y avait pas mal de croquis sur des thèmes très sombres. La tête de mort. Une fille qui pleurait. Une souris innocente qui dormait sur le dos d'un chat.

Son mur est-il un appel à l'aide ? Est-il en danger ?

Je me figeai, glacée jusqu'aux os. Ce danger venait-il de lui-même ?

Ou de quelqu'un d'autre ?

Il avait peut-être peur. Il n'irait quand même pas jusqu'à se faire du mal ?

Non, là, je surinterprétais sans doute un peu. Sortant mon téléphone, je fis défiler les photos que j'avais prises chez les Harding. D'autres dessins étaient moins menaçants : des planètes en orbite autour du soleil, des portraits d'animaux. Non, c'était juste le fruit de mon imagination trop réactive.

Kingsley n'était qu'un adolescent normal, qui explorait par l'art les thèmes qu'il trouvait intéressants.

Oui, c'était forcément tout.

Une douleur physique, le besoin de l'effet engourdissant du vin blanc me frappa. Je pris la boîte de chocolats. Le chocolat libérait de la sérotonine dans le sang, non ? Si j'en mangeais assez, je me sentirais mieux en deux temps trois mouvements, aucun doute là-dessus.

Le visage de Kingsley continuait de flotter devant mes yeux.

Je saisis mon téléphone et trouvai le nom de Rik. Mes doigts restèrent en suspens au-dessus de l'écran.

Non, je réfléchissais trop.

La dernière journée portes ouvertes était demain. J'y assisterais depuis la voiture, je vérifierais que tout allait bien. Et ce serait le cas. Peut-être plus parfaitement bien, mais OK. Brett jetterait peut-être Pip dehors. Ou bien ils étaient de ces couples bizarres qui restaient ensemble malgré une infidélité et racontaient à tout le monde que la coucherie de l'un d'eux, « ça n'a fait que renforcer notre relation ». Qui savait ?

Oui, j'irais demain et je saurais tout.

PARTIE V

DERNIÈRES PORTES OUVERTES

Samedi 2 août

Matin

Je m'étais un peu attendue à dormir comme un bébé, une fois que j'aurais arrêté de boire.

Ben apparemment, ça ne fonctionnait pas comme ça. Je m'étais tournée et retournée toute la nuit qui avait précédé la dernière journée portes ouvertes, à jouer maints scénarios différents dans ma tête. Brett et Pip qui se disputaient. Brett et Pip qui se réconciliaient. La maison Harding retentissant de la rage de Brett et des sanglots de Pip. Kingsley qui écoutait tout ça depuis le haut de l'escalier ou qui se cachait dans sa chambre avec des écouteurs vissés aux oreilles, musique rap à fond. Dans le pire des scénarios, le plus absurde, Brett pointait une arme et tuait une Pip hurlante, un Kingsley aux joues maculées de larmes et puis lui-même. Au beau milieu d'une nuit sans sommeil, tout ça finissait par paraître parfaitement possible, voire logique ou même plausible.

Si j'avais su.

Vers minuit, le vent s'était levé, au point de secouer les fenêtres et de ballotter les arbres de la côte nord si verdoyante. J'envisageai alors des scénarios où les arbres s'écrasaient sur mon immeuble et me tuaient. Ceux-là, je m'en délectai, je me les repassai en boucle, en plein auto-apitoiement. L'annihilation par l'arbre, voilà ce que je méritais, après que les Harding s'étaient tous entre-tués.

Je me levai à 7 heures, groggy et courbaturée. La tempête continuait dehors, sans relâche, quand je dégringolai du lit pour me diriger vers la fenêtre. Soulevant une mince lame de métal du store vénitien, je regardai à l'extérieur. La rue était jonchée de feuilles et de brindilles. On aurait dit que Dieu, dans un accès de rage, avait secoué les arbres de la ville. Mais il n'y avait personne à terre, pas de grosses branches non plus, du moins à ce que j'en voyais.

Journée de merde pour des portes ouvertes, cela dit, aucun doute là-dessus.

Les visites commençaient à 13 heures. Dans six heures. Je tourmentai l'ongle de mon pouce. Qu'est-ce que j'allais bien pouvoir faire pendant les six heures à venir ? Ça promettait d'être interminable.

Je me connectai à Facebook.

Rien de notable n'avait été ajouté au post de Kingsley.

Je fis du thé, en bus quelques gorgées, puis allai me poster devant la porte du balcon pour contempler l'agitation des branches. Je versai mon thé froid dans l'évier et m'en refis une tasse. J'allumai la télé, mais les commentateurs, trop guillerets, m'agacèrent. Tous mes CD, soudain, étaient nuls. Je préparai et puis jetai une troisième tasse de thé.

Quand je revérifiai Facebook à 10 heures, je vis qu'un des amis de Kingsley l'avait tagué sur une photo de match de foot et que Kingsley avait liké le commentaire. Je lâchai un profond soupir. Sans m'en rendre compte, j'avais été vraiment inquiète à son sujet.

Tu es une imbécile, Kate, c'est juste ton imagination qui part en vrille.

Je me calmai un peu et bus une tasse de thé entière, je parvins même à manger quelques bouchées d'une tartine. Et puis, ne me demandez pas comment, il fut midi passé et l'heure de partir à la visite. J'attrapai ma veste, mes clés, et descendis dans le hall par l'escalier, toujours dans mon optique de mener une vie plus saine.

À travers les vitres du hall d'entrée, la météo semblait encore plus sauvage. La pluie s'était intensifiée mais, aucun parapluie ne pouvant encaisser ce genre de vent, je n'ouvris même pas le mien. Une fois dans la voiture, je restai assise un moment, frissonnante, avant d'enclencher le démarreur et de mettre le chauffage à fond.

Le trajet jusqu'à Wahroonga se fit dans une ville irréelle, désertée. L'autoroute, habituellement très fréquentée, était couverte de feuilles. Il y avait aussi quelques branches à terre, mais la plupart avaient été écartées par des employés de la voirie diligents ou des conducteurs empêchés de circuler. Toutefois, apparemment la grande majorité des gens avaient, décision de bon sens, préféré attendre la fin de l'épisode dans la sécurité de leur foyer, d'où des routes quasi vides. Une sensation de fin du monde.

Environ vingt minutes avant le début des portes ouvertes, je passai lentement devant la maison Harding. La voiture de Pip était garée dans la rue. Le portail était ouvert. Je me garai un peu plus loin et observai d'éventuelles allées et venues dans mon rétroviseur, prête à fuir en vitesse si nécessaire. J'étais nerveuse de me retrouver là dans ma Hyundai jaune. Si la météo avait été plus clémente, je me serais garée plus loin et serais revenue à pied me cacher derrière un autre véhicule, mais merde. Pas avec ce vent et sous cette pluie. Il ne me restait plus qu'à espérer que Roger non plus ne serait pas très enclin à affronter les éléments et qu'il ne me guettait pas spécialement.

Je m'installai, préparée à attendre.

La rue était déserte, mais pas calme. Les arbres tremblaient, leurs feuilles s'accumulaient en épais tapis sur le sol et les véhicules, masquant tout. Peut-être ma voiture bénéficierait-elle de ce camouflage, songeai-je en sursautant, après qu'une branche d'environ trente centimètres fut tombée sur mon capot. Les portes ouvertes allaient être fichues, à tous les coups. Même la maison Harding aurait du mal à attirer les gens dehors par ce temps.

13 heures vinrent et passèrent. Aucun signe de Roger.

Ils avaient peut-être annulé.

Deux autres voitures avaient bravé les éléments et s'étaient garées dans la rue non loin de moi. Je supposais que leurs propriétaires étaient là pour la visite, car dans les deux cas, ils restèrent dans les voitures, apparemment réticents à se confronter au vent et à la pluie tant qu'il ne serait pas clair que l'agent immobilier était arrivé. À 13 h 08, pourtant, un grand type aux cheveux clairsemés n'y tint plus et sortit de la voiture la plus proche de la mienne. Il sprinta de sa berline jusqu'au portail, où il s'arrêta brièvement, avant de s'élancer dans l'allée et de disparaître de ma vue.

Il resta invisible une minute, peut-être deux. J'attendais impatiemment, en me rongeant les ongles. Et au moment où je m'apprêtais à le suivre, il revint dans la rue toujours au trot, l'air mécontent. La pluie dégoulinait sur son crâne chauve alors qu'il courait vers sa voiture. Il ouvrit la portière à la volée, plongea dans l'habitacle et referma violemment. Trente secondes plus tard, l'auto démarrait dans un crissement de pneus. Quand ils me dépassèrent, je vis sur le siège passager une femme avec un téléphone portable à l'oreille, qui agitait sa main libre dans une série de gestes mécontents. Peut-être appelaient-ils l'agence ? L'homme négocia un demi-tour saccadé et repassa près de moi à toute allure, en direction de l'autoroute. Le second véhicule ne tarda pas à les imiter : ses occupants les avaient observés, de toute évidence, et en avaient déduit que les portes ouvertes étaient annulées.

Je balayai la rue du regard. Personne en vue. Je me mordis l'ongle, en arrachai une portion. Toute la famille était peut-être sortie plus tôt dans la matinée ? Partie pour le week-end ? Le sang perla à la pointe douloureuse de mon doigt, dont je suçai le goût métallique.

Le cauchemar de la nuit passée, celui où Brett tirait sur Pip et Kingsley, me revint à l'esprit.

Non, certainement pas.

Ces gens, dans les voitures qui venaient de partir, avaient dû se plaindre de s'être déplacés pour rien auprès de quelqu'un chez McQuilty.

Je n'aurais pas à me mordre l'intérieur des joues bien longtemps.

Et merde.

Laissant mon sac à main et même mon manteau, j'attrapai les clés et verrouillai la voiture pour m'élancer en courant vers la maison. Je sprintai, tête basse, plus contente que jamais, en ces circonstances, d'être porteuse de chaussures plates pour combattre le vent, la pluie et les pavés glissants. La voiture de Roger, que je découvris garée dans l'allée circulaire – un peu n'importe comment –, faillit me faire rebrousser chemin. Mais j'étais allée trop loin pour faire machine arrière. Je ne voyais nulle part la Mercedes de Brett, en revanche. Je m'abritai sous le portique de devant, dégoulinante de pluie et échevelée, histoire de reprendre mon souffle.

Roger était-il à l'intérieur ? Et si oui, pourquoi la maison n'était-elle pas ouverte aux visites à cette heure-ci ? Et s'il n'était pas là, alors que faisait sa voiture garée dehors ?

Ma décision était prise.

Je m'ébrouai comme un chien mouillé et m'essuyai les pieds sur le paillasson, puis j'actionnai la sonnette. Le tintement retentit à l'intérieur. Silence. Pas de bruit de pas. Ni de voix. Rien. Après un coup d'œil derrière moi, je me décalai vers le pavé numérique et composai les quatre chiffres de l'année de naissance de Sascha. Puis j'appuyai sur le symbole « clé ». Un bourdonnement m'indiqua que le code avait fonctionné. Soulagement. Dans ma hâte, je poussai fort contre la lourde porte d'entrée, qui s'ouvrit si facilement que je faillis tomber en avant. Je parvins à m'immobiliser sitôt le seuil franchi et refermai la porte derrière moi.

Aucun son, à part le tic-tac d'une pendule. Aucun signe de Roger. Ni de qui que ce soit d'autre.

— Y a quelqu'un ? demandai-je d'une petite voix.

J'avançai à pas feutrés, pourtant le couinement de mes chaussures sur le parquet semblait terriblement bruyant dans la maison silencieuse. Il ne faisait pas plus chaud ici que dehors.

Putain, ils sont passés où, tous ?

La porte séparant le vestibule et la cuisine était entrouverte et je la poussai pour glisser la tête à l'intérieur.

Personne.

Je ressortis de la cuisine et montai à l'étage. Où je filai aussitôt dans la chambre parentale, puis dans celles d'amis et enfin celle de Kingsley. Personne. Les chambres étaient rangées et vides. J'allai jusqu'à la fenêtre de Kingsley. La pluie fouettait le carreau. De là, la voiture de Roger paraissait garée encore plus de travers. Où était-il ?

Je dévalai les marches et passai rapidement en revue les autres pièces, avant de retourner à la cuisine. Je m'approchai des portes vitrées qui donnaient sur la piscine et scrutai le maelström. Le ciel s'était assombri, on se serait cru en début de soirée plutôt qu'au milieu de la journée. La piscine, remplie de saletés et de feuilles, dont le niveau d'eau était plus haut qu'à l'ordinaire, ne faisait plus du tout envie. Je contemplai l'eau plus attentivement, soudain prise d'une appréhension qui, s'insinuant dans mes veines, glaça un peu plus mes membres déjà froids.

Une forme.

Il y avait quelque chose d'imposant dans la piscine.

Quelque chose de menaçant, d'une certaine façon, comme un crocodile immergé, immobile et à l'affût, dans l'eau sombre d'une mare.

Un arbre ou une branche tombée ? Peut-être. Je devais aller y regarder de plus près, je le savais, pourtant j'hésitais, mal à l'aise face à cette piscine trouble et redoutant le trajet détrempé jusque là-bas. Était-il vraiment nécessaire que j'aille confirmer qu'un arbre avait perdu une branche ? Quel intérêt d'aller encore me faire rincer ?

Et puis, je revis la rage sur le visage de Brett et mon cauchemar avec le pistolet me revint aussi. Si, je devais vérifier.

Je poussai le verrou au-dessus de la poignée de la porte de derrière et fis coulisser le panneau. Il y avait un avant-toit au-dessus de la terrasse, mais le vent était fort et la pluie me fouettait les flancs. Je frissonnai. Refermant derrière moi, je me déplaçai prestement le long du balcon, puis descendis l'allée jusqu'à la piscine. Les arbres me giflèrent de leurs feuilles tendres et j'enjambai des flaques. Je me débattis un instant avec la sécurité enfant du portail de la piscine, qui me glissait des doigts, lâchai quelques jurons, puis entrai en laissant battre le portail derrière moi avec une force suffisante pour secouer la clôture.

Dès que je regardai la piscine, je le vis. Un corps.

Du côté le moins profond. Pip Harding.

Je restai plantée sous la pluie battante, pétrifiée par le choc.

La chevelure de Pip flottait à la surface de l'eau, pareille à des algues noir de jais, collée et pourtant, d'une manière, encore belle. Le reste de son corps était invisible, mais ces cheveux-là, on ne pouvait pas les confondre.

Je me mis à trembler si violemment que je me crus sur le point de m'effondrer. Je tendis le bras à reculons vers le verre froid de la barrière et me détournai de Pip pour m'y appuyer. Le souffle court et saccadé.

Oh, mon Dieu ! Qu'est-ce que Brett a fait ?

Et où était Kingsley ? Sa pensée me poussa à me retourner vers la piscine, dont je m'obligeai à passer les alentours en revue. Je voyais Pip du coin de l'œil, mais refusais de la regarder directement. Une branche, une branche de gommier, était tombée du côté profond de la piscine, le plus éloigné de moi. Longue, à moitié dans l'eau, à moitié émergée. Sa pointe déchiquetée, aussi épaisse qu'une cuisse humaine, était posée sur le bord de la piscine, avec ses ramifications qui s'étiraient sur l'eau, bleu-vert dans la lumière déclinante.

Et puis, je le vis. Sous la branche, à peine visible sous le feuillage.

Un second corps.

Kingsley. Brett a tué son enfant.

Je fis volte-face et vomis sur la clôture : le liquide éclaboussa l'herbe et dégoulina sur mes bottes.

Pas encore.

Je tentai d'aspirer de l'air dans mes poumons. Brett les avait noyés tous les deux. Noyés.

Comme Sascha.

Je fus secouée d'un frisson. L'eau me coulait du nez, du menton. Mes paumes appuyaient contre mes cuisses, tremblantes et moites malgré la pluie.

Je me concentrai sur mes pieds. Un ver de terre serpentait à travers mon vomi aqueux, contractant et étirant ses anneaux pour progresser vers la pelouse de l'autre côté de la clôture. Ils étaient des dizaines. La pluie les avait forcés à sortir de terre en quête d'oxygène et maintenant, ils se retrouvaient à la merci des éléments. Ils bougeaient dans toutes les directions, rampant sur les feuilles et les brindilles, en dépit du vent et de l'eau sur leur parcours.

Je gardais les yeux rivés sur eux, sans trop savoir si je pouvais me retourner et affronter les corps froids dans l'eau. Je pensai à Sascha, à la voiture et à l'eau qui s'engouffrait dedans, à lui attaché avec sa ceinture, essayant désespérément de s'échapper.

Mon cauchemar.

Et maintenant, Pip et Kingsley.

Je savais qu'ils étaient morts. Je le savais, pourtant je devais m'en assurer. Je ne pouvais pas les laisser là sans aller vérifier.

Prenant une goulée d'air, je serrai les dents et avançai de quelques pas jusqu'au bord le moins profond de la piscine. Je tendis la main vers les cheveux de Pip. Doux comme la soie, en dépit de leur aspect emmêlé. Je tirai délicatement dessus, relâchai et laissai Pip flotter vers moi en roulant sur le dos en même temps. Un gémissement m'échappa lorsque je vis ses lèvres bleutées, lavées par l'eau de leur habituel rouge. Elle avait les yeux clos – merci mon Dieu pour tes petits actes de miséricorde – et sa peau claire avait désormais une teinte verdâtre, ses orbites une couleur hématome et sale. Une feuille verte, de la taille d'un ongle, était collée à sa joue et je la fis tomber de la pointe d'un doigt, frémissant au contact de sa peau glacée et imbibée, comme si l'eau avait commencé à s'infiltrer dans son corps, qu'elle le réclamait déjà comme sien.

Je déglutis.

Sascha ressemblait-il à ça quand Rik l'avait remonté du port ?

Une créature dont avait disparu tout ce qui faisait d'elle un être humain ?

Pip avait des abrasions rouges autour du cou. Avait-elle été étranglée avant de plonger dans la piscine ? J'écartai quelques mèches de cheveux de son front. Elle se mit à s'éloigner, son visage s'enfonça sous la surface de l'eau. Je la laissai flotter. Agissant rapidement avant que le courage me manque, je me relevai, me dirigeai du côté plus profond de la piscine où la branche était en partie émergée.

Avec un grognement, je saisis sa pointe déchiquetée et, reculant, je tirai le grand morceau de bois de l'eau. En essuyant la terre de mes mains, je revins au bord de la piscine, bien consciente qu'il n'y avait aucune chance pour que Kingsley soit en vie.

En observant l'eau, je compris immédiatement mon erreur et j'eus honte du soulagement qui m'envahit à cet instant.

Ce n'était pas Kingsley, dans l'eau. C'était Roger.

Évidemment que c'était Roger. J'avais vu sa voiture garée devant.

Mon soulagement initial à l'idée que Kingsley était en vie se mua alors en autre chose. Pip et Roger étaient morts. Morts.

Brett les avait-il surpris ensemble ? Je hoquetai. Était-ce ma faute ?

Réfléchis.

Appelle la police. Appelle Rik.

J'enfonçai une main mouillée dans ma poche trempée. Rien. Mon téléphone était dans la voiture.

Merde, merde, merde.

Je reculai et examinai le second corps plus attentivement. Oui, c'était bien Roger. Peau bronzée couleur orange, désormais cireuse dans la mort. Bizarrement, ses cheveux gris distingués conservaient leur forme, malgré leur séjour sous l'eau. Il portait le même ensemble veste-pantalon qu'aux précédentes portes ouvertes, ou du moins très semblable. Roger aussi avait des enfants. Ses filles n'étaient guère que des bébés, en fait. Je réprimai un sanglot à cette pensée, pour réfléchir à la marche à suivre.

Deux personnes mortes dans la piscine. La police allait venir.

Une vague de panique monta en moi comme un shoot d'adrénaline. Je n'étais pas censée me trouver ici. Roger me l'avait interdit. Et j'avais agressé Pip au pub. J'avais assisté à des tas de portes ouvertes de la maison Harding. J'avais suivi Kingsley. Je m'étais cachée dans le jardin, bordel de merde. Du harcèlement, voilà comment ils appelleraient ça. Ils confisqueraient mon téléphone et y trouveraient les messages de Roger.

Ceci est mon dernier avertissement. Si je vous revois, je préviens la police.

Ou bien, ils trouveraient son téléphone, à lui, et les découvriraient là. Ils me connaissaient tous comme la déséquilibrée dont le mari avait tué le fils et qui, tout le monde le savait, buvait trop.

Putain.

Je m'assis sur les dalles au milieu des vers de terre et du vomi, laissant l'eau couler sur moi. C'était Brett qui avait fait le coup. Je le savais. Forcément, la police me croirait.

Mon cerveau me répondit par un ricanement moqueur.

Moi.

Une ivrogne notoire. Retrouvée crasseuse et trempée sur les lieux. Une harceleuse.

Je me pris la tête entre les mains et laissai la pluie me battre le crâne.

J'étais fichue.

À moins que…

À moins que je m'en aille maintenant : personne ne saurait que j'étais venue. Personne ne m'avait vue. Je pouvais ressortir par l'arrière de la maison. Ça marcherait, si j'étais prudente.

Merde, étais-je le genre de personne à fuir une scène de crime ?

Il le fallait.

Pour Kingsley. Parce que s'ils m'attrapaient, s'ils m'arrêtaient, qui resterait-il pour le sauver de son père ?

Je me relevai péniblement et me dirigeai vers le portail de la piscine. Au moment de soulever la gâche, j'interrompis mon geste : les empreintes. J'étais déjà venue à des portes ouvertes, personne ne saurait si mes empreintes dataient d'aujourd'hui où d'il y avait deux semaines, impossible. Ou non ? Je n'étais pas très au point côté scientifique, mais ça me paraissait peu probable. Je regardai autour de moi. Qu'avais-je touché d'autre aujourd'hui ?

Les corps.

Bon, je n'avais pas touché Roger et seulement les cheveux de Pip. J'avais tiré la branche de l'eau… ils pouvaient prendre des empreintes sur du bois mouillé ? Là encore, ça semblait peu probable. Ils détermineraient sans doute que la branche avait été déplacée, mais ça ne me désignait pas, moi, plus que quiconque.

Pip avait toujours le visage tourné vers le ciel, son front était la seule partie d'elle qui émergeait de l'eau. Quant à Roger, je ne le voyais pas sous la branche.

— Pardon, leur chuchotai-je. La police va l'arrêter pour ce qu'il vous a fait, ne vous inquiétez pas.

Mes mots sonnaient creux et bêtes, avec la pluie et le vent qui hurlaient autour de moi.

Je laissai claquer le portail et me mis à courir en prenant conscience que quelqu'un de chez McQuilty ne tarderait pas à arriver. Je devais partir d'ici, et vite, aller rapporter tout ça afin que ce ne soit pas Kingsley qui découvre sa mère et son amant morts dans la piscine.

Je traversai le jardin et contournai la maison, trempée jusqu'aux os. Mes bottes couinaient à chaque pas. Je ralentis au moment de ressortir par l'avant de la maison, vérifiai qu'il n'y avait pas de voiture.

En redescendant discrètement l'allée carrossable, prête à plonger dans les haies au premier signe de véhicule, une sensation de picotement me parcourut les épaules.

Est-ce qu'on m'observait ?

Je fis volte-face pour regarder la maison Harding, encore si belle sous ses cieux gris. Les fenêtres de l'étage m'observaient de toute leur hauteur avec une attention sinistre. L'espace d'un instant, je crus voir une ombre dans la chambre de Kingsley.

Non. Effet de mon imagination.

Je jetai un coup d'œil à la porte d'entrée, toujours close.

Merde, le pavé numérique. Mes empreintes.

J'y retournai en courant, montai les marches et frottai les numéros à l'aide d'un mouchoir trouvé dans la poche de mon jean, tellement dégoulinant qu'il menaçait de partir en lambeaux. Puis je tournai les talons et repartis en direction du portail principal.

Je regagnai la voiture à toute vitesse et l'eau forma une flaque sur le siège et à mes pieds.

Je m'engageai sur la deux-voies, en quête d'une cabine téléphonique. Il me fallut dix minutes pour en repérer une sur le bas-côté et me garer. J'entrai dans la cabine non sans avoir jeté un autre coup d'œil par-dessus mon épaule et composai le 000, pour rapporter anonymement avoir entendu des bruits suspects chez les Harding. Je raccrochai, les mains tremblantes, et essuyai le combiné avec mon pull trempé.

En redémarrant, je songeai à Kingsley et me mordis l'intérieur de la joue, assez fort pour sentir le goût du sang.

Il avait perdu un parent. L'autre était un assassin. Qu'allait-il devenir ?

Recroquevillée sur la méridienne, sous une montagne de couvertures, avec le vent et la pluie qui cognaient contre le bâtiment, je tremblais, incapable de me réchauffer. Je zappai de chaîne en chaîne, jusqu'à tomber enfin sur la nouvelle aux infos de 17 heures.

« Les corps d'un homme et d'une femme ont été retrouvés dans la piscine d'un jardin de la côte nord de Sydney cet après-midi… »

La présentatrice brune arborait une expression chagrinée et un rouge à lèvres – détail ironique – de la couleur du sang.

Un reportage en direct de la maison Harding la remplaça à l'écran. Son portail en fer forgé ouvert, comme d'habitude, même si rien d'autre dans la scène n'était habituel. La maison était éclairée par les gyrophares et des dizaines de policiers, en uniforme ou en civil, portant divers outils grouillaient dans l'allée pour se déverser dans la rue, telle une colonie de fourmis à un pique-nique. La voix douceâtre de la présentatrice continuait à commenter, par-dessus les images :

« La police n'a divulgué aucun détail de l'horrible crime, si ce n'est pour confirmer que deux personnes sont mortes et que l'on considère ces deux morts comme des homicides. Selon des informations encore non confirmées, l'homme comme la femme étaient des figures locales d'importance qui vont terriblement manquer à leurs familles respectives et à nombre d'autres. Nous vous communiquerons plus d'informations au cours de la soirée. »

Quand je me hissai debout, mes genoux craquèrent comme s'ils avaient des décennies de plus que mon âge. Mes pensées tournaient à fond de caisse. Pourquoi la police n'avait-elle pas encore arrêté Brett ?

Telle un zombie, je me dirigeai jusqu'à un placard à la cuisine et, dans le coin tout au fond, je cherchai à tâtons la « bouteille d'urgence » que j'y avais rangée. Là, c'était clairement un cas d'urgence. Le vin était bon marché et blanc – et tiède – mais je l'ouvris quand même et bus directement au goulot, grimaçant à son goût, mais continuant à boire parce que du vin de mauvaise qualité tiédasse, c'était ce que je méritais.

Combien de morts à mon actif, désormais ?

Mon fils était mort à cause de moi. Maintenant, l'enfant d'une autre femme était orphelin de mère. Je n'aurais jamais dû me mêler de la vie des Harding.

Je porte malheur.

Je me mis à pleurer. À pleurer sur tous les gens de ma vie avec qui j'avais failli. Surtout sur Sascha, bien sûr. Et maintenant, sur Pip et Roger. Ils étaient innocents, malgré leur liaison. Ils ne méritaient pas de finir morts dans une piscine.

Il était trop tard pour eux. Il ne restait que Kingsley dont il fallait se soucier maintenant. Devais-je aller à la police, tout leur raconter pour son bien à lui ? Il le fallait, non ? Même si ça me donnait le mauvais rôle. Ils devaient savoir, pour Brett, pour pouvoir l'attraper. Je m'essuyai les joues et bus une autre longue goulée en me dirigeant vers la méridienne.

J'étais épuisée, complètement éreintée.

Quelle chance y avait-il que la police me croie ?

Quelle probabilité qu'ils soupçonnent le mari aux manières et au regard doux? Non, ils risquaient beaucoup plus de pointer du doigt la harceleuse folle, l'ivrogne qui, « passant par là », s'était retrouvée sur la scène de crime avant de prendre la fuite comme une scélérate. Celle-là même qui avait harcelé les victimes moins de deux semaines plus tôt. Celle qui buvait trop. Celle qui déconnait depuis la mort de son propre fils, en colère contre les infidèles qui bousillaient la vie d'un autre enfant.

Je ne pouvais pas les blâmer. Même à mes propres yeux, j'avais l'air coupable. Bien plus coupable que Brett.

Je me rallongeai sur la méridienne, la bouteille de vin serrée contre moi comme si elle était tout ce qui me restait au monde. Je jetai un coup d'œil à mon téléphone : la police n'avait pas appelé. Sans doute un bon signe. Je me rallongeai, encore, et commençai à dériver, bercée par le vin et le bourdonnement de la télé.

Juste avant de m'endormir, une pensée me traversa l'esprit et je me redressai d'un coup.

Putain.

J'avais vomi partout sur la scène de crime. Pleuvait-il assez fort pour laver toute trace de mon vomi ? Je n'en savais rien. Je me frottai le visage. Quel merdier ! Rik avait raison, j'aurais dû rester en dehors de tout ça.

La vibration de mon téléphone sur la table basse affola les battements de mon cœur.

Je scrutai l'écran. Rik.

À croire que mes pensées l'avaient fait apparaître.

— Allô ? répondis-je timidement.

— Kate, c'est moi, Rik. L'agent principal McBride.

— Oui, je sais.

S'ensuivit un moment de silence, puis il reprit :

— Écoutez, je suis en bas. Je peux monter ? J'ai besoin de vous parler de quelque chose. Quelque chose… d'important.

Merde.

J'étais en survêtement et pull. Je haussai mentalement les épaules, supposant que Rik ne s'offusquerait pas de mes choix vestimentaires discutables. Au moins, j'étais sèche.

— Oui, bien sûr. Je vous ouvre.

— Merci. Ne vous embêtez pas avec la porte, elle est déjà ouverte. Je monte.

Je roulai au bas de ma méridienne et, à pas traînants, je gagnai la porte, que j'ouvris et laissai entrouverte, et j'allai à l'évier et me baignai le visage à l'eau. Puis je retournai péniblement à la méridienne et m'y assis, tâchant de ralentir ma respiration.

— Bonjour ? appela Rik depuis la porte d'entrée.

— Entrez, répondis-je, la voix méfiante.

Il était vêtu de pied en cap de son uniforme et je sentis une étincelle s'éteindre en moi.

Visite officielle, donc.

Je ne sais pas ce que j'avais espéré.

Évidemment qu'il était là au sujet de Pip et Roger. La police locale au grand complet devait être sur l'affaire. Et Rik était présent quand je les avais interpellés au pub. Il était forcément venu pour m'en parler.

Il avait des cernes noirs sous les yeux, mais me dévisageait avec la même intensité que toujours, repérant mon état d'ébriété et d'agitation. Son regard passa sur la bouteille de vin au centre de la table basse devant moi.

— Kate, dit-il, un peu raide. Comment allez-vous ?

Je lâchai un rire, un son amer.

— Est-ce que je me suis remise à boire, vous voulez dire ? Eh bien, je ne buvais plus. Jusqu'à ce soir. On peut dire, si vous voulez, que j'ai fait comme qui dirait une rechute.

Sourcils froncés, il s'approcha de quelques pas, sans commenter mon échec.

— Donc vous êtes au courant ? De ce qui s'est passé à la maison des Harding aujourd'hui ?

— Oui, admis-je, ne sachant trop jusqu'où en dire.

Je brûlais de lui poser des questions. Des milliers de questions, mais je savais que ça n'était pas prudent. Me soupçonnait-on ? Avait-on retrouvé Brett ? Et puis, je me rappelai que je n'étais pas censée connaître l'identité des victimes.

— C'était Pip, c'est ça ? Ils ont parlé d'un homme et d'une femme. Qui était l'homme ? Je voulais vous appeler pour vous interroger, mais j'ai pensé que vous seriez déjà bien occupé.

Mensonge plausible, Kate.

Le regard de Rik était cryptique. Il cilla, puis sembla se dégonfler un peu. Il désigna une chaise et je hochai la tête. Il s'assit en face de moi, l'air presque aussi malheureux que moi.

— Oui, c'était Pip Harding. Et Roger Bailey.

Malgré ses yeux vissés aux miens, je ne savais dire si j'y lisais de la suspicion ou de la compassion.

— Et qui les a tués ? m'enquis-je. Ils ne se sont pas juste noyés dans la piscine familiale, je suppose ? C'est Brett ? Il a appris pour leur liaison ?

— Vous savez que je ne peux rien vous dire, Kate, répondit-il d'abord, et puis mon visage affligé dut le radoucir. Écoutez, à ce stade on n'a pas de piste solide. Mais on y travaille. On trouvera le tueur.

Rik serrait les dents si fort qu'un nœud de muscles lui gonfla les deux côtés des mâchoires. Soudain, une image de moi pliée en deux en train de vomir sur le portail de la piscine apparut à mon esprit. La tête se mit à me tourner.

— Tout va bien, Kate ? Vous êtes toute pâle. (Il m'observait attentivement et, quand il reprit la parole, il y avait une note d'acier dans sa voix, que je n'avais pas entendue auparavant.) Y a-t-il quelque chose que vous souhaitiez me dire ?

— Quoi ? Non.

Je tripotai ma manche, puis obligeai mes mains à s'immobiliser. La sueur se forma sur ma lèvre supérieure. Je déglutis, tâchant de ne pas me laisser complètement déstabiliser par l'intensité du regard de Rik.

— Kate. Écoutez-moi. Je suis ici de façon officielle, évidemment. Nous travaillons au poste de Hornsby, là, sur cette affaire. Doug, l'agent principal Lindsay, était censé venir avec moi pour qu'on discute, mais je lui ai demandé une faveur et il a accepté de m'attendre en bas. J'ai pensé que ce serait peut-être plus facile si on parlait seuls, vous et moi. Je voulais savoir comment vous alliez, mais il fallait aussi que je m'assure... que je sache... si vous étiez retournée à la maison. Vous n'y êtes pas allée, n'est-ce pas ? Vous n'avez rien vu ?

— Vous m'avez dit de rester loin d'eux, vous vous rappelez ?

Il opina du chef et son corps se détendit.

— Bien. C'est bien.

Je m'éclaircis la gorge, effrayée de poser ma prochaine question.

— Qu'est-il arrivé à leur fils ? Il est sain et sauf ?

— Kingsley ? Oui, il est en sécurité. Il est dans un motel avec son père.

De nouveau, je sentis mon sang se glacer.

— Avec Brett ?

— Oui. Pourquoi ?

— Est-ce… bien sage ?

Le regard qu'il m'adressa était acéré.

— Savez-vous quelque chose, quelque chose de spécifique que nous ignorions, au sujet de Brett ou de Kingsley ?

Putain.

J'ouvris la bouche pour tout lui révéler. Que Kingsley semblait avoir peur de son père, que Brett était le tueur, que j'étais allée à la maison Harding ce jour-là et que j'avais appelé la police.

Mais avant que je trouve les mots, ce fut Rik qui parla.

— Kate, je ne devrais pas vous le dire, mais… il apparaît que Brett aurait un alibi. Lui et Kingsley aussi, d'ailleurs. Nous concentrons donc nos efforts sur d'autres suspects pour le moment.

Mon cœur cognait. Brett avait un alibi ? Comment était-ce possible ? D'autres suspects ? Ma tête tournait de plus en plus vite.

Qui ?

Moi ?

Bon, je savais que ce n'était pas moi qui avais tué Pip et Roger. Alors qui d'autre ?

Je plissai les paupières, observai Rik d'un œil plus acéré. Il était plus pâle que d'habitude. Et les ombres noires sous ses yeux lui donnaient l'air plus vieux. Peut-être parce qu'il travaillait trop. Qu'il était stressé. Logique. Son regard glissa du mien.

Non.

Pas Rik. C'était l'homme parfait, non ? Une pensée éclata dans mon cerveau.

C'est ce que tu pensais de Peter.

De toute évidence, je n'étais pas très bonne juge en matière d'hommes. Mais pourquoi diable Rik aurait-il tué Pip et Roger ? Non, j'étais paranoïaque.

Mon esprit repartit vers l'aveu qu'il m'avait fait la dernière fois qu'il était venu ici. *J'ai aidé à sortir votre mari et votre fils du port de Sydney.* Quelle coïncidence fallait-il pour qu'il soit là, le pire jour de ma vie, et encore ici maintenant ?

Est-ce qu'il me surveillait ? Me suivait ? Était-ce pour cela qu'il avait été aussi compatissant quand j'avais vomi sur ses chaussures, lors de cette soirée avinée à Manly ?

Je repoussai cette pensée, me rappelai sa gentillesse, sa grande compréhension.

Non, Kate, pas Rik. Il fait partie des gentils.

— Kate ? continua-t-il. Vous vous sentez bien ?

Je hochai la tête et souris, malgré la nausée.

— Nous les avons tous les deux mis sous protection policière, si c'est ce qui vous tracasse, poursuivit-il. Ils sont parfaitement en sécurité, on les surveille vingt-quatre heures sur vingt-quatre, sept jours sur sept. Personne ne peut leur faire de mal. Faites-moi confiance là-dessus.

— C'est bon à savoir, répondis-je d'une petite voix rauque.

Rik se leva et ajouta, sans me regarder :

— Kate, j'aimerais ne pas avoir à vous poser cette question… (D'une certaine façon, je savais ce qu'il allait dire.) Mes chefs veulent que vous veniez au poste demain pour faire une déposition. (Il se frotta le visage.) Et un prélèvement d'ADN. Les légistes ont trouvé des… traces dans la maison. C'est juste pour vous éliminer en tant que suspecte.

— Oui, bien sûr, m'entendis-je répondre, comme si j'étais loin, loin. Juste pour m'éliminer.

Dimanche 3 août

Matin

Je me réveillai tôt, toujours sur la méridienne.

Depuis la mort de Sascha, je redoutais les réveils. Chaque matin, il y avait une fraction de seconde où tout était « comme avant », comme quand j'étais encore la maman de Sascha et qu'il était au bout du couloir, dans son lit, et que je n'allais pas tarder à l'entendre se réveiller, le martèlement de ses petits pieds dans le couloir avant qu'il vienne sauter dans mon lit. Une fraction de seconde. Aussitôt après déferlait la réalité de son absence. Un constat qui me frappait chaque matin, aussi violemment que la toute première fois.

Aujourd'hui, ce fut différent. Aujourd'hui, je me réveillai en sachant.

Pas de fraction de seconde. Pas de moment de normalité. Je savais qu'il était parti. Je savais qu'ils étaient tous partis. Sascha. Roger. Pip. Même Peter.

Partis.

Je restai allongée, immobile, à essayer de tout faire disparaître par la pensée. Tout était calme, du genre de calme qui me donnait à penser que quelque chose n'allait pas, et il me fallut plusieurs secondes pour me rendre compte que la tempête était passée. Les rayons du soleil filtraient, stroboscopiques, entre les stores vénitiens. J'avais mal à la tête – l'abus de vin blanc, ça fait ça – et au cou. Mais je méritais plus de douleur encore. Je voulais la nausée, en plus. Vomir me ferait du bien.

Je passai la majeure partie de ma matinée sur la méridienne à me morfondre sur mon sort. Sans boire. Sans même manger. Juste allongée là. À m'endormir vaguement par moments. À pleurer à d'autres.

À un moment donné, je me réveillai en nage mais glacée après un rêve où je retournais le corps de Pip, ses cheveux de soie à la surface révélant son visage, ses lèvres rouge sang. *C'est toi qui as fait ça*, sifflait-elle. Son sourire était un rictus.

J'avais promis à Rik de le retrouver au poste à midi. Pour faire une déclaration et donner un échantillon de mon ADN pour comparaison. Il m'avait expliqué qu'on ne pouvait pas m'y obliger, mais que ça ferait meilleur effet si je m'y soumettais.

Sauf que j'avais vomi partout sur le portail de la piscine des Harding, ce qu'il ignorait. Du coup, j'avais le sale pressentiment que rien ne ferait meilleur effet pour moi après aujourd'hui.

Ce qui m'inquiétait le plus, c'était que si j'étais arrêtée pour le meurtre de Pip et de Roger, Kingsley se retrouverait seul.

Avec Brett.

Parce qu'en dépit de l'alibi de Brett, je continuais de croire que c'était lui, le tueur.

Dimanche 3 août

Après-midi

Je me garai dans une ruelle à l'écart et, le pas lourd, me dirigeai vers le poste de police de Hornsby, telle la criminelle démasquée vers la potence. Oui, ça fait un peu mélodramatique, je sais, mais étant donné que je m'apprêtais à donner mon ADN, puis à être arrêtée pour un crime que je n'avais pas commis, ce qui en conséquence permettrait à un vrai meurtrier de vivre librement avec son enfant innocent, bon, ben le mélodrame était de mise.

Je me passai une main dans les cheveux, songeant un peu tard que j'aurais peut-être dû les laver. C'est comme ça qu'ils prélevaient l'ADN, non ? Apparemment, il leur suffisait d'une seule mèche de cheveux. Que disait le protocole ? Qu'il fallait avoir les cheveux propres avant de donner son ADN ? Probablement. Je ne voulais pas dégoûter Rik.

Rik.

Je revis son visage quand il m'avait raconté qu'il avait sorti Sascha du port.

Rik me croirait peut-être, lui.

Peut-être que je pourrais tout lui avouer.

Je devais être plongée dans mes pensées, car j'eus la surprise de me retrouver confrontée à une vaste foule de gens lorsque je tournai à l'angle du commissariat. Non, pas des « gens ».

Des journalistes.

Des journalistes, avec leurs imposants appareils et leurs micros intrusifs. Je m'en souvenais tellement bien. Ils discutaient entre eux, le ton convivial, comme s'ils partageaient un petit déjeuner bien agréable.

Pourtant, j'étais bien persuadée que telle n'était pas la vraie raison de leur présence ici.

— Oui, Sandra, dit une voix sur ma gauche, une conférence de presse est prévue, elle doit commencer ici, au commissariat de police de Hornsby, d'un moment à l'autre. L'officier chargé de l'affaire, l'inspecteur James Avery, est attendu avec la famille de Philippa Harding et l'épouse de Roger Bailey.

En me tournant, je vis une brune à la mine sérieuse en robe fourreau, veste et talons, qui opinait du chef à l'attention d'une caméra à seulement quelques mètres de moi. Je ne pensais pas être dans le champ, mais fis un pas de côté tout de même, par précaution.

La femme reprit la parole, en réponse à une question.

— C'est exact, Sandra. Selon mes sources, la conférence de presse a été organisée pour lancer un appel à témoins, plutôt qu'annoncer quelque avancée que ce soit dans l'enquête. À l'heure où nous parlons, personne n'a été arrêté pour ces meurtres atroces.

Une conférence de presse ?

Brett était là ?

Ma mâchoire se contracta. Le culot de ce type ! Comment osait-il venir faire un appel à témoins, quand c'était lui qui avait tué sa femme ? Le corps secoué par la rage, je serrai les poings dans un effort pour recouvrer mon contrôle. Et puis, une autre pensée me frappa.

Kingsley serait-il là ?

Mon cœur bondit à l'idée de le voir. Il devait terriblement souffrir, sa mère devait lui manquer follement, elle qui n'était pas là pour l'aider au moment où il en avait le plus besoin.

Mon pauvre garçon.

La porte du poste de police s'ouvrit et un officier en uniforme cria « Entrez ! », avant de tourner les talons. Les journalistes avancèrent telle une meute vers la porte et je fus emportée par la vague, en haut des marches et dans le bâtiment. Je ne me débattis pas – autant écouter ce que la police, et Brett, avaient à dire. Et peut-être verrais-je Kingsley aussi. Peut-être, s'il me voyait, serait-il heureux de savoir qu'il avait une amie parmi la foule. Quelqu'un qui le comprenait. Nous traversâmes le hall bondé et arrivâmes dans une vaste salle. Des chaises avaient été installées en plusieurs rangées face à une longue table sur laquelle étaient posés trois micros. Les journalistes se lancèrent à l'assaut des meilleures places, jouant des coudes vers le devant de la salle. Les caméramans s'installèrent à grand bruit, en bloquant la vue de tout le monde. J'allai m'asseoir à l'extrémité d'un rang à l'autre bout de la pièce.

Plusieurs personnes entrèrent par une porte près de la table et les médias se turent. Le premier était un homme aux larges épaules et au crâne presque chauve, portant des lunettes à monture noire et un costume sombre : l'inspecteur Avery, supposai-je. Il prit place devant le micro du centre de la table. Derrière lui entrèrent Brett et Kingsley.

Brett, pas rasé, yeux injectés de sang, portait une chemise froissée, manches roulées jusqu'aux coudes comme s'il s'apprêtait à effectuer une tâche manuelle. Il avait les mains jointes devant lui et les tordait avec une force telle que les veines de ses avant-bras saillaient.

Malgré son expression figée par le choc digne d'un vétéran de guerre, Kingsley ressemblait à un jeune James Dean : beau, désabusé et stoïque face à la tragédie.

Quelques pas derrière les Harding, comme si elle refusait d'être associée à eux, une femme aux cheveux blond cendré. Je la reconnus pour l'avoir vue sur Facebook : Stephanie, la femme de Roger. Ses yeux pâles étaient clairs et son regard acéré parcourait la foule des journalistes. Je n'aurais pas aimé me trouver la cible de ce regard-là. Stephanie était-elle bouleversée par le meurtre de Roger ? Difficile à dire. Ses filles n'étaient pas avec elle, ni aucun ami, pas de mère pour lui offrir un soutien moral, pourtant elle semblait imperturbable face à la salle pleine de journalistes. Je la trouvai à la fois admirable et effrayante.

Était-elle au courant de la liaison entre Pip et Roger ? En avait-elle quelque chose à faire, d'ailleurs ?

Tous les trois restèrent plantés près de la porte jusqu'à ce qu'une policière entre et dirige les Harding d'un côté de l'inspecteur et Stephanie de l'autre. Kingsley s'assit un peu plus loin que nécessaire de Brett. Aucun des deux ne regardait, ni ne prêtait attention à l'autre.

Enfin, un dernier policier en uniforme apparut. Rik.

Il ferma la porte et resta debout, lui tournant le dos comme si son boulot consistait à empêcher qui que ce soit d'entrer ou de sortir. Peut-être était-ce le cas. Son regard se posa sur moi. Je lui adressai un hochement de tête, auquel il ne répondit pas et je me sentis rougir. Peut-être perçut-il mon inconfort, car il m'adressa alors un signe imperceptible de la tête avant de détourner les yeux.

Réaction professionnelle, sans doute. N'empêche, ça piquait.

L'inspecteur Avery se pencha vers le micro central. Son visage austère me rappelait un enseignant blasé mais, quand il prit la parole – calmement et fermement –, cette image fut aussitôt effacée. En un instant, il avait la meute des médias qui lui mangeait dans la main.

—Bienvenue, tout le monde. Comme vous le savez, hier deux personnes ont été assassinées non loin d'ici. Nous espérons que cette conférence de presse pourra aider à raviver les souvenirs de quelqu'un. (Il marqua un temps de pause, puis continua.) Nous pensons que les victimes étaient connues du tueur et nous enquêtons actuellement sur plusieurs pistes possibles. Nous espérons que quelqu'un aura vu quelque chose. Toute information pourrait s'avérer utile à la poursuite de l'enquête et aider à conduire le meurtrier devant la justice.

Je me tassai sur ma chaise.

L'inspecteur jeta un coup d'œil sur sa gauche, avant de poursuivre :

—J'ai avec moi deux membres de la famille de Philippa Harding : son mari, Brett, et son fils, Kingsley. Je tiens à les remercier d'être ici aujourd'hui. Je sais qu'ils pleurent la perte de leur épouse et mère. En pareilles circonstances, il est particulièrement éprouvant pour eux de venir parmi nous pour nous aider à démasquer le ou les coupables, et nous leur sommes très reconnaissants. (Il se tourna complètement sur sa gauche, cette fois.) Monsieur Harding, que souhaitez-vous dire au public ?

Brett restait muet, à croire qu'il n'avait pas entendu la question. Au bout d'un moment, il leva les yeux, l'air perdu. Il se racla la gorge et parla d'une voix rauque et monocorde.

—Euh. Oui. Ma femme, Pip – Philippa – est… était une femme magnifique, à l'intérieur comme à l'extérieur. Elle va me manquer chaque jour de ma vie. Je ne comprends pas qui aurait pu vouloir… nous la prendre. (Sa voix se brisa presque.)

Mais j'en appelle aux potentiels témoins, s'ils ont la moindre information qui puisse nous aider à trouver le coupable, afin que la personne qui a fait ça ne détruise pas d'autres vies. (Il regarda son fils, puis l'inspecteur. Puis les journalistes de nouveau.) S'il vous plaît. Si vous savez quelque chose, contactez la police.

Ses yeux s'emplirent de larmes. Kingsley tendit une main et la posa sur les doigts croisés de son père. À quoi Brett réagit en retirant doucement ses mains.

Bizarre.

Brett gardait les yeux rivés sur les médias rassemblés, l'image même du mari en deuil, tandis que Kingsley se calait contre son dossier et dévisageait son père, l'air déconcerté. L'inspecteur Avery observait Brett avec une expression indéchiffrable.

Je remuai, mal à l'aise. Depuis la table, Kingsley perçut mon mouvement. Il me vit et fronça les sourcils.

Je hochai la tête, essayant de lui communiquer mon soutien. De lui indiquer que j'étais là pour l'aider. Comme le ferait une mère.

— Merci, monsieur Harding, dit l'inspecteur Avery, avant de reporter son attention sur la horde médiatique. J'ai aussi avec moi aujourd'hui Stephanie, l'épouse de Roger Bailey. Stephanie souhaiterait dire quelques mots.

Stephanie resta silencieuse le temps de quelques inconfortables secondes, tandis que son regard fouillait la pièce.

— Merci, inspecteur, dit-elle enfin, d'une voix assez vive pour provoquer une onde de réaction parmi les journalistes. Roger était, au fond de son cœur, un homme bon. Il manquera énormément à ses filles, qui ne sont que des enfants… des enfants qui ne connaîtront jamais leur père. J'ai foi en la police pour trouver le tueur de mon mari, toutefois j'en appelle au public pour transmettre toute information susceptible de servir à amener cette personne devant la justice.

Elle adressa un signe de la tête à l'inspecteur Avery, qui la contemplait avec ce qui m'apparut comme un intérêt renouvelé.

Un murmure courut dans la salle. De toute évidence, les médias trouvaient revêches les manières de Stephanie. Loin de moi l'idée d'aboyer avec la meute mais, en effet, Stephanie paraissait assez dure face à la mort d'un homme qu'elle l'avait dû aimer jadis. Le père de ses enfants.

Et puis, je me réprimandai : j'étais bien placée pour savoir que le chagrin ne se présentait pas toujours comme dans les livres.

À cet instant, Stephanie jeta un coup d'œil à Brett et j'eus la réponse à la question que je me posais plut tôt.

Oui, elle savait pour la liaison.

Le dédain dans ses yeux ne laissait absolument aucun doute. Avant que j'aie le temps de m'appesantir sur ce constat, l'inspecteur reporta son attention sur la salle et s'exprima sur un ton univoque : la conférence de presse était terminée.

— Nous retrouverons le ou les individus qui ont pris la vie de ces deux personnes, j'en suis certain. Merci à tous.

Sur quoi, il repoussa sa chaise dans un mouvement fluide et se leva, faisant signe aux autres, à table, d'en faire autant.

Aussitôt, les journalistes se déchaînèrent : « Inspecteur ! » et « Monsieur Harding ! », mais une voix portait plus que les autres :

— Inspecteur Avery, les téléspectateurs doivent-ils s'inquiéter pour leur sécurité, avec un meurtrier en liberté dans notre ville ?

Clairement mécontent de la question, le policier adressa un regard noir aux journalistes assemblés. Il se rassit.

— Absolument pas. Nous ne pensons pas que ces morts aient été des agressions dues au hasard. Les victimes étaient ciblées. Nous n'éprouvons pas la moindre peur pour la sécurité de la population générale. Merci et bon après-midi.

Il se releva et se dirigea vers Rik, qui fit un pas de côté et lui ouvrit la porte.

Brett posa sur Stephanie un regard qui semblait empreint de curiosité. Elle le soutint sans ciller jusqu'à ce qu'il détourne les yeux, pour scruter désormais la foule et me remarquer presque aussitôt. Il inclina la tête, puis je vis le moment où ça fit tilt. Il dut se rappeler m'avoir vue chez lui, une semaine plus tôt, en train de me disputer avec son fils. Il ouvrit la bouche et, l'espace d'une seconde, je crus qu'il allait crier pour m'identifier. Je me figeai mais, avant que Brett puisse agir, la policière les poussa, Kingsley et lui, vers la porte. Rik attendit que Stephanie ait franchi la porte à son tour, puis il suivit et referma derrière lui. Non sans m'avoir jeté un regard pénétrant.

Avait-il vu Brett et Kingsley me repérer parmi la foule ?

De plus en plus bruyants, les journalistes se débattaient désormais pour faire leur compte rendu face caméra ou appeler leurs rédacteurs afin de leur rapporter les propos tenus. Moi, je restai assise, le cœur battant trop vite, à tâcher de donner un sens à tout ça.

Kingsley m'avait remarquée. Brett aussi. Stephanie était au courant de la liaison. Et pendant ce temps, l'inspecteur parlait comme s'il savait qui était le tueur… alors que Brett se tenait assis juste à côté de lui. Pas menotté. Et apparemment pas soupçonné.

Comment allais-je réparer tout ça ?

Il fallait que je sorte d'ici. Que je prenne l'air. Que je réfléchisse. Je contournai les journalistes et quittai la salle, pris la direction du hall et sortis. En haut des marches, je m'arrêtai pour aspirer une grande goulée d'air frais.

Je n'avais pas encore formulé de plan quand j'entendis une voix à mon oreille.

— Bonjour. Je pensais bien que c'était vous.

Je me tournai lentement, essayant de le faire disparaître par la force de mon esprit, mais en vain.

Brett.

Il avait dû se précipiter dehors pour me rattraper. Je réprimai un frisson, les pieds ancrés au sol. De près, il avait les yeux cerclés de rouge. Des valises gonflées, noires en dessous, le vieillissaient de dix ans. Rien à voir avec l'homme que j'avais vu, cachée dans le massif de rosiers, en train de rire avec sa femme et son fils au sujet de leur match de football.

Je m'efforçai d'avoir l'air calme et décontracté. Ce qui était difficile, vu l'intensité avec laquelle il me dévisageait, qui laissait supposer qu'il cherchait quelque chose.

Savait-il que j'avais été chez lui la veille ?

Je repensai à la présence que j'avais ressentie en m'enfuyant. Était-ce lui qui m'observait ?

Brett porta une main à mon coude et m'entraîna à l'écart de la porte alors que deux officiers en uniforme quittaient le poste en nous jetant un coup d'œil au passage. La peau de mes bras se couvrit de chair de poule à son contact.

Il s'immobilisa à plusieurs mètres du commissariat, et se positionna face à la porte si bien que moi, je tournais le dos à l'entrée. Je ne voyais pas qui entrait ou sortait. De nouveau, il inclina la tête sur le côté et m'observa, impénétrable. Cette intensité. Ça me rappelait Peter. Ma gorge devint sèche au souvenir de la dernière fois que Peter m'avait regardée comme ça.

Il avait tué mon fils juste après.

— Je vous ai vue parler avec Kingsley, la semaine dernière, dit Brett. J'ai toujours eu la mémoire des visages. Vous savez que je suis Brett Harding. Puis-je vous demander qui vous êtes ?

Je déglutis.

— Kate Webb.

Ses sourcils se froncèrent, il réfléchissait.

— Vous étiez devant chez moi. Et maintenant vous êtes là. Je suis censé vous connaître ?

Merde. Merde. Merde.

— Euh… non. Pas vraiment. Je… euh… j'ai connu votre femme à l'université.

Ses yeux s'arrondirent.

— C'est vous qui l'avez blessée au poignet ?

Ma mâchoire se décrocha. Pip lui avait parlé de moi. Lui avait dit la vérité. Pourquoi ?

— Vous êtes la femme dont l'enfant est mort, c'est ça ?

Donc elle lui avait parlé de l'incident aussi. Et au lieu d'être en colère que j'aie blessé sa femme, son regard à présent évoquait la compassion. J'ouvris puis refermai la bouche, complètement médusée.

— Oui, finis-je par lâcher.

— Je vous présente toutes mes condoléances, dit-il, l'air sincère.

— Et moi pour Pip. Désolée pour tout, ajoutai-je, mais les mots étaient comme sortis de force.

— Merci.

La situation était extrêmement bizarre.

Brett poussa un soupir. Il passa une main ridée sur son crâne chauve. Il avait vieilli. Semblait plus petit. Maintenant, il n'avait pas l'air d'un type susceptible de faire du mal à Pip et Roger. Ou à Kingsley.

Et puis, je me rappelai comment Peter souriait, quand la voiture avait démarré, avec Sascha attaché sur son siège à l'arrière. Je revis le sourire de mon fils aussi, son signe de la main surexcité pour me dire au revoir, les dinosaures en plastique dans le porte-monnaie fermement serré par sa petite main.

Je plissai les yeux face à l'homme devant moi. Je ne pouvais pas me permettre de faire confiance à Brett Harding.

J'avais fait confiance à Peter et regardez où ça m'avait menée.

Brett me toucha le bras de nouveau et, quand il parla, il avait des larmes dans les yeux.

— Au revoir, Kate. Il faut que j'aille retrouver mon fils. Kingsley est tout ce qui me reste à présent.

Sur quoi, il rentra dans le commissariat. Je pris quelques inspirations profondes avant de partir. Qu'ils aillent se faire foutre avec leur prélèvement ADN. Je n'étais pas en état.

— Kate.

Trop tard.

Rik me courut après et m'attrapa par le coude.

— C'est le moment de faire votre déposition.

Il me raccompagna dans l'entrée bondée du poste. Des policiers allaient et venaient, affairés, portant des liasses de papiers ou parlant au téléphone. Je frissonnai en voyant une telle concentration de ces uniformes redoutés en un même endroit. Rik me poussa dans un large couloir et, ayant dépassé plusieurs portes closes, nous entrâmes dans une salle d'interrogatoire classique avec une table et plusieurs chaises.

Il me fit signe de m'asseoir. Il ne croisait pas vraiment mon regard et je sentis que quelque chose était changé entre nous. Quelque chose s'était passé depuis la veille au soir.

Étais-je suspecte à présent ? Ou savait-il quelque chose au sujet de Brett – ou de quelqu'un d'autre – qu'il ne me disait pas ?

Rik venait de tirer une chaise quand un autre flic ouvrit la porte.

— Kate, vous vous souvenez de Doug, n'est-ce pas ? me demanda Rik, à quoi je fis « oui » de la tête et me sentis rougir.

Oui, je me souvenais de cette fameuse soirée à Manly.

Pour des raisons évidentes, cependant, je ne me rappelais pas très bien le partenaire de Rik. Je remarquai maintenant qu'il était grand, avec une bedaine de buveur de bière. Son sourire me mit à l'aise, ce qui était surprenant vu mon état d'esprit du moment.

— Bonjour, Kate, dit Doug.

Il prit les rênes de l'interrogatoire, tandis que Rik, assis, observait. L'entretien ne fut pas bien difficile. Doug me posait des questions pour me guider dans le récit de ma relation avec les Harding et Roger.

Évidemment, je ne lui révélai pas tout.

J'omis de mentionner mon harcèlement en ligne – clairement, je m'étais leurrée en pensant que c'était autre chose que du harcèlement –, en priant pour qu'on n'en vienne jamais au stade où mon ordinateur serait saisi et examiné. Là, ça ferait mauvais genre.

Autrement, je tâchai de m'en tenir à la vérité générale. J'admis que Roger m'avait interdite de portes ouvertes. Ce fut seulement lorsque j'évoquai la cinquième et dernière visite que je mentis éhontément, en affirmant à Doug que je n'étais pas allée chez les Harding ce jour-là.

Après tout, Roger m'avait dit de me tenir à l'écart.

Une fois mon histoire terminée, Doug sortit un coton-tige et je me le passai à l'intérieur de la bouche. Rik enferma le tampon dans un sachet. Pas de prélèvement de cheveux. Je me rappelai mon inquiétude à la pensée qu'il verrait peut-être mes cheveux sales et rougis de nouveau. En quoi Rik pourrait-il s'intéresser à moi, une fois que mon ADN me relierait à une scène de crime ?

Il m'escorta ensuite dans une autre zone du commissariat, après un trajet court mais douloureusement dénué de toute conversation, où l'on releva mes empreintes digitales – tout était informatisé, d'ailleurs, rien à voir avec les tampons encreurs salissants que j'avais vus dans nombre de séries américaines. Puis Rik et moi nous assîmes sur un banc dur dans la salle d'attente, le temps que Doug prépare la déposition, mais un moustachu s'approcha bientôt de lui, se pencha et lui parla tout bas. L'air agacé, Rik s'excusa et me demanda de rester là quelques minutes. Mes pensées repartirent tournoyer autour de ce que j'avais entendu à la conférence de presse, dans une vaine tentative d'assembler les diverses pièces du puzzle.

— Moi j'y crois pas, à l'alibi du mari. (La voix appartenait à l'un des deux officiers en uniforme qui venaient d'entrer tranquillement dans la salle d'attente, celui qui avait la bouche à moitié pleine de quelque pâtisserie.) Le type est forcément coupable. Sa femme le trompait. T'as vu, sacrée nana, hein ?

Je baissai la tête et fis mine de compulser attentivement mon téléphone. Et les deux hommes continuèrent, sans m'accorder un regard.

— Je te parie qu'Avery enquête sur le client avec qui il avait rendez-vous. Super bizarre, si tu veux mon avis.

Alors comme ça, l'alibi de Brett n'était pas aussi vérifié que Rik l'avait sous-entendu. Je le savais.

Cinq minutes plus tard, Rik et Doug revinrent, me présentèrent un document tapuscrit que je relus et signai.

Ça, c'est fait.

Maintenant, il ne me restait plus qu'à attendre qu'ils m'arrêtent. D'ici là, je partais du principe que j'étais libre de faire ce que bon me semblait.

— Je vous raccompagne, Kate, m'annonça Rik, tandis que Doug, au téléphone, m'adressait un signe de la tête.

Nous retournâmes à l'entrée du commissariat sans échanger un mot. Lorsqu'il atteignit la porte, Rik s'éclaircit la gorge et leva les yeux pour rencontrer les miens.

— Kate, j'ai bien eu votre message vocal l'autre nuit, au fait. J'étais vraiment content de l'entendre. (Petit sourire.) J'aimerais beaucoup que vous me recontactiez. Et oui, absolument, je prendrai votre appel. Que vous arrêtiez de boire ou pas, je veux dire. (Nouvelle pause.) Et quelle que soit l'issue de cette affaire. (Je le fixai sans rien dire.) Je vous apprécie, continua-t-il. Je pense que je peux vous aider, ou du moins vous apporter du soutien. Comme un ami. Alors oui, s'il vous plaît, appelez-moi, OK ?

Je hochai la tête, incapable de parler à cause de l'énorme boule dans ma gorge. Sans parler de la culpabilité que je ressentais de l'avoir soupçonné – même brièvement – d'être le tueur.

— Mais je vous en prie, restez à l'écart des Harding, d'accord ? Avery connaît son affaire. Il trouvera le meurtrier. C'est juste une question de temps.

Je voulais croire que l'inspecteur soupçonnait Brett. Qu'il l'aurait collé en garde à vue avant la fin de la journée. Surtout après ce qu'avaient dit les deux policiers sur son alibi bancal. Pourtant, je ne pouvais m'empêcher d'être pessimiste, notamment parce que les flics avaient désormais mon ADN et allaient forcément me lier à la scène de crime.

Était-ce Brett qu'ils soupçonnaient ?

Ou moi ?

— Avery a organisé une réunion pour cet après-midi et il a promis de nous mettre au courant de toutes les avancées, ajouta Rik, les yeux dans les miens. Je suis sûr que le coupable sera bientôt derrière les barreaux, Kate.

— Merci, soufflai-je.

Rik posa sur moi un dernier regard inquisiteur, puis se détourna. Je le regardai s'éloigner, en tâchant de ne pas culpabiliser pour ce que je m'apprêtais à faire.

Je ne pouvais pas rester là à attendre que l'inspecteur Avery arrête Brett. Je devais immédiatement mettre Kingsley en garde contre son père.

Pas question de mettre sa vie en danger. Pas quand j'avais déjà commis tellement d'erreurs.

Mais comment allais-je m'y prendre ?

Au bout du compte, contacter Kingsley s'avéra plus facile que je ne l'avais craint. Je le vis au moment où j'arrivais au bas de l'escalier.

Kingsley se tenait seul, adossé à un poteau à l'angle de la rue. Son langage corporel indiquait une certaine désinvolture, pourtant il y avait quelque chose de raide aussi dans sa posture. Une tension.

Le pauvre, il essaie de se montrer courageux.

Il croisa mon regard et, d'un mouvement subtil, m'indiqua d'approcher.

Ce que je fis, en m'efforçant de me comporter normalement. Difficile, étant donné les circonstances. Car ce n'était pas une journée normale.

— Kate.

— Bonjour, Kingsley. Je… toutes mes condoléances pour ta maman.

Il hocha la tête et détourna les yeux, comme embarrassé de révéler ses émotions. Mon cœur se gonfla pour lui. Que pouvais-je dire d'autre ? Je me rappelais encore les trucs ineptes que les gens m'avaient sortis après la mort de Sascha.

Tu en auras un autre. Le temps vient à bout de toutes les blessures. Ce n'est pas ta faute.

Quel ramassis de merde.

J'observai Kingsley un long moment. Comment pouvais-je l'aider à traverser cette épreuve ?

— Où est ton père ? lui demandai-je. Et la police ? Je croyais qu'ils veillaient sur toi.

— Je me suis éclipsé en douce. Il fallait que je vous voie.

— Ah ? Pourquoi ?

— Vous savez quelque chose. Dites-moi.

Je n'arrivais pas à déchiffrer le regard qu'il posait sur moi, pourtant impossible de passer à côté de la crispation déterminée de sa mâchoire. Oui, il voulait vraiment savoir. Je fouillai son visage, remarquai ses cheveux ondulés, tellement semblables à ceux de Sascha. Sous mon regard, il leva une main menue et entortilla une mèche autour de ses doigts.

Exactement comme le faisait Sascha.

Mais le menton de Kingsley était piqué d'un début de barbe et il me dépassait de plusieurs centimètres, sans doute d'ailleurs que sa croissance n'était pas terminée. Kingsley n'était pas Sascha. Il n'était pas un enfant.

Il était assez grand pour connaître la vérité.

— Ça fait au moins deux semaines que vous cherchez à me parler de maman et papa, continua-t-il, les sourcils de nouveau froncés. Alors, qu'est-ce que vous vouliez me dire ? C'est en lien avec sa mort ?

Je pris une profonde inspiration.

— Tu as raison, Kingsley, il y a quelque chose que je dois te dire.

Comment étais-je censée m'y prendre ?

Ton père est un meurtrier.

Je pouvais dire ça ?

Il le fallait. Je devais protéger Kingsley.

J'ouvris la bouche pour parler, mais il m'en empêcha.

— Pas ici, Kate. Il faut qu'on parle en privé. (Il cillait, nerveux.) Quelque part où on pourra être seuls.

Je regardai autour de moi et ne vis pas âme qui vive.

— On est seuls, là. On ne peut pas faire ça ici ?

— Non, pas ici. J'ai l'impression que papa et la police me surveillent constamment. J'ai besoin de prendre un peu le large. Vous voulez bien m'aider ?

Il me dévisageait de ses grands yeux de chiot anxieux. Une autre boule se forma dans ma gorge. Kingsley n'avait personne d'autre à qui parler. Ce pauvre gamin avait besoin de sa mère. Des larmes me picotèrent les yeux ; je les réprimai. Bon, je n'étais pas sa mère mais je pouvais être là pour lui quand il avait besoin de moi.

— Bien sûr. Comme tu veux.

— Vous pouvez me retrouver ce soir au McDo, là où on s'est parlé la première fois ? À 23 heures. Je ferai le mur quand papa sera endormi.

Je n'étais pas sûre que ce soit une bonne idée. Pourquoi aussi tard ? Pourquoi ce secret ? J'aurais préféré m'en débarrasser ici et maintenant, mais l'air terrifié de Kingsley me poussa à hocher la tête.

— À ce soir.

— Bien.

Il s'écarta du poteau et retourna vers le commissariat. Je le suivis du regard, avec sa tête légèrement baissée, comme si les événements des deux jours écoulés pesaient physiquement sur lui.

Je devais l'aider à traverser cette épreuve, le soutenir. Et veiller sur lui.

Dimanche 3 août

Soir

Kingsley était en retard.

Je me tenais devant le McDonald's, à vérifier mon téléphone pour le cas où il m'aurait envoyé un SMS expliquant la raison de son absence. Ce qui était stupide, vu qu'il n'avait même pas mon numéro.

S'il te plaît, viens, Kingsley. J'ai besoin de te savoir en sécurité.

Quelques secondes plus tard, il apparut devant moi, à portée de bras.

Il souriait, discret mais triste, et nous entrâmes dans le fast-food où il se glissa sur une banquette, tournant le dos au mur et regardant l'entrée.

Je m'installai en face de lui.

— Quelles informations avez-vous ? me demanda-t-il.

Je fus prise au dépourvu qu'il se montre aussi direct, même si, à bien y réfléchir, j'aurais voulu savoir aussi, à sa place.

— Écoute, Kingsley, je ne veux pas te faire peur, mais je pense que ton père est peut-être… impliqué dans la mort de ta mère.

Il écarquilla les yeux.

— Quoi ?

— Savais-tu que ta mère avait une liaison avec Roger ?

Il inclina la tête, une attitude qui le faisait tellement ressembler à son père que c'en était troublant.

— Vous n'êtes pas sérieuse ?

— Si. Je les ai vus. Je les ai vus dans un pub de Manly, il y a environ deux semaines. Je suis vraiment désolée. Je déteste devoir te l'apprendre maintenant, mais j'ai peur pour toi.

Je vis les épaules de Kingsley s'affaisser. Depuis le début, je voulais l'informer de cette liaison, mais là, c'était affreux. Je détestais être celle qui lui causait du chagrin. Je voulais le protéger.

— C'est sur ça que vous m'avez incité à interroger mon père ?

— Oui. J'avais informé ton père de la liaison. Je voulais que ta famille règle la situation. (Je m'arrêtai de respirer.) Je n'avais aucune idée que ton père était un homme violent. Qu'il ferait du mal à Pip. Qu'il la tuerait. Je veux dire, jamais je ne m'en serais mêlée si j'avais su.

Il secoua la tête et le regard qu'il posa sur moi alors était carrément furieux.

— Pour qui vous vous prenez de vous mêler de nos vies comme ça ? On ne vous connaît même pas !

Je baissai les yeux sur la table.

— Je suis désolée, chuchotai-je.

Un silence s'installa sur nous. La culpabilité était comme un oreiller plaqué contre mon visage, me faisant suffoquer. Enfin, je n'y tins plus. Je tendis la main vers celle de Kingsley. Elle tremblait. Je relevai la tête pour plonger dans ses yeux.

Il se pencha en avant, soutenant mon regard. Et sa voix, bien que basse, contenait une urgence.

— Je pense que vous avez raison, pour mon père. Je pense qu'il a tué ma mère. Et Roger.

Je relâchai mon souffle.

Les longs cils de Kingsley étaient mouillés de larmes.

— Je ne peux pas retourner auprès de lui. Je peux venir chez vous ?

Nous prîmes le train qui repartait chez moi.

Kingsley avait refusé d'appeler un taxi. Il craignait qu'un chauffeur le reconnaisse maintenant que son visage avait été montré au journal télévisé. J'en doutais, mais avais préféré ne pas insister. Ce que je voulais vraiment, c'était appeler Rik et tout lui raconter, mais quand je parlai à Kingsley de mon ami flic qui pouvait l'aider, il me demanda d'attendre qu'on soit arrivés chez moi. Il semblait renfermé sur lui-même, comme s'il essayait d'analyser ce que je lui avais appris au sujet de sa mère et de Roger. Mon cœur se gonflait pour lui.

Il était tard, peut-être 23 h 45, lorsque nous arrivâmes à mon appartement.

— Je vais appeler Rik, annonçai-je, sortant mon téléphone alors que l'ascenseur s'était arrêté à mon étage.

— On est vraiment obligés de faire ça maintenant ? me demanda-t-il, sur mes talons. Entrons d'abord. Vous pouvez la fermer à clé, cette porte ? Elle est sécurisée ?

Il avait l'air hésitant et, en même temps, gêné d'exprimer ses craintes.

— Bien sûr.

Il me regarda retourner à la porte et tourner le verrou. Quand je pivotai vers lui, je vis ses épaules se détendre, ostensiblement. Je n'avais pas pris la mesure de la terreur que lui inspirait son père. Je lui montrai les toilettes, pour le cas où il aurait besoin d'y aller et puis aussi histoire de parler, de le distraire, mais sa vie entière avait été tellement chamboulée en l'espace d'un jour ou deux que je ne sais pas si c'était possible. Il eut même la politesse de dire que mon appartement était sympa.

Il ne vaut pas la maison Harding, voulus-je lui répondre.

Mais le moment était mal choisi pour parler architecture.

Je me versai un verre de vin et le bus en préparant une tasse de thé à Kingsley, avant de lui trouver des couvertures et de lui installer la méridienne pour qu'il y dorme. Kingsley m'observait depuis la table de la cuisine, les doigts courant sur mon mug « Madame Canaille », à moitié remplie d'un thé désormais tiède. Je bordai la couverture et me redressai.

— Maintenant, il faut vraiment que j'appelle Rik. La police, je veux dire.

Kingsley repoussa sa chaise, tellement vite que ses pieds de bois grincèrent sur le carrelage.

— Je peux me faire couler un verre d'eau d'abord ? On l'appellera après. (Les larmes gonflaient dans ses yeux.) C'est tellement dur. Je n'arrive pas à croire que maman soit morte. J'ai juste besoin d'un peu plus de temps, OK ?

Il avait de nouveau l'air si jeune, avec ses cheveux bruns bouclés aux pointes, comme ceux de Sascha. Kingsley avait besoin de moi, maintenant plus que jamais. Et je devais veiller sur lui, exactement comme s'il était mon enfant. S'il lui fallait un peu plus de temps, eh bien je le lui accorderais.

— Bien sûr, répondis-je. Les verres sont dans le placard au-dessus de l'évier.

Je me rendis dans ma chambre pour y prendre mon deuxième oreiller – je n'en avais pas en rab – dont j'enlevai la taie pour lui en passer une propre en revenant au séjour.

— Tenez.

Kingsley se tenait près de la table, un verre d'eau devant lui. Il me tendait mon verre de vin de nouveau rempli.

— Merci.

Je lâchai l'oreiller sur la méridienne et songeai qu'il était décidément bien élevé. Je bus une longue gorgée, puis repris :

— Il faut vraiment qu'on appelle la police maintenant, Kingsley.

Il hocha lentement la tête.

— Je sais, mais c'est dur. C'est mon père.

— Bien sûr. Mais on doit te protéger et je ne pense pas que tu sois en sécurité tant qu'il est dans la nature.

De nouveau, il opina du chef. Je bus une autre gorgée et bâillai. Il était tard et j'avais sommeil, mais il restait beaucoup à faire avant de profiter du confort de mon lit. Dès que j'aurais appelé Rik, la police viendrait et je devrais tout leur expliquer. Cette perspective ne m'enchantait pas, c'est sûr. La nuit promettait d'être longue. Mais Rik saurait quoi faire pour aider Kingsley. Nous restâmes assis en silence quelques minutes, moi à boire mon vin, Kingsley le regard perdu dans le vague.

— Il a toujours été colérique, vous savez, déclara-t-il soudain, brisant le silence. Mais je n'aurais jamais cru qu'il puisse faire un truc pareil. (Je hochai la tête.) Pas à maman. Je croyais qu'il l'aimait. Je n'en reviens pas qu'il ait pu lui faire du mal.

Je comprenais que l'on puisse se laisser aveugler de cette manière. Je voulais le lui dire, mais les mots étaient trop difficiles à trouver.

— Vous pensez qu'il me veut du mal aussi ? s'enquit Kingsley, qui poursuivit sans attendre ma réponse. J'ai peur. Pourtant, je ne sais pas pourquoi, je me sens en sécurité avec vous, Kate.

Mes paupières se fermèrent et il était soudain trop dur de rester éveillée, alors qu'en même temps je me sentais étonnamment détendue, voire heureuse. C'était agréable, si agréable d'être là, assise sur le canapé avec quelqu'un qui avait besoin de moi. Si rassurant. Mais peut-être qu'une petite sieste me ferait du bien.

La dernière chose que je vis avant de sombrer fut le visage de Kingsley penché au-dessus de moi.

Il souriait.

Je me réveillai dans la baignoire.

J'observai la salle de bains, clignant des paupières, ma respiration saccadée se répercutant sur le sol et les murs carrelés. Qu'est-ce que je faisais là ? J'essayai de me redresser en position assise, le cerveau embrumé.

Quelle quantité de vin avais-je bue ?

Je me rallongeai dans la baignoire, avec une drôle de sensation. Baissant les yeux vers mon corps, je me rendis compte que j'étais tout habillée : toujours en jean et tee-shirt. Pourquoi irais-je prendre un bain avec mes vêtements ? L'eau était très chaude, beaucoup plus chaude que je l'aurais normalement réglée pour mon bain, mais je me sentais calme. Presque paisible. Je clignai doucement des yeux, les pensées revenant lentement, à croire que mon cerveau était en coton.

La porte de la salle de bains s'ouvrit lentement. Kingsley passa la tête par l'embrasure.

— Ah, Kingsley, dis-je d'une voix faiblarde, soulagée. C'est toi. Bon Dieu, je suis vraiment désolée. Il semble que j'aie beaucoup trop bu.

Il sourit, écho du sourire que j'avais aperçu juste avant de m'endormir. Malgré la vapeur qui montait de mon bain, je frissonnai.

— Kate, dit-il. Ou Katie. Je préfère Katie, je pense.

Il entra dans la pièce. Il était changé : plus grand, menaçant. Mais aussi bizarrement… heureux.

Putain, il se passe quoi, là ?

— Katie Webb, poursuivit-il. Ou bien, jadis, Katie Bauer, pas vrai ? J'ai fait des recherches. Maman ne voulait pas me raconter grand-chose, elle s'est contentée de me dire que vous aviez un passé triste. Il fallait que j'en apprenne plus.

Il s'adossa au carrelage, face à moi, extrêmement détendu.

Je cillai, perplexe. Il avait l'air… de s'amuser.

— Elle ne m'a pas expliqué non plus que vous aviez des « soucis de santé mentale », ajouta-t-il, tout sourire, en faisait des guillemets avec les doigts autour des mots, comme il l'avait fait auparavant. Ça, je l'ai inventé. Elle vous plaignait, vous le croyez, ça ? Je veux dire, elle était furax que vous lui ayez fait mal au poignet. Non qu'elle m'ait raconté comment ça s'était passé. Vous seriez surprise de la quantité d'informations que j'ai découvertes par moi-même. Certaines en écoutant aux portes : maman et papa parlaient toujours trop fort quand ils croyaient que je n'étais pas dans les parages. Et bien sûr, Internet est super utile pour faire des recherches, pas vrai ?

Un éclair de culpabilité s'alluma dans mon cerveau embrouillé.

— Vous aviez un fils, Katie, n'est-ce pas ? continua-t-il sur un ton complètement indifférent. Un petit garçon ?

Ma poitrine s'emplit de glace.

— Il est mort, hein ? Tué par votre mari, le père du gosse.

Kingsley avait les cheveux lissés en arrière. Mieux coiffés que d'habitude. Il ne ressemblait plus du tout à mon Sascha, maintenant.

— Ça doit faire mal, reprit-il, avant de sourire. Une petite histoire triste. Un moment, je vous ai prise en pitié. Et puis, vous vous êtes mise à fourrer votre nez là où vous n'auriez pas dû.

Enfin je trouvai ma voix, même si les mots étaient épais dans ma bouche.

— J'essayais de t'aider. J'essayais d'aider ta famille !

— En vous mêlant de nos affaires ?

— En te disant la vérité.

Il secoua la tête.

— Katie, Katie, Katie. Je la connaissais, la vérité. Je suis au courant depuis des années. Même papa, il savait. Il ne l'a jamais avoué, mais bon. Vous pensiez vraiment que ce connard mielleux de Roger était la première liaison de maman ? Il y a eu au moins six mecs sur à peu près autant d'années. Peut-être même quelques-uns de plus qu'elle a réussi à cacher, même à moi.

Je tentai de me rasseoir. En vain.

— Quoi ? chuchotai-je.

— Oui, il y a eu Julian, l'agent de sa galerie d'art. Le premier dont j'aie été au courant. À l'époque, j'ai cru que ça signerait la fin du mariage de mes parents. Je n'avais que onze ans et j'étais naïf à fond. Après, il y a eu un barman du café où elle allait après le yoga. De dix ans son cadet, quel cliché ! Le suivant, c'était l'architecte paysagiste, je crois, ou alors l'artiste anglais. Il n'est resté qu'une semaine, du coup je mélange les dates. Après, il y a eu le gars de la piscine, encore un putain de cliché. Ah oui, et le dernier, c'était le père d'un de mes meilleurs amis. Voilà, ça fait six. Et comme je l'ai dit, il a pu y en avoir d'autres.

Roger n'était pas le premier de Pip. Elle avait déjà eu des amants.

— Votre père et vous étiez au courant, pour les liaisons ?

Le regard que Kingsley baissa sur moi était empli de dédain.

— Katie, je viens de vous le dire. Bien sûr qu'on savait. Papa ne connaissait probablement pas autant de détails gores que moi. Je ne pense pas qu'il voulait tout savoir.

— Pourquoi ?

— Mais merde. Vous avez vu ma mère ? Elle boxait largement au-dessus de sa catégorie et lui, il s'accrochait comme il pouvait à ses jupes avec ses petits doigts potelés. Papa, il enfonçait la tête dans le sable en espérant qu'elle resterait avec lui. Elle baisait tout ce qui bougeait, mais personne ne le savait. Tout le monde lui aurait donné le bon Dieu sans confession, à Pip Harding. Avec son rouge à lèvres rubis de pétasse et ses pulls moulants. (Malgré le contenu de ses propos, le ton de Kingsley restait celui de la conversation banale.) Elle n'était pas une vraie mère. Elle n'en avait rien à foutre des autres. Et certainement pas de son fils. Pendant un an après avoir découvert pour la première fois son comportement de salope, j'ai pris le parti de papa. Je croyais qu'il allait l'obliger à arrêter. Mais il ne faisait rien. Rien du tout. À la troisième liaison, je me suis dit, OK, peut-être que cette fois, il va la quitter. Mais non, toujours rien. Rien, putain. Je l'ai même surpris en train de la reluquer, une fois, alors qu'elle était au téléphone avec son paysagiste – c'était tellement évident qu'ils baisaient ensemble – et papa, il m'a regardé avec ses yeux de chien triste. Alors j'ai compris que jamais il ne la quitterait. Il l'adorait, putain. C'est pas pathétique, ça ?

J'essayai de lever les bras, mais ils étaient comme enfouis sous une pile de briques.

— Et puis, enfin, maman a décidé que c'était fini. Comme ça. Elle a convaincu papa de divorcer, alors qu'il avait supporté ses conneries toutes ces années. Et ils ont décidé de vendre la maison. Sans me consulter.

Il fronça les sourcils et je cillai, m'efforçant, malgré mon cerveau de limace, de faire coïncider ce Kingsley furieux avec celui que je croyais connaître. Il poursuivit, avec de la colère suintant de chaque mot, chaque geste.

— Ma maison. Papa ne voulait pas y vivre sans elle. Même si elle était dans sa famille depuis des générations. Il aurait pu se contenter de lui donner du fric. Garder la maison. (Il serra la mâchoire.) Highfields m'appartient, ajouta-t-il plein d'une révérence qui contrastait avec sa colère. S'ils croyaient que j'allais rester à les regarder la vendre sans moufter, ben ils se fourraient le doigt dans l'œil.

En dépit de l'eau brûlante, le froid s'insinuait dans mes os, dans mes veines. Je dévisageais Kingsley, le voyais sous un nouveau jour. Le brouillard se dissipa un peu dans ma tête.

— Qu'est-ce que tu as fait, Kingsley ?

— Je les ai tués, bien sûr. Papa n'avait pas les couilles pour le faire, du coup j'ai dû m'y coller. Je le détestais de n'être pas capable de taper du poing sur la table, de laisser maman le tromper, l'humilier. Alors je les ai tués tous les deux.

Ses paroles me rentraient dans le cerveau comme s'il les y incrustait à coups de marteau. Je tentai de m'asseoir, mais mon corps était affaibli, fébrile, un peu comme quand on a la grippe.

— Qu'est-ce que tu m'as fait ? chuchotai-je.

Kingsley s'esclaffa.

— Rohypnol. Des somnifères. Les « roofies », vous connaissez ? Maman est insomniaque. Elle a tout essayé mais rien ne marche, alors elle a tout un tiroir plein de médicaments à la maison. Et les roofies, ils fonctionnent à merveille.

Oh, bon Dieu, Kingsley, qui es-tu ?

— Vu l'alcoolo que vous êtes – j'ai entendu maman parler de ça aussi à papa – et vu toute la *tragédie* (il prononça ce mot sur un ton sarcastique) que vous avez vécue, la police ne verra pas d'inconvénient à qualifier votre mort de suicide. Je doute qu'ils effectuent les tests toxicologiques à temps pour détecter les roofies. Et même si c'est le cas, ils ne remonteront pas jusqu'à moi, le pauvre garçon qui vient de perdre sa mère.

Il se repoussa du mur et se mit à arpenter l'espace exigu de la salle bains. Deux pas dans un sens, demi-tour, deux pas dans l'autre sens.

— La folle alcoolo qui tue un couple adultère sur lequel elle faisait une fixette. Oui, ça marche mieux que de mettre ça sur le dos de mon père, je trouve. Et puis l'alcoolo, de tristesse, décide d'en finir elle aussi, alors elle boit du vin et monte dans sa baignoire. Et voilà ! Une créature inutile de moins sur terre. Et vu comment sont morts votre mari et votre fils, il y a une sorte de justice poétique dans cette idée de la noyade. Sans parler de maman et Roger, dans la piscine. Tout s'emboîte parfaitement, vous ne trouvez pas ?

Oui, il prenait vraiment plaisir à la situation. Ce nouveau Kingsley était beaucoup plus bavard que celui que je connaissais. Je préférais l'ancien, celui qui n'avait pas l'air d'un psychopathe.

— Il y a quelque chose que vous voudriez me demander, Katie ?

J'étais en train de rêver ? Ça ne pouvait pas être pour de vrai… si ? Kingsley ne pouvait pas être un monstre, un psychopathe. C'était le garçon parfait.

Oh, mon Dieu.

Mon estomac se vrilla.

Kingsley n'était pas comme Sascha. Il était comme… Peter.

Comment avais-je pu passer à côté de cette vérité ? Comment avais-je pu ne pas la voir ?

— Oh, et j'ai trouvé ça sur votre table de chevet… (Il sortit de la poche de son jean le parasaurolophus que j'avais récupéré dans sa chambre.) Il est à moi, hein ? (Il avait l'air médusé.) Pourquoi vous l'avez pris, Katie ? Où vous l'avez trouvé, d'ailleurs ?

Kingsley tournait le dinosaure entre ses doigts tout en parlant.

—Sous ton bureau, murmurai-je.

—Hum. Maman apportait des boîtes de jouets dans ma chambre pour que je les trie, mais elle rêvait si elle croyait que j'allais l'aider à préparer la maison pour la vente. À la place, j'ai renversé ces merdes partout, la femme de ménage n'aurait qu'à ranger. Celui-ci a dû passer sous les radars. (Il rit.) Bref, c'est bizarre, que vous l'ayez pris. Et illégal. Et puis ça ?

Tel un magicien, il fit apparaître mon téléphone et je vis à l'écran les photos que j'avais prises des dessins dans sa chambre.

—Comment tu l'as déverrouillé ?

—Pfff. L'empreinte de votre pouce. Les empreintes digitales ne disparaissent pas quand on est inconscient, Katie. Et je n'apprécie vraiment pas que vous vous permettiez de photographier mon art. Mon art, c'est personnel, ajouta-t-il en secouant la tête, désapprobateur. Franchement, Katie. La règle numéro un, quand on commet un crime, c'est de toujours effacer ses traces. Alors piquer des trucs dans une maison… Prendre des photos… Sans déconner ? Je n'irais pas prendre, oh, je ne sais pas, une mèche de vos cheveux, si ? Parce qu'une fois que vous seriez morte, ça me relierait à vous. La police, ils adorent ces conneries. Non, quand j'ai tué maman et son crétin autobronzé, je les ai balancés dans la piscine, je me suis nettoyé et je suis parti. Personne ne fera le lien entre leur mort et moi. (Il me sourit en déposant le parasaurolophus sur le rebord de mon lavabo.) C'était un joli geste, vous ne trouvez pas, de les avoir mis dans l'eau ? Vous appréciez, j'espère ? Vous avez eu l'air, en tout cas, vu comme vous avez vomi votre petit déjeuner.

Je le fixai, emplie d'horreur, et son sourire s'élargit.

— Oui, j'ai mis en scène ce petit scénario pour vous, Katie. Enfin, j'espérais que ce serait vous. Je ne pouvais pas être sûr. Mais je savais quelle fouineuse vous étiez et j'étais quasi certain que vous ne pourriez pas résister, en constatant que Roger ne se pointait pas pour la visite.

Il s'accroupit près de moi et me transperça de ses yeux froids. Comment avais-je pu les trouver beaux ? Et doux ?

— J'ignorais que vous aviez le code, par contre, continua-t-il, presque admiratif. J'avais imaginé que vous contourneriez la maison. Vous êtes plus tordue que je ne l'avais imaginé, Katie Bauer. Et puis vous êtes venue dans ma chambre ! J'ai dû filer me cacher dans le placard comme un petit cafard. Je sais que c'était un peu bête de ma part de rester, mais je n'ai pas pu m'en empêcher.

— La police prétend que tu as un alibi.

— Ah oui, l'alibi. J'étais à la bibliothèque, ce matin-là. La bibliothécaire me connaît bien. La pauvre chérie ne sait pas résister à un sourire et deux-trois mots d'un jeune garçon travailleur et sérieux qui lui demande toujours des nouvelles de son cacatoès. J'ai juste installé mes livres sur une table et puis je me suis faufilé dehors par la salle du personnel. Et je suis revenu par le même chemin. Elle ne soupçonne même pas que j'ai quitté ma place et, si elle l'a remarqué, elle aura cru que je m'étais levé pour aller chercher un livre. (Nouveau sourire.) Du coup, maintenant, Highfields ne sera pas vendu. Personne n'en voudra, pas après que deux cadavres ont été retrouvés dans la piscine. Papa et moi, on pourra y rester. Et si jamais quoi que ce soit devait arriver à mon père, disons juste après mon dix-huitième anniversaire, eh bien, alors la maison m'appartiendra.

— Mais Kingsley…

— Fini les questions, m'interrompit-il.

Et il tendit le bras vers la baignoire. Son beau visage me bloquait la lumière en s'approchant du mien, au point que je ne voyais plus que ses yeux bleus. Ses mains fraîches touchèrent mes épaules. Son expression était détachée, comme s'il conduisait une expérience scientifique. Comme si je n'étais pas vraiment une personne, juste un dossier à régler.

— Détendez-vous, Katie. Ce sera bientôt fini.

Et il appuya. L'eau s'engouffra dans mes narines et je haletai, en avalai un peu, tentai de la refouler. C'était mon Rêve. La baignoire. La noyade. Sauf que le Rêve n'avait rien à voir avec la réalité. Loin de là.

La réalité était bien pire.

La réalité battait tous mes Rêves à plate couture.

Je fus presque surprise de découvrir que je ne voulais pas mourir.

Je battis des bras et des pieds, réussis à remonter à la surface pour remplir mes poumons d'air. Le visage de Kingsley s'assombrit sous l'effet de la colère. Il me frappa, une gifle forte qui m'enflamma la joue.

Quand je replongeai sous l'eau, mes oreilles se mirent à siffler. Peter m'avait frappée comme ça, une fois. Juste une fois, à peu près un mois avant la mort de Sascha. Je n'avais pas répliqué. Je l'avais laissé me frapper, en pensant que je ne tarderais pas à partir, à emmener mon fils avec moi, que je ne le reverrais jamais.

Et regardez comment ça avait bien marché.

La rage se propagea en moi à la vitesse d'un feu de brousse. Je me relevai, repoussai Kingsley, les deux mains plaquées sur son torse, avec toute la force qui restait dans mon corps affaibli.

Et par un coup de chance, grâce à l'effet de surprise je le déséquilibrai.

Sa position accroupie sur le carrelage glissant de la salle de bains œuvra aussi en ma faveur. Donc quand je le poussai, il vacilla, puis tomba de côté, tendit une main pour amortir sa chute. Ce qui m'accorda une seconde, une seule, mais je la saisis et l'adrénaline me donna la force de me mettre debout. Je voyais double et la tête me cognait, mais je connaissais mon appartement. L'eau gouttait de partout et mes vêtements lourds m'encombraient, mais je réussis, glissant et dérapant, à fuir la salle de bains pour gagner le séjour.

J'entendais Kingsley, derrière moi, qui jurait et arrivait vite. Je courus vers la porte, me jetai contre. Mes doigts trituraient les verrous que j'avais pris tant de peine à tourner plus tôt. Au moment où j'attrapai la chaîne, je me sentis arrachée de la porte par les bras de Kingsley, de trente ans plus jeunes que les miens, qui m'encerclaient la poitrine. Je tordis le cou et arquai le dos, tentai de libérer mes épaules. Mais son étau me plaquait les bras contre les flancs et mes pieds ne touchaient plus le sol. Il était trop fort.

—À l'ai…, commençai-je à hurler, avant que sa main ne vienne se coller sur ma bouche.

—Ta gueule, putain, Katie, siffla-t-il dans mon oreille. Tu ne vas pas tout me gâcher, tu m'entends ? Pas maintenant.

Et, les bras serrés autour de moi, il me tira, me porta à moitié vers le balcon. Mes chevilles traînaient sur la moquette. Sa main me couvrait aussi le nez, en plus de la bouche, ma tête commençait à tourner à cause du manque d'oxygène. Je cessai de me débattre, de plus en plus faible. Brièvement, il ôta un bras d'autour de ma poitrine pour pousser violemment la porte du balcon et éteindre la lumière du séjour. L'air glacé vint frapper mes vêtements mouillés, puis je sentis une douleur sourde : mes talons avaient heurté le seuil en métal. Je me mis à grelotter. Kingsley me traîna vers le bord du balcon et me fit pivoter face à la balustrade. Il me bascula par-dessus d'un mouvement brusque. Je me retrouvai avec la tête et le buste suspendus au-dessus du vide, sur le flanc, tandis que mes orteils ne touchaient plus le carrelage. De nouveau, sa main était sur ma bouche. Je tendis les pieds, tâchant d'entrer en contact avec une surface solide.

— Sans lumière, y aura pas de fouineurs de voisins pour nous voir, chuchota-t-il près de mon oreille. Changement de plan, du coup. Au lieu de te noyer dans ton bain comme une pauvre alcoolo triste, tu vas sauter du balcon comme une pauvre alcoolo triste. Ça me va aussi. Je suis un gars conciliant.

Je frissonnai. Je sentais l'eau ruisseler sur mon visage plaqué contre le verre froid et lisse. Et tout à coup, j'étais incroyablement fatiguée. Il était trop tard. Tout était trop tard.

J'arrêtai de me battre.

J'étais fichue.

Sans crier gare, Kingsley m'attrapa par l'épaule et me ramena sur le balcon, avant de me faire pivoter face à lui. Je tenais à peine debout, j'avais désespérément envie de m'asseoir. Mes genoux fléchirent et je commençai à m'affaler.

— Katie ! Écoute-moi quand je te parle.

Kingsley m'attrapa par le cou pour me redresser. Il se pencha et son visage était un espace noir, plus noir que le ciel nocturne. Je battis des paupières, m'efforçai de faire le point.

— T'aurais vraiment mieux fait de rester en dehors de ça, hein ? Dans ton petit monde de minable, à picoler dans ton petit appart de minable au lieu de te mêler des putains d'affaires des autres. (Ses dents apparurent, blancheur fantomatique au milieu de son visage sombre.) Je voulais pas en arriver là. Je parie que t'étais une bonne mère. (Ses mains resserrèrent leur étau et un nouvel assaut de terreur monta en moi quand je peinai à trouver de l'air.) Pas comme Pip. (Il avait craché le nom de sa mère, tout en serrant encore plus sur mon cou.) En tout cas, c'est sûr que t'as plus pleuré ton fils que ma mère m'aurait pleuré, moi. Enfin, ça n'a plus d'importance maintenant.

Je ne pouvais pas parler ni prendre une inspiration complète. Ma tête cognait pire que la pire des gueules de bois et je voyais des étoiles. Kingsley sentait furieusement l'après-rasage, un parfum familier. L'odeur ressemblait à celle de l'après-rasage que j'avais acheté à Peter, à l'époque où on était jeunes et amoureux.

Kingsley lâcha mon cou et je tombai. Mes genoux heurtèrent le carrelage. J'avalai l'air malgré ma gorge en feu. Il me releva sans ménagement.

— Désolé, Katie. J'ai perdu les pédales, une minute.

Un espoir perça à travers mon engourdissement.

Peut-être allait-il me laisser partir ?

— Je suis censé t'aider à sauter du balcon. La strangulation n'était pas au programme.

J'essayai de me débattre, mais mes membres étaient trop lourds.

Kingsley me saisit par la taille, me souleva vers la balustrade.

Je voulus hurler, mais n'obtins qu'un grognement.

— Ne lutte pas, Katie. Accepte, chuchota-t-il, son haleine chaude sur ma joue. Tu reverras peut-être bientôt ton fils, qui sait ? Tu verras peut-être Sascha.

Entendre le prénom de mon garçon changea tout.

J'envoyai mon coude dans le ventre de Kingsley et réussis à m'arracher à son étreinte. De nouveau mue par l'adrénaline, je pivotai et lui balançai un grand coup de pied dans les valseuses.

Il poussa un gémissement et se plia en deux sous l'effet de la douleur, mais avant que je puisse rouvrir la porte du balcon, il se redressa, véritable figure de cauchemar, le visage tordu par la rage, et il se rua sur moi. Nous glissâmes tous les deux sur le carrelage humide, les bras battant l'air. Je plongeai vers la chaise, dans le coin, que je parvins je ne sais comment à mettre entre nous après l'avoir atteinte en rampant. Kingsley se précipita vers moi au moment où je m'accroupissais derrière. Il rugit sa colère, monta sur le siège comme pour m'atteindre en sautant par-dessus. Je m'écartai et il pivota, déséquilibré. Alors, je le poussai. Pas fort, mais suffisamment.

Kingsley tomba, les bras comme les ailes d'un moulin à vent alors qu'il disparaissait par-dessus la balustrade vitrée. Il eut le temps de lâcher un ultime hurlement à vous glacer le sang, avant que son cri ne soit interrompu par un bruit mat. Celui de son corps heurtant l'allée en contrebas. Je m'effondrai, épuisée, sur le carrelage froid du balcon et m'évanouis.

— Kate ? Vous m'entendez ?

La voix venait de loin, très loin. Je frémis, à moitié éveillée mais désireuse de replonger dans le sommeil.

— Kate ? C'est Rik, vous m'entendez ?

Rik ? Que faisait-il ici ? J'ouvris les yeux, mais j'étais trop fatiguée pour les empêcher de se refermer. J'aperçus un visage, sans parvenir à en déchiffrer les traits.

— C'est ça, Kate. Restez avec moi. L'ambulance sera bientôt là. Qu'est-ce qui s'est passé ? Comment Kingsley est-il tombé ?

Kingsley.

Mon cœur se mit à battre plus vite en même temps que la peur revenait. Je tentai de rouvrir les yeux, tentai de bouger. En vain.

— Ça va, Kate.

— Je l'ai tué, dis-je d'une petite voix rauque. (Ça faisait mal de parler. Ça faisait mal de bouger.) Je l'ai poussé.

Mercredi 6 août

7 H 31 DU MATIN

— … dépend de nombreux… manque d'oxygène peut causer des déficiences cérébrales…

Mes paupières s'ouvrirent. La pièce était très éclairée et blanche. Je les refermai.

— Elle est réveillée ! Infirmière !

Bips et courants d'air me parvinrent d'un côté.

— Kate. Kate !

Le visage de Rik apparut, plissé par l'inquiétude.

— Rik ? (Ma voix était aussi rauque que celle d'un petit vieux atteint d'emphysème et ma gorge aussi écorchée que si elle venait d'être passée au papier de verre.) Où je suis ? Vous avez une sale tête.

Je n'avais pas prévu de dire ça tout haut, n'empêche que c'était vrai. Un début de barbe lui couvrait le menton et il avait les yeux fatigués. Il ouvrit la bouche pour parler, mais une infirmière aux cheveux cuivrés, la cinquantaine, ouvrit le rideau près du lit, me faisant sursauter.

— Vous êtes réveillée ! s'exclama-t-elle, et elle prit aussitôt mon pouls, un œil rivé à sa montre. Comment vous sentez-vous, ma belle ?

— Ça va, parvins-je à croasser.

Sur quoi, j'obéis à ses instructions : ouvrir la bouche, suivre la lumière des yeux, etc. Je m'efforçai de regarder au-delà d'elle, de voir Rik, mais elle me bloquait la vue. Volontairement, pensai-je avec mauvaise humeur alors qu'elle approchait le visage de mes yeux errants.

— Vous avez l'air en pleine forme, conclut-elle, tout sourire, en tapotant mon bras. Vu la situation. Reposez-vous. Le docteur viendra vous voir une fois qu'il aura terminé ses visites. Ça, ajouta-t-elle en prenant un petit bouton attaché à un tuyau, c'est pour la douleur. N'ayez pas peur de l'utiliser, OK ?

Je hochai la tête.

Elle s'adressa alors à Rik, index menaçant et ton sévère.

— Ne la fatiguez pas.

Il leva les deux mains en signe de reddition, mais ils échangèrent un sourire entendu.

Et elle disparut.

Les yeux plissés, je tâchai de faire la mise au point. Ça sentait le lis. Mes fleurs préférées.

— Où je suis ? demandai-je de nouveau.

— Vous êtes à l'hôpital. Dieu ce que ça fait plaisir d'entendre votre voix…, me dit Rik. Ou ce qu'il en reste. (Lorsqu'il se passa la main sur le visage, le contact avec son début de barbe produisit un crissement.) On était tous très inquiets.

— Tous ?

— Oui, il y a pas mal de monde. Pas ici, dans la salle d'attente. Les infirmières se sont montrées très protectrices vis-à-vis de vos visiteurs. Alors, voyons, il y a vos parents, votre sœur et son mari. Votre patronne et une jeune femme : la réceptionniste peut-être ? Jenna. Michelle – elle a même amené ses enfants, qui ont mangé tous les biscuits de la cuisine, y a des miettes partout ! Les infirmières n'étaient pas contentes. On n'a pas arrêté de faire des allers et retours, histoire de toujours vous garder à l'œil.

Je devais avoir l'air aussi surprise que je l'étais, car il s'esclaffa.

— Apparemment, vous n'avez pas idée du nombre de gens qui tiennent à vous, Kate Webb.

Il s'assit et je tournai la tête pour le garder dans mon champ de vision, mais le mouvement déclencha une quinte de toux, puis un hoquet de douleur provoquée par la toux.

— Tout va bien ? Vous voulez de l'eau ?

Il tendit la main vers le plateau près du lit, me versa un demi-verre d'une carafe en plastique et me le passa. La main tremblante, je le lui pris. Le liquide eut beau s'avérer difficile à avaler, il me fit du bien.

— Mes parents sont venus ici ?

— Oui, ils sont partis il y a environ une heure. Les infirmières les ont autorisés à venir en dehors des horaires de visite, je pense qu'elles les ont pris en pitié. Ils étaient fous d'inquiétude.

Le plaisir que suscita en moi l'inquiétude de mes parents fut immédiatement remplacé par la culpabilité de leur avoir causé ces soucis. Peut-être était-il temps que je leur rende la vie un peu plus facile en restant de temps en temps manger de la soupe aux pois et jambon dans leur « manoir », au lieu de détaler pour éviter leur sollicitude.

— Et vous ? Qu'est-ce que vous faites là, en dehors des heures de visites ?

— Ah moi, je suis policier, vous voyez ? Ça m'octroie quelques privilèges.

Je tentai de sourire, ne réussis qu'à tousser. J'avais la gorge si enflée qu'elle était presque obstruée. Chaque respiration était douloureuse. Je cherchai à tâtons le bouton de la morphine et appuyai dessus, puis je tâchai de me rappeler pourquoi j'étais là.

Kingsley.

Il avait essayé de me tuer.

Rik me prit la main et la tint dans la sienne, je vis alors que j'avais un cathéter au niveau du poignet. Un tube en partait, qui montait vers un « bip » inconnu et un appareil clignotant.

— C'est bon, Kate. Tout va s'arranger.

— Quel jour ? Qu'est… Qu'est-ce qui s'est passé ?

— Vous êtes restée inconsciente plus de quarante-huit heures. On a réussi à assembler à peu près toutes les pièces du puzzle. On sait que vous aviez prévu de retrouver Kingsley au McDonald's.

— Ah.

— L'inspecteur a soupçonné Kingsley presque dès le début. Il trouvait son alibi léger. Avery a beaucoup travaillé sur les psychopathes, dans le passé. Je pense qu'il a soupçonné Kingsley d'en être un, dès l'instant où il l'a rencontré. Et Brett a confirmé qu'il avait des inquiétudes quant à l'attitude de son fils ces derniers temps. Depuis pas mal de temps, en fait. Mais il n'imaginait pas une seconde que son fils soit capable de meurtre. (Rik secoua la tête.) Par chance, Avery savait ce qu'il recherchait. Je n'aurais jamais dit que Kingsley était un psychopathe, pour ma part, jamais de la vie. Il était malin, ce gosse.

— « Était » ? parvins-je à lâcher.

— Oui. Était. Il est mort, répondit Rik. Avery avait mis des agents en planque sur Kingsley et Brett, cette nuit-là, et ils l'ont vu quitter l'hôtel. Ils l'ont suivi au McDonald's, puis vous avez été vus tous les deux rentrer à votre appartement. Malgré les soupçons d'Avery, on ne croyait pas, à ce stade, que vous étiez vraiment en danger. (Il m'adressa un sourire penaud.) Puis on a entendu des bruits de lutte à l'intérieur. Mon plus grand regret, c'est qu'on ait attendu autant avant de défoncer la porte. (Il me caressa les phalanges de la pulpe du pouce.) Vous étiez inconsciente, ajouta-t-il d'une voix plus basse. J'ai cru qu'on vous avait perdue.

— Vous avez défoncé ma porte ?

— Oui, désolé. Mais elle a été remplacée, là. Promis. Concentrez-vous juste sur votre rétablissement. Vous allez devoir parler à Avery, bien sûr, lui faire une déposition officielle. Mais ça peut attendre demain.

Nous restâmes silencieux un moment. Il y avait beaucoup à analyser et mon cerveau devenait flou à cause de la morphine.

— J'avais vu Brett parler avec Pip et Kingsley, juste la semaine d'avant, repris-je. Il était super en colère. On aurait dit qu'il allait les tuer. J'étais persuadée que c'était lui. Au temps pour mes « recherches ». Même en le faisant exprès, je n'aurais pas pu être plus à côté de la plaque.

— Vous ne pouviez pas savoir.

J'appréciai l'absence du « Je vous avais prévenue » pourtant bien mérité. Tout à coup, j'étais incroyablement lasse. Comme vidée.

Mes paupières papillonnaient.

— Je vais vous laisser dormir, Kate, dit-il.

J'allais pour objecter, ouvris la bouche pour lui dire : « Restez auprès de moi », mais aucun mot ne sortit. Mes membres s'enfoncèrent lourdement dans les draps amidonnés et je m'endormis.

Avant

C'est le craquement du sommier qui m'a alertée de la présence de l'intrus et m'a tirée, grincheuse, d'un sommeil troublé.

Le petit corps chaud et agité de Sascha s'est glissé sous les draps et dans mes bras. Il s'est pelotonné contre moi, en cuillère, et je me suis blottie contre lui, tout en écartant d'une main les boucles collées sur son front par la sueur. Et je l'ai serré contre moi malgré l'humidité froide de son pyjama dinosaure.

Le canapé-lit avait une bosse en son centre, qui m'obligeait à adopter une position crispée pour ne pas tomber. Je n'avais pas dormi correctement depuis deux semaines. Peter venait prendre Sascha pour l'emmener au zoo dans quelques heures et je retournerais dormir à l'appartement. La pensée de retourner dans notre foyer marital ne me plaisait guère, en revanche je rêvais de notre lit king size et des draps en lin hors de prix achetés sur l'insistance de Peter.

Bien sûr, il y avait une autre raison à ma fatigue.

La respiration de Sascha est devenue plus profonde, signe qu'il s'était rendormi. En tordant le cou, j'ai réussi à distinguer l'heure sur le réveil : 6 heures du matin. Waouh, il avait dormi tard. Peut-être la perspective de voir son père aujourd'hui lui avait-elle fait du bien, finalement. J'ai calé ma respiration sur celle de mon fils.

J'avais eu raison de quitter Peter. Je ne m'étais pas sentie aussi calme depuis des mois, peut-être même des années. Sascha s'en sortirait. Peter et moi, on veillerait à faire passer son intérêt en priorité, j'en étais certaine. Il n'en irait que mieux sur le long terme.

Brusquement, Sascha a renversé la tête en arrière, me donnant un coup dans la poitrine. La douleur a ricoché jusque dans ma clavicule et mon épaule. Je me suis mordu la lèvre pour retenir le cri, mais Sascha m'a sentie me raidir et s'est agité. En se retournant, il m'a donné un autre coup de coude exactement au même endroit.

— Oh, put…

J'ai ravalé le juron de justesse.

— Tu es réveillée, maman ? a-t-il demandé sans soupçonner ma douleur.

— Oui, chéri.

— Je pourrai prendre mes dinosaures au zoo, aujourd'hui ?

— Bien sûr, mais seulement les petits, d'accord ? ai-je répondu, émerveillée par la constance de son obsession pour les dinosaures. (Je me suis allongée sur le dos et j'ai palpé mon sein douloureux.) Je te trouverai un petit porte-monnaie pour que tu y mettes tes préférés, continuai-je. Ça va être une grosse journée, il ne faut pas en emporter trop ou tu vas te fatiguer et tu ne verras pas tous les autres animaux.

Il s'est assis et m'a contemplée d'un air très sérieux.

— J'ai envie de faire pipi.

Sur quoi il est descendu du lit pour aller aux toilettes sur ses petits petons.

Je m'étais à moitié rendormie quand il est revenu.

— C'est quoi, ça, maman ?

J'ai ouvert les yeux et juré intérieurement.

— Sasch, chéri, il ne faut pas prendre des choses dans la poubelle, d'accord ?

Il a hoché la tête sans cesser d'examiner avec intérêt le bâtonnet de plastique.

— Écoute, c'est un truc de mamans, d'accord ? Je n'en ai plus besoin. C'est pour ça qu'il était dans la poubelle. Tu peux aller le remettre dedans, s'il te plaît ?

Il a acquiescé et est reparti en courant, l'objet ayant soudain perdu tout son intérêt.

— Et lave-toi les mains maintenant que tu as farfouillé là-dedans. Avec du savon !

Je me suis rallongée, les yeux rivés au plafond alors que le robinet était ouvert et que l'eau se mettait à couler, à fond.

Encore enceinte.

Ça n'était pas idéal – *euphémisme de l'année, Kate* – mais c'était un bébé, un miracle. On avait essayé pendant plus de deux ans. Le timing aurait pu être meilleur, mais quoi qu'il arrive, j'aurais cet enfant.

Sascha est revenu en courant et a sauté sur mon bas-ventre. J'ai éclaté de rire, malgré la douleur, incapable de résister à l'exubérance de mon fils.

Comment – et quand – allais-je en informer Peter ?

Aucune idée. Je savais juste que ça ne serait pas aujourd'hui. Je ne le lui dirais pas aujourd'hui.

Ça pouvait attendre.

Jeudi 7 août

Après-midi

Pour une chambre d'hôpital, la mienne n'était pas trop mal. Alors certes, ça sentait l'antiseptique et les bips intermittents en provenance des chambres voisines rappelaient constamment la nature de l'endroit, mais ça n'était pas déplaisant. J'avais une fenêtre, déjà, qui était sans aucun doute le détail le plus agréable de la pièce. Depuis mon fauteuil en vinyle crissant, j'avais vue sur une cour avec, en son centre, un jardinet bordé de pierres. Le parterre regorgeait de géraniums, tous de la même couleur.

Le rouge m'as-tu-vu des lèvres de Pip.

Je soupirai.

Pauvre, pauvre Pip.

C'était l'heure du déjeuner. Dehors, docteurs et infirmières étaient assis sur des bancs, où ils mangeaient leurs sandwichs en compulsant leur téléphone, tandis qu'un groupe d'agents hospitaliers fumaient, en sautillant d'un pied sur l'autre dans le froid, le visage levé vers le faible soleil hivernal. J'avais reçu une visite officielle de l'inspecteur Avery ce matin-là et lui avais tout raconté. Enfin, presque tout. Mieux valait que certaines choses restent tues. Il s'était montré poli et étonnamment aimable.

Je ne pensais toujours pas mériter la moindre gentillesse.

— Donc vous étiez enceinte au moment de l'accident ? me demanda Rik.

Je reportai mon regard sur lui, assis dans le fauteuil voisin du mien, puis de nouveau dehors, où j'admirai le magnifique ciel bleu, sans un nuage. Le genre de journée parfaitement dégagée qui rendait le fait de parler avec Rik de ces autres journées – les pires de ma vie – non seulement possible, mais nécessaire.

Le moment était venu.

— Oui. J'ai perdu le bébé, bien sûr. J'étais enceinte de très peu. Et le chagrin…

Dehors, une bergeronnette grise voleta contre le carreau, avec des plumes blanches et noires si lustrées qu'elles scintillaient au soleil. Que voyait-elle de nous, depuis son point de vue ? Ou bien regardait-elle son propre reflet, sa queue qui s'agitait prestement d'un côté et de l'autre, dans l'espoir de séduire l'oiseau satiné face à elle ? Sa perfection me fit regretter de n'avoir pas d'appareil photo sur moi.

À ma demande, maman m'avait apporté quelques-uns de mes vieux albums photo qu'elle avait gardés. Surtout des photos de Sascha que j'avais prises au parc ou à la plage. Un autre livre était rempli de paysages et de gros plans de troncs d'arbres ou de plantes, que j'avais pris aux Beaux-Arts. Les regarder avait réveillé quelque chose en moi. J'avais jeté quelques idées sur un carnet obtenu auprès d'une gentille infirmière et senti un enthousiasme jadis familier monter en moi.

Je pourrais peut-être demander à Rik d'aller chercher mon appareil à la maison. M'entraîner sur les réglages occuperait mes longues heures d'hospitalisation. Je pourrais aussi prendre des instantanés des infirmières.

C'était la première fois que je pensais à réutiliser mon appareil depuis des années. J'accepterais peut-être même la proposition de

Vivian de me charger des photos de nos brochures. Ce pourrait être un premier pas vers une nouvelle carrière. D'accord, ça ne serait pas de l'art, mais était-ce vraiment un problème ?

Je souris.

La bergeronnette s'envola et disparut dans un bruissement d'ailes.

Je reportai mon attention sur Rik.

— Le chagrin d'avoir perdu cet autre bébé s'est mêlé à la peine d'avoir perdu Sascha.

Prononcer les mots tout haut me contracta la gorge.

Rik secoua la tête et se pencha pour me prendre la main dans les deux siennes.

— Vous avez traversé tellement de choses.

— Je n'en ai jamais parlé à personne. C'était le tout début. Personne n'a deviné. Le bébé a juste… disparu.

— Oh, Kate.

Je haussai les épaules, m'efforçant de ne pas craquer.

Disparu.

Ça n'était pas juste. Peu importait que mon bébé ait à peine existé, je l'avais pleuré – elle ou lui – plus que je ne l'aurais cru possible.

Tout comme Leah pleurait son enfant.

Rik me dit que ma sœur était venue me voir pendant que j'étais inconsciente et qu'elle revenait aujourd'hui. Je pourrais peut-être parler à Leah de l'autre bébé que j'avais perdu. Enfin.

— Kate ?

Je me tournai vers Rik, percevant un changement de ton dans sa voix. Ses mains chaudes et sèches restaient fermées sur l'une des miennes. Son contact était peut-être la raison de mon calme.

— Oui ?

— Brett Harding voudrait vous voir.

Je croyais que ma réaction serait plus forte. Mon émotion plus intense. Au lieu de quoi, sa visite me parut normale. J'avais besoin de m'excuser auprès de Brett pour les soucis que j'avais causés à sa famille. Tout n'était peut-être pas ma faute, n'empêche que j'avais besoin d'endosser au moins la responsabilité de ces ennuis.

— D'accord, répondis-je.

Rik haussa un sourcil.

— D'accord ? répéta-t-il. Comme ça ? Vous êtes d'accord ?

— Oui, j'aimerais lui parler.

Rik sourit et secoua un peu la tête.

— Vous avez du courage, Kate Webb. Vous n'avez pas peur de vous confronter aux sujets difficiles, pas vrai ?

— En fait, non, ça ne me ressemble pas du tout, admis-je, surprise. J'ai toujours été nulle pour les confrontations. Je déteste les conversations gênantes, même.

Il rit.

— Alors vous avez changé.

Je lui adressai un sourire timide. Il avait peut-être raison. J'avais peut-être changé. En tout cas, une chose était sûre. J'aimais bien les petites rides au coin des yeux de Rik quand il souriait.

Vendredi 8 août

MATIN

Je faillis ne pas reconnaître Brett Harding.

Sa peau avait une teinte grisâtre, son visage était si creusé qu'on l'aurait dit décharné. Il avait les épaules affaissées et traînait les pieds plus qu'il ne marchait, quand il entra dans la chambre.

Brett était devenu un vieillard.

Il me regarda, blêmit en découvrant les hématomes violacés qui viraient au vert-jaune en travers de mon cou. Son regard croisa le mien et je lus des excuses dans ses yeux.

Rik nous avait laissés seuls pour parler.

Brett resta planté à côté du lit, jusqu'à ce que je lui dise de s'asseoir. Le siège expulsa son air lorsqu'il s'affala dessus.

— Comment allez-vous, Kate ? me demanda-t-il, sans doute inquiet de ma pâleur et des ombres sous mes yeux injectés de sang.

— Ça va, merci.

Et c'était pratiquement vrai. En dépit des stigmates de l'agression de Kingsley, je me sentais mieux que depuis des années.

Plus vivante, si ironique que ce soit.

— Je suis vraiment désolé, lâcha-t-il dans un souffle. Que mon fils ait pu vous faire ça. Je sais comment est Kingsley... Comment il était, corrigea-t-il, mais je vous jure que je ne le pensais pas capable de meurtre. Je le jure.

Les parents voulaient toujours croire le meilleur chez leurs enfants. Les protéger, dans la mesure du possible. Ça, je le comprenais.

— Il a toujours été... manipulateur, poursuivit Brett. Mais charmant. Même enfant. En revanche, tuer quelqu'un... Je veux dire, cette violence... Jamais, non jamais je ne l'en aurais cru capable. Je sais qu'il a été choqué quand on a décidé de vendre Highfields, il adorait cette maison, mais Pip et moi pensions qu'il finirait par l'accepter. Pourtant ça...

Il secoua la tête, visiblement dévasté. Et puis il me regarda droit dans les yeux.

— Il avait tout planifié, vous savez ? Il a envoyé un mail à mon bureau, se faisant passer pour un nouveau client, et il a pris un rendez-vous avec moi, afin que je ne sois pas à la maison. Évidemment, le client n'est pas venu et mon alibi était fragile. Il a essayé de me faire accuser. (Brett se frotta la barbe, un son crissant dans le silence de la chambre, et je remarquai que sa main tremblait.) J'aimais ma femme, Kate. Je veux dire, bien sûr, elle n'était pas parfaite. Pip avait eu des liaisons auparavant, je le savais. Mais avec Roger, c'était différent. Elle l'aimait vraiment. J'ai fini par comprendre qu'entre elle et moi, c'était fini. Je n'arrive... je n'arrive pas à croire qu'elle soit morte.

Sa voix se brisa sur les derniers mots et ses épaules s'affaissèrent.

Mon tour était venu.

— Moi aussi, je vous dois des excuses, Brett. Je n'aurais jamais dû me mêler de votre vie. Si j'étais restée en dehors de ça, peut-être que rien ne serait arrivé.

Il secoua la tête avec véhémence.

— Non, Kate. Tout est ma faute. Ma faute et celle de Pip. (De nouveau, sa voix se brisa sur le nom de sa femme.) On aurait dû en faire plus. On aurait dû endosser la responsabilité de ce qu'était notre fils. (Il s'enfonça dans le siège et secoua la tête.) Tout est ma faute.

On resta assis sans parler un bon moment.

Brett baissa la tête, dépité. Désespéré. Il avait tout perdu. Et je savais quel effet cela faisait.

Et puis il reprit la parole, les yeux toujours baissés vers ses mains, qu'il tordait sans s'en rendre compte.

— Pip était vraiment navrée de ce qui était arrivé à votre fils, vous savez ? On en avait parlé après… enfin, après sa blessure au poignet.

Blessure causée par vous, aurait-il pu ajouter.

Il cessa de se torturer les mains et releva ses yeux rougis, mouillés de larmes, pour plonger dans les miens.

— Mon fils méritait de mourir, Kate. Pas le vôtre.

PARTIE VI

VENTE AUX ENCHÈRES

Samedi 9 août

Matin

Le médecin m'autorisa à sortir le jour qui aurait dû être celui de la vente aux enchères.

Bien sûr, la vente avait été annulée. Mes parents arrivèrent à l'hôpital tôt le matin, comme ils l'avaient fait tous les jours. Ma mère se tenait devant l'armoire, dont elle sortait les vêtements qu'elle y avait rangés quelques jours plus tôt et que je n'avais pas portés, les pliant et les remettant dans la valise que mon père avait prise chez moi. Elle avait insisté pour s'acquitter de cette tâche à ma place.

— Tu dois te reposer, Kate, pontifiait-elle, sans m'écouter quand je lui affirmais que je me sentais beaucoup mieux.

Souriante, elle pliait une longue chemise de nuit, blanche, bizarre, que je n'avais jamais vue auparavant. Elle avait dû me l'acheter pour l'hôpital.

— Tu es sûre que tu ne veux pas que ton père et moi, on te dépose chez toi, chérie ? Ça ne nous pose aucun problème, pas vrai Keith ?

— Non, non, aucun problème, confirma mon père depuis ce qui était devenu sa place près de la fenêtre, le journal sur les genoux. Il faut qu'on passe récupérer Fritz et Frieda chez Ruth Brinkley pour 11 heures, mais on a le temps…

Maman lui jeta un regard agacé et s'apprêtait à répliquer quelque chose, pourtant je fus plus rapide.

— Non, je vous ai dit que Rik passait me prendre, tu te souviens ? Vous n'aviez pas besoin de venir ce matin, d'ailleurs, ça aussi, je vous l'avais dit. Rik a promis qu'il nous ferait sortir d'ici sans alerter les journalistes. Comme quoi il connaît une issue par l'arrière ou quelque chose comme ça.

Le visage de ma mère s'adoucit à la mention de Rik.

— Ah bon, si Rik dit qu'il connaît une issue, je suis sûre que c'est le cas. Les policiers, ils ont ce genre d'avantages, ajouta-t-elle en opinant sagement du chef. Mais je tenais à venir ce matin, ma chérie. Pour m'assurer que tu étais prête à rentrer et t'aider à remballer tes affaires. On viendra te voir à l'appartement plus tard, aussi. Histoire de t'apporter quelques courses. Ça, je ne pense pas que Rik le fera. C'est le travail d'une mère.

Je souris.

À peine avais-je prononcé son nom que Rik passa la tête par l'embrasure de la porte.

— Bonjour, tout le monde.

— Rik ! Nous parlions justement de vous.

— En bien, j'espère, Barb ?

Maman lâcha un gloussement de petite fille.

Elle lui fait du gringue ou quoi ?

Papa se leva, abandonnant le journal sur le siège, et traversa la chambre pour serrer la main de Rik.

— Agent principal, dit-il d'une voix sérieuse.

— Je vous ai dit de m'appeler Rik, Keith. En plus, je ne suis pas en service aujourd'hui.

Papa partit d'un petit rire aussi, mais je savais qu'il continuerait de l'appeler « agent principal » la prochaine fois qu'ils se verraient.

— Comment vous sentez-vous, Kate ?

— Pas mal du tout, répondis-je. J'ai hâte de partir d'ici.

Et c'était vrai. Pour la première fois depuis des années, j'éprouvais une forte envie de faire quelque chose. Je ne savais pas encore exactement quoi, mais je savais que le temps du désœuvrement était parvenu à son terme.

Remplir la paperasse me parut prendre une éternité, pareil pour les au revoir à mes parents et au personnel de l'hôpital. Enfin, Rik me poussait dehors sur un fauteuil roulant, un agent hospitalier tirant ma valise à côté de nous.

— Je me sens ridicule dans ce machin, marmonnai-je.

Rik s'esclaffa et sa voix, quand il répondit, était si proche du sommet de mon crâne que je sentis son souffle dans mes cheveux.

— Politique hospitalière. Profitez-en le temps que ça dure, vous serez sur vos deux pieds bientôt.

— Ça n'arrivera jamais assez vite. Dieu sait que j'ai besoin d'exercice. Il faut vraiment que je perde du poids.

— Perdre du poids ? répéta-t-il, l'air surpris. Pourquoi ?

Je pouffai.

— Ça n'est pas évident ?

— Pas pour moi, non, m'assura-t-il. Vous êtes magnifique, Kate. La seule chose qu'il vous faut perdre, ce sont ces hématomes. Le noir et le bleu ne sont pas vos couleurs.

Je souris jusqu'aux oreilles.

— Ah, sur ce point, je suis totalement d'accord avec vous.

Il y avait une légèreté en moi qui me donnait l'impression d'être… jeune. Je faillis même éclater carrément de rire.

Alors que nous descendions en ascenseur dans les entrailles du bâtiment, mon inquiétude refit son apparition : la horde des médias allait-elle nous débusquer ? Mais Rik n'avait pas menti. Une fois que l'agent hospitalier eut chargé mon bagage dans le coffre, il repartit avec le fauteuil roulant et moi, je me tenais près de la portière côté passager, la main sur la poignée.

— Vous l'avez apporté ?

— Oui.

De la poche de son jean, il sortit le petit dinosaure en plastique. Je lui avais demandé de jeter un coup d'œil dans la salle de bains, dernier endroit où je me rappelais l'avoir vu. Je lui avais aussi demandé de jeter les boîtes de mes souvenirs, dans la chambre. Car je savais que je n'en avais plus besoin.

Je tendis la main et Rik déposa le parasaurolophus au creux de ma paume. Ses yeux vides me regardèrent avec une forme… de compréhension. Je hochai la tête pour remercier le policier et grimpai dans la voiture.

Il fit de même et s'adressa à moi de l'autre côté de la console centrale.

— Pourquoi vous le vouliez ?

— On peut faire un détour sur le trajet ?

Il parut un peu surpris, mais accepta.

— Par où ?

— Balmain.

Il eut beau tourner la tête vers moi, je gardai le regard braqué droit devant. Je sentis son regard scrutateur sans avoir besoin de le voir.

— D'accord.

J'appréciai qu'il n'essaie pas de me faire changer d'avis. Le trajet d'une vingtaine de minutes se fit en silence, mais un silence confortable. Rik prit par le pont du port de Sydney, peut-être parce qu'on était le week-end. Quoi qu'il en soit, je lui en fus reconnaissante. Le soleil scintillait sur l'eau. Encore une magnifique journée d'hiver. On distinguait toujours les locaux des touristes à la façon dont ils se hâtaient sur la passerelle du pont, sans s'attarder pour prendre des selfies.

On prit la direction de l'ouest. La circulation ralentit le long des petites rues étroites où chaque maison mitoyenne à plusieurs millions faisait la compétition avec ses voisines pour jouir de la rénovation la plus chère-mais-pas-tape-à-l'œil. Tout en grès et brique, tons naturels et clôtures en métal ouvragées. La maison Harding aurait eu sa place ici, mais comme la grande sœur de celles-ci, plus petites. Un ouvrier en gilet jaune nous arrêta à cause des travaux dans une rue dotée d'une vue à plusieurs millions de dollars sur Harbour Bridge, le fameux pont de Sydney.

— On y est presque, annonça Rik.

— Merci pour tout ce que vous avez fait, lui dis-je. Je ne mérite pas…

Il m'interrompit alors que l'ouvrier faisait pivoter son panneau « Stop » du côté « Ralentir ».

— Vous voulez bien arrêter avec ça, Kate ? lança-t-il, souriant mais l'air exaspéré en redémarrant. Si je fais tout ça, c'est que je le veux bien. Il faut vraiment que vous compreniez que les gens ont le droit de vous apprécier. Qu'ils veulent vous aider.

— Tout le monde a été tellement gentil avec moi. Tout ce soutien. Je n'en reviens pas. Vivian est venue m'annoncer qu'elle me donnait un congé aussi longtemps que j'en aurais besoin. Et j'ai vu Leah.

Leah et moi avions parlé de notre fausse couche. On avait toutes les deux versé des larmes. Je savais qu'elle était toujours la même Leah, indélicate, imparfaite. Mais bon, moi non plus, je n'étais pas parfaite. Alors certes, je n'étais pas encore complètement entrée dans la « Team Leah », mais j'avais décidé de lui accorder une chance, histoire de voir si on pouvait au moins s'entendre. Mon attitude vis-à-vis d'elle avait changé.

Mon attitude vis-à-vis de pas mal de choses avait changé.

— Je me suis comportée comme une fouineuse imbécile et j'ai causé plein de problèmes.

Rik se gara devant l'allée de l'une des rares maisons individuelles à deux étages du quartier.

— Les gens commettent des erreurs, Kate. On leur pardonne. On passe à autre chose.

— Tout paraît si simple, dans votre bouche.

— Ça l'est. Bon, je ne dis pas que ça n'est pas dur. C'est carrément dur. Mais on fait des choix. Les gens de votre vie en font partie parce qu'ils le veulent. C'est aussi simple que ça.

Au-devant, je voyais la jetée.

Je n'y étais jamais venue, mais je savais que c'était là.

L'endroit où Sascha et Peter étaient morts.

Par cette splendide journée, la scène semblait incongrue. La jetée partait en ligne droite de la fin de la route, un cul-de-sac qui permettait aux voitures de faire demi-tour. Elle faisait presque cinquante mètres de long, avec une série de bittes d'amarrage destinées à empêcher les véhicules de s'y engager. Grâce au coroner. À l'époque, apparemment, rien ne faisait barrage de cette manière.

J'attendis que l'émotion me frappe, attendis la vague de chagrin ou l'afflux de larmes. Rien ne vint. La tristesse était toujours là. Elle resterait probablement toujours là. Mais c'était une tristesse gérable, plus la souffrance désespérée d'une mère endeuillée et folle de chagrin. Sur l'herbe, non loin de nous, une grande famille comptait des femmes en hijab et des hommes fumant le narguilé. Une musique gaie et forte, dans une langue que je ne connaissais pas, jaillissait de haut-parleurs portatifs. Le groupe paressait sur des tapis et mangeait des plats qui sentaient le fumé et l'ail et firent gargouiller mon estomac affamé. Une autre famille passa tranquillement près d'eux. Les enfants se couraient après, jetaient des bâtons dans l'eau. Un couple âgé se donnait la main.

Par une si belle journée, l'ambiance de l'endroit était plus digne d'une fête que d'un mémorial.

Je souris.

— Qu'est-ce que vous voulez faire ? me demanda Rik.

— J'ai besoin de dire au revoir. Vous voulez bien m'aider ?

— Bien sûr.

Une fois hors de la voiture, je désignai la jetée. Rik haussa un sourcil, de cette façon que j'aimais bien, mais ne pipa mot.

On parcourut la jetée et je m'immobilisai un moment, pour penser à mon fils et à ce qui s'était passé ici.

Je suis désolée, Sascha, tu me manques tous les jours, tu me manqueras toujours.

J'entendis un rire d'enfant et, l'espace d'une seconde, je sentis Sascha tout proche. Je regardai autour de moi : deux fillettes, environ cinq ans, gloussaient en jouant à un jeu bien à elles. Je leur adressai un sourire et elles me le rendirent.

Je continuai à marcher le long de la jetée, sentant la présence de Rik juste derrière moi. À mi-chemin, on dépassa un père et son fils, assis sur des chaises pliables de camping, canne à pêche à la main. Et puis, au bout, on se trouva momentanément seuls. Rik se tenait assez près de moi pour que je sente son bras contre le mien. Je plongeai le regard dans ses yeux calmes et puis dans le port, brillant sous le soleil.

Le dinosaure était chaud et pointu dans ma main et je me rappelai mon fils : son rire, son sourire.

Tiens, Sascha, c'est pour toi.

Et je jetai le dinosaure dans l'eau.

Remerciements

Merci à tous ceux qui ont laissé sa chance à *Chez les autres*. Je tiens tout particulièrement à remercier mon agente, Melanie Ostell, qui a cru en moi et m'a guidée tout au long du processus de publication, comme la vraie professionnelle qu'elle est. Ses conseils ont été inestimables.

À mon éditrice, Anna Valdinger, de HarperCollins – la personne la plus gentille du monde de l'édition – qui a cru en mon roman et en moi. À la talentueuse Madeleine James, qui a corrigé mes innombrables erreurs et fait du livre une bien meilleure version de lui-même. Merci à Kimberley Allsopp et à toute l'équipe marketing de HarperCollins pour leur patience envers l'introvertie allergique à l'attention que je suis. Merci également au service de conception pour la superbe couverture : c'est un immense plaisir de voir mon nom sur un si bel objet.

Merci à ceux qui ont vu du potentiel dans ce roman au cours des quatre dernières années. À la Faber Academy pour sa bourse 2016, accordée à ce qui n'était à l'époque guère plus qu'une idée. Et au Queensland Writers Centre et à Hachette pour m'avoir incluse dans leur programme de développement de manuscrits, où j'ai reçu les commentaires inestimables de Kim Wilkins, Brigid Mullane et Jane Novak, entre autres.

Merci à ma famille. Maman et papa pour leur soutien. Anna – ma sœur et ma meilleure amie – et sa famille. Mes amis, qui m'ont aidée plus qu'ils ne s'en rendent compte probablement au cours des deux dernières années très difficiles. Et à la famille de Matt – ma famille – Fritz, Shell et Chris et les filles. Nous avons de la chance de vous avoir.

Un immense merci à mes enfants, Asha et Dusty. Nous avons traversé des épreuves que personne ne devrait avoir à traverser ces derniers temps et, sans vous deux, j'aurais été perdue. Vous êtes deux des meilleures personnes que je connaisse.

Je peux remercier un chien ? Dexter est le meilleur chien du monde, et il a dormi à mes pieds pendant que j'écrivais *Chez les autres*. Chaque fois que je déballe un fromage, je m'attends à entendre tes pattes sur le parquet.

Et enfin, ce livre n'aurait pas été publié sans Matt. Mon mari est mort moins de six mois avant que je ne signe le contrat avec HarperCollins, aussi la publication de ce roman a-t-elle été une période étrange pour moi. La joie de savoir que j'allais être publiée après tant d'années d'écriture était assombrie par le fait que Matt ne serait pas là pour le voir.

Donc, Matt, merci de m'avoir soutenue pendant si longtemps sans même savoir si j'arriverais un jour à réaliser mon rêve. Merci d'avoir été mon meilleur ami. Merci pour tes conseils d'écriture, qui consistaient généralement à dire : « Oui, ça ressemble à un vrai roman. » Merci pour tous nos moments de complicité.

Tu nous manques.

Achevé d'imprimer en février 2022
par Aubin Imprimeur à Ligugé
N° d'impression 2110.0200
Dépôt légal, mars 2022
Imprimé en France
38122249-1